ARARAT

FRANK WESTERMAN

アララト山　方舟伝説と僕

フランク・ヴェスターマン［著］
下村由一［訳］

現代書館

アララト山　方舟伝説と僕＊目次

プロローグ　9
第一章　マシス　15
第二章　始まり（t=0）　23
第三章　灰と熔岩　49
第四章　君、そんなことをしちゃだめだよ　73
第五章　$\sqrt{-1}$　97
第六章　北壁　119
第七章　ホモ・ディルヴィイ・テスティス　149

第八章　第十一の書板……172
第九章　ジェネシス・ロック……200
第十章　言葉……224
第十一章　ブズダー　氷の山……246
第十二章　きっと息子さんができますよ……272
第十三章　痛みの山……288
文献と謝辞……314
訳者あとがき……324

シア
カスピ海
フ
カ
ス
カズベク
グルジア
アルメニア
アゼルバイジャン
カルス
エレバン
カラバフ
アララト山
アゼルバイジャン
ヴァン
ヴァン湖
タブリーズ
ジューディー山
ニネヴェ
イラン
バグダッド
イラク
ティグリス川
ユーフラテス川
ウル
ジアラビア
ペルシャ湾

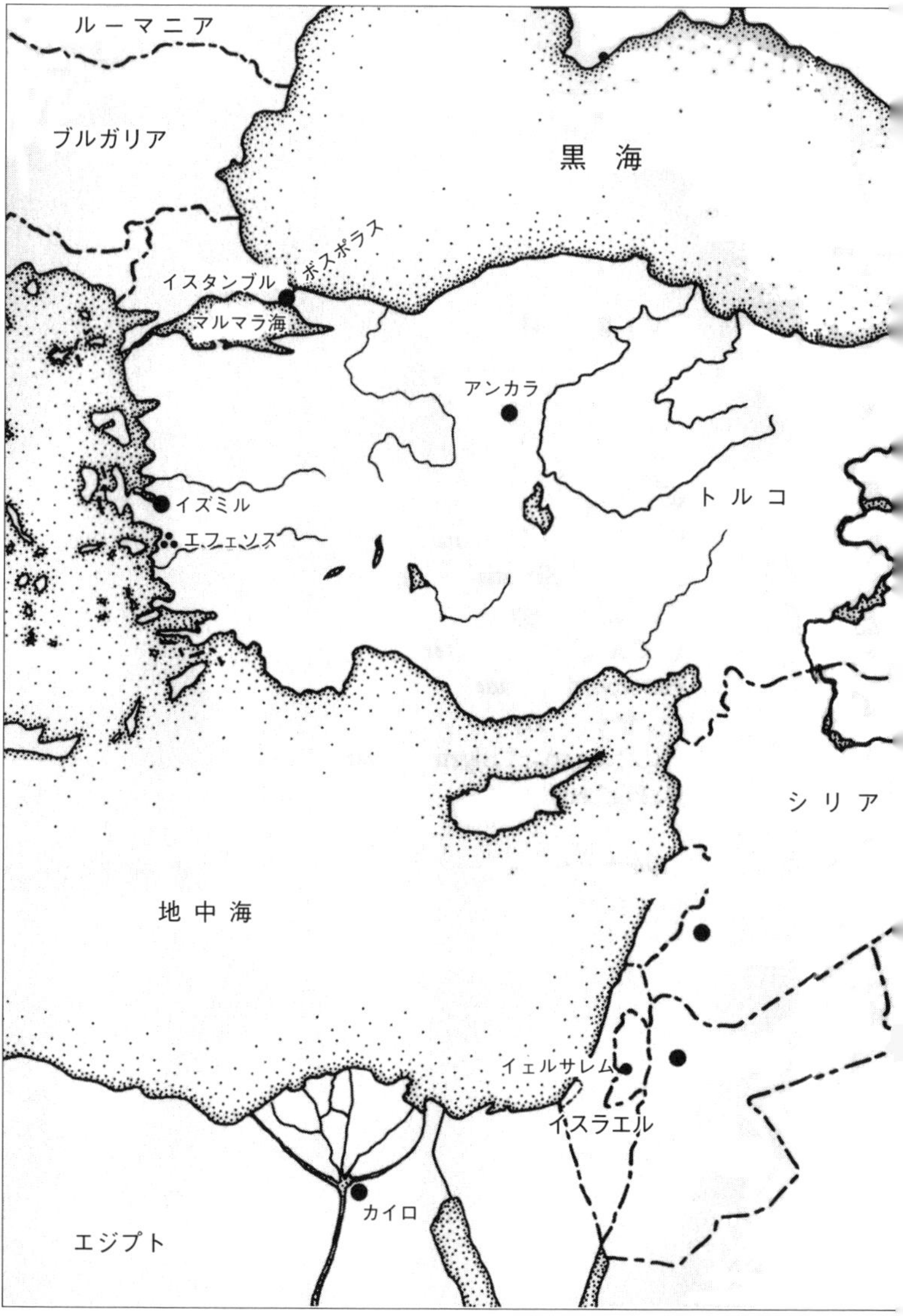
ルーマニア
ブルガリア
黒 海
ボスポラス
イスタンブル
マルマラ海
アンカラ
イズミル
エフェソス
トルコ
シリア
地中海
イェルサレム
イスラエル
カイロ
エジプト

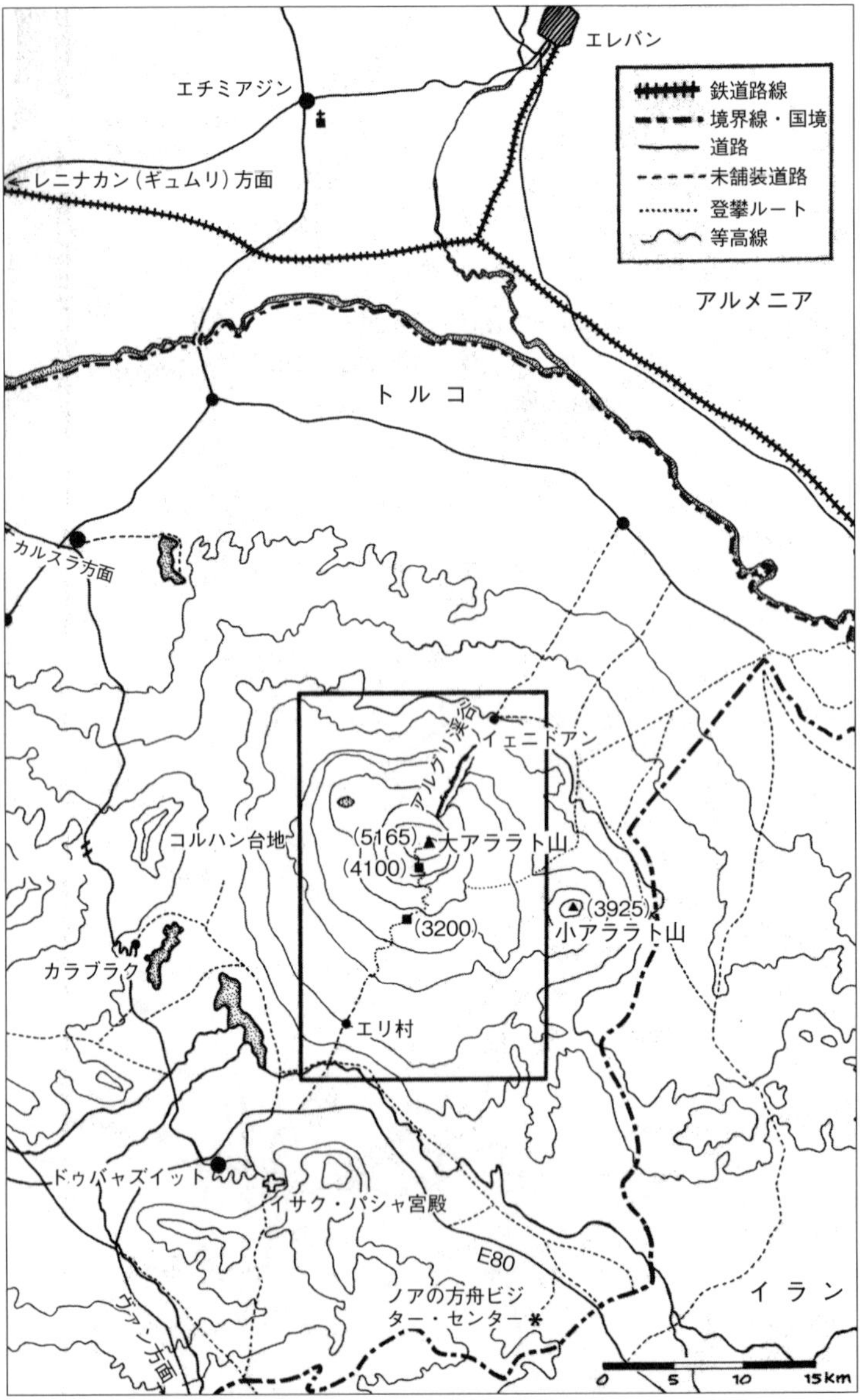
エレバン
鉄道路線
境界線・国境
道路
未舗装道路
登攀ルート
等高線
エチミアジン
←レニナカン（ギュムリ）方面
アルメニア
トルコ
カルスラ方面
アルグリ渓谷
イェニドアン
コルハン台地
(5165)
大アララト山
(4100)
(3200)
(3925)
小アララト山
カラブラク
エリ村
ドゥバヤズイット
イサク・パシャ宮殿
E80
ノアの方舟ビジター・センター
イラン
ヴァン方面
0
5
10
15km

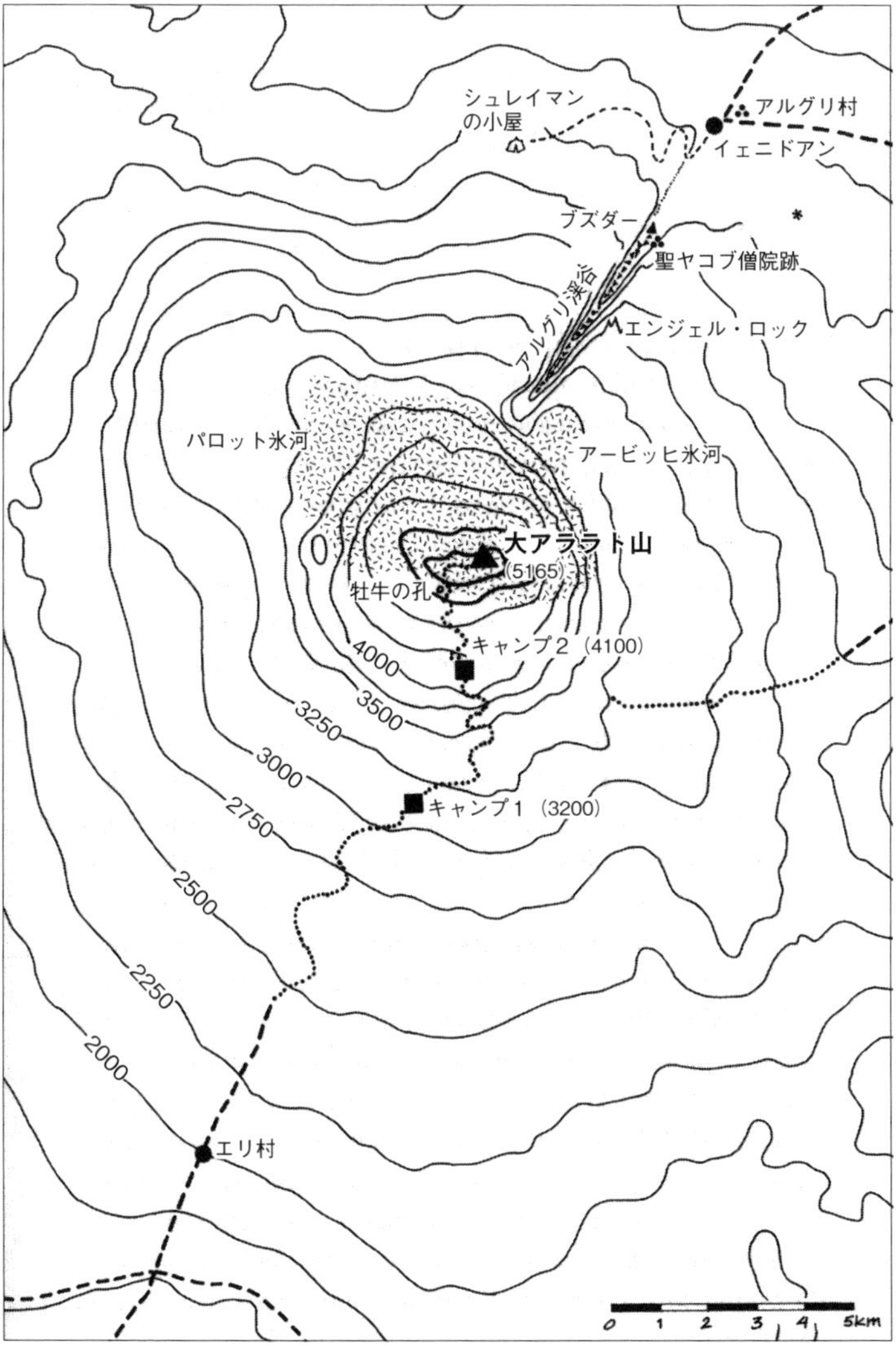
シュレイマンの小屋
アルグリ村
イェニドアン
ブズダー
聖ヤコブ僧院跡
アルグリ深谷
エンジェル・ロック
パロット氷河
アービッヒ氷河
大アララト山
(5165)
牡牛の孔
キャンプ2（4100）
キャンプ1（3200）
4000
3500
3250
3000
2750
2500
2250
2000
エリ村
0 1 2 3 4 5km

プロローグ

水に磨かれて、石はたまご形になっていた。乳石英はどこも真っ白で光にかざしても向こうが見えない。グラニュライトは緑がかっていてまだら模様になっている。ほかに石灰石もある。これは握ってみると穴だらけの感じがする。

渓流は石をたゆまず海に向かって転がし、砕いて砂利――大きな川の下流で採取される「川砂利」にする。一世紀かけて一キロメートルという速度も珍しくない。氷河期には動きがすっかり止まってしまうこともあった。

オーストリア・アルプス山中のイル川、深さは膝までぐらいしかないこの小川の石は数千年の間転がり続けていたに違いない。そのうちの百個あまりが、一九七六年夏、しばらくその場に押し留められ、行先を少しばかり変更させられるはめになった。その年の七月二十三日、遊びに興じる子どもたちが素手で乾いた川床から石を拾い上げては流れまで運び、早瀬に投げ込んでいた。

子どもたちのなかに僕もいた。一一歳で、一番年下だったのではないか。石を投げ込むたびに川の流れが変わるのをしばらくじっと眺めていたのを覚えている。僕らはダムを作っていた。ダムは手の幅にして三本分か四本分ぐらい、しばらくは川を堰き止めるのだが、突然、柔道の投げのようにポイと水を脇に放り投げる。なんという力強さか！　荒れた指先と腕がしきりにチクチクするだけに、自然の流れを少しでも自分たちの思い通りにして見せるぞとの気持ちが強くなる。イル川の流れはくるぶしや膝を押すのだが、人を倒すほどの勢いはない。両岸には木の生い茂った崖が暗い壁のように聳えていたが、この谷あいには陰気なところはまるでなかった。すぐ近くにガルゲレン村に通じる橋が架かっている。橋には木の板で葺いた屋根があり、そこにツバメが巣をつくっている。鉄道模型メルクリンのセットのようなのんびりした雰囲気が醸しだされていた。

雲ひとつなく晴れわたったあの日、僕らの遊びは遊びではなくなった。すらりと背の伸びた少年三人が「工事主任」で、彼らは川の流れに立ってあれこれ指図する。海賊風にTシャツを頭に巻いたボスたちの指示に従って、僕らは石で橋を架けていた。橋はイル川の半分ほどまで届いている。そこには木の生えていない縦長の島、というより中洲があって、川の流れをふたつに分けていた。イル川はそこでふたつの泡立つ流れに分かれ、中洲の終わるあたりで轟然と合流するのだった。橋が完成したら、中洲にテントを張りキャンプファイヤーをやることになっていた。

僕らが家族連れで休暇を過ごしているバートムント林間キャンプ場にはキャンプサイトが四二カ所あった。水際の林を抜けたところにある「イル島」に四三番目のキャンプサイトができるのだ。

昼近くになって橋は完成した。あとは重しになる石をすえるだけだ。そのために工事主任のうちのボスが森から倒木を運んできて、みんなの見守るなか、崖の大きな岩の下にその木をひとりで押し込んだ。

「フライデー！」

ボスがなんと僕の綽名を呼ぶではないか。びっくりしたが嬉しかった。ボスは僕に木の下に石を押し込むよう指示した。

「もうチョイ、そうだ、いいぞ」

ダム建築労働者のなかにオーストリア人はいなかった。ドイツ人、ベルギーから来た双子とデンマーク人、それに僕、オランダ人だった。

僕は斑点のある石を梃子となる木の下に押し込むと、すぐに飛びのいた。僕はフライデーという綽名が自慢だったし、指名されたことを誇らしく思った。水の垂れる腕を体から少し離し気味に立ってじっと見つめた。どこにでもいる男の子、大人になりたくない、いつまでも一一かせいぜい一二でいたい。一三歳になると宿題に追われるようになる。遊びとはおさらばだ。

一、二、三……。岩は最初びくともしなかったが、男の子がさらにふたり木にぶら下がると、崖からグラリと離れた。前史時代の怪獣の奥歯のように花崗岩の塊は四回、五回と鈍い音を立てながら崖を転がり、小川に着水した。

太陽はすでに中天を過ぎていた。一時か二時頃だったろう。

一九七六年、フォアアルルベルク・イル発電所の制御室にはテーブルの高さの台があり、そこにはさまざまな計器がはめ込まれていた。一部は自動制御だったが、イル川上流の五カ所にある貯水湖の水位調整など重要な操作は手動で行われていた。

室内は効率一点張りで飾り気のない配置だったが、ただ壁の一面全体にジルヴレッタ山脈と渓谷のレリーフが貼り付けてあった。立体的な地図とも言えるし模型とも言える、実際はその両方の混じったものだった。五枚のブルーに輝くプラスチック面はイル発電所の貯水湖を示し、頭に小さなランプのともっているピンは発電機のタービンのある場所の印だ。イル川は枝分かれし、静脈のようにくねくねと曲がっている。ザンクト・ガレンキルヒの直前、ちょうど谷が折れ曲がるあたりに弓状に反り返った括弧が二本背中合わせに描かれている。それがガルゲレンに通じるあの橋だ。バートムント林間キャンプ場の印はないが、その代わりそこにはイル発電所の高圧送電線の鉄塔が、テントやキャンピングカーの上にのしかかるように立っていた。

一九七六年七月二十三日、当直の技師はジルヴレッタ貯水湖の水位を不安げに見守っていた。ここに蓄えられる三八〇〇万立方メートルの水を支えるのは、高さ八〇メートル、厚さは底辺で三八メートルあるコンクリートのダムだった。貯水量（流入量マイナス流出量）はたえず一定であるとは限らない。

夏の高温が続いたため、このところ数週間、平均を上回る雪解け水が湖に流れ込んでいて、その結果、水位は最大許容値に近づきつつあった。放置すれば、夜八時から九時にかけて湖水の水が溢れ出すことになる。普通、放流は夜間に行われる。だがそのまま手をこまねいているわけにはいかないと判断した当直の担当者はあえて二本のレバーを引いた。こうして午後一時半、ジルヴレッタ湖のふたつの水門が開いたのだった。

僕らは橋が利用できるようになると、すぐさま乾いた木を両腕にいっぱいに抱えて運んだ。川岸で野イチゴを見つけた僕は、もぎ取って半ズボンのポケットに詰め込んだ。木の枝を抱え、積み上げられた石の上をバランスをとりながら、イル島に渡る。渡り終えると、ポケットから潰れた野イチゴを取り出して平たい石の上に並べた。それから工事主任たちがキャンプファイヤー・サイトをしつらえるのを、しゃがみこんで眺めていた。

　僕の姉はほかの女の子たちと一緒にスーパーマーケット・スパーへ出かけていた。ジャガイモ、アルミフォイール、メリケン粉、イースト、塩、牛乳、コーラ、それにコーラ入りのシュトロー・ラム酒を一瓶買い込んで来ることになっていた。今夜はアルミフォイールに包んだジャガイモを焚き火にいれ、木の枝にさした白パンを火にかざしてあぶるんだと、今からもうわくわくしていた。

　まだテントのそばで本を読んでいる両親も、もうすぐやって来て僕らの作業の出来具合を見てくれる。母は多分ダムを渡るのを怖がるだろう。父のほうはぐらぐらする石の上をなんとか渡りきるかもしれない。

　指先を流れに漬けながら、しばらくそこにしゃがみこみ、ぼんやりと考えこんでいた。石はどれも白っぽいくせに、いったん水に入るとオレンジ色、グリーン、赤とまるで宝石のように色とりどりに見えるのはどういうわけだろう。

　イル発電所は観光客の増加する実情を見て、イル川沿いに警告の看板を立てていた。「生命の危険あり」と黒い文字で書かれ、その下にごちゃごちゃと説明書きのある看板だった。本来見落とすはずもない看板だった。両岸にはとてつもなく大きな鉄塔が聳えている。看板のひとつはバートムント・キャンプ場の背後の森の縁に立つその鉄塔に取り付けられていた。だものだから、誰もが感電の恐れのある鉄塔に登るなという当たり前の警告板だと思い込んで、説明書をちゃんと読もうとする者はいなかった。

接近してくる飛行機の爆音が聞こえてきたとき、僕らはちょうど灰緑色の軍用テントを持ち上げているところだった。僕はといえば、伸縮自在の金属製のポールを手にしていた。音は高まり、木々の梢を揺らす一陣の風を感じた。見上げていると、いつの間にか足元に水が来た。飛び上がった僕の頭に浮かんだのは、大変だ、木の枝が濡れてしまう、という思いだった。だがそのときには島はすでに水没していた。そして川上からは泡立つ水の流れが川床いっぱいに広がり押し寄せていた。逆巻く波でも盛り上がる水の壁でもなく、北西の強風に煽られる、荒々しくざわめく低い波だった。

みんなと一緒に水に飛び込み、短距離走者がゴール寸前で胸を突き出すような格好で突進しながら、僕らの橋が水に呑み込まれるのを見た。足元では石がドスンドスンと音を立てながら転がっていき、小川が突然、川になった。背後でテントと木の枝が村に通じる橋のほうへ流されていった。

ほかの子はみな無事岸に辿り着いた。ひとり僕だけが腰の高さで流れにつかまり、押し倒されてしまった。

第一章　マシス

ARARATの文字を重ねると山になる。

　　A
　R　A
R　A　T

僕は文字を言葉に、言葉を物語に作り上げるのが好きだ。響きがあり、カデンツがあり、意味があるからだ。また火花もある。ふたつの文章をぶつけ合うと火花が飛ぶ。アララト山はアルメニアだ。アララト山はトルコだ。

うまくいくと（そしてアララト山はうまくいく）、物語は個々の文の正しさのうえに聳え立つ。大洪水のあとの最初の乾いた場所であるその頂、新たな始まりにふさわしい清らかに洗われた地、それが僕の少年時代の信仰のなかのアララト山だった。

この目ではじめて見るには心の準備がまるでできていなかった。一九九九年十一月、世間では、二〇〇〇年一月一日にコンピュータがダウンするかもしれないとの話題でもちきりだった。ニューヨークのタイムズ・スクェアでも、僕にはこっちのほうが近かったのだが、モスクワの赤の広場でも、デジタル時計が刻々と秒を刻んでいた。世界中でカウントダウンが始まっていた。おかげでなにをやっていても気が急くし、なにをやっても一所懸命に手がけている自分に気がつく。コンピュータに仕込まれた悪戯のおかげで、ひょっとすると地球上の文明全体、あるいはその半分が麻痺するかもしれないと思うと、毎日がなにやら一段と輝いて見える。二〇〇〇年一月一日零時零分に、お祝いの花火とともに、ロシアのミサイルが飛び出さないと誰が保証できようか。その瞬間を泰然自若と待ち受けるもよし、お笑いの的にするもよし、これぞまさしくハルマゲドンだと叫ぶもよしだ。

その頃僕はアルメニアを旅していた。当時、ある新聞の特派員として旧ソ連邦で働いていた僕は、担当する地域の最南端にはじめて取材のために出かけたのだった。モスクワとエレバンとを結ぶ空路を飛んでいたのはアエロフロートのイリューシンだった。重い図体の飛行機は数時間子午線に沿って空路を進んだあと、カフカス山脈の上をゆるやかな弧を描きながら飛ぶ。足下にはすでに終わった戦争の跡もあれば、今たけなわの戦争もある。チェチェン地方の渓谷の流れが意外なほど近くにきらめいて見える。間違いなく高射砲の射程距離より高く飛んでいるんだろうなと願うばかりだ。

エレバンに着いたときには見逃してしまった。飛行機の搭乗口と空港の建物をつなぐ象の鼻を通じて、なにも知らぬ客は火山の内側に吸い込まれる。建築家は空港ターミナルを平たく押し潰された円錐形にデザインしていた。中央には噴火口があり、そこから管制塔が熔岩の柱のように聳えている。

乗客はそんなことには気がつかない。スーツケースを見張りながら、薄汚れたポーターやらタクシー運転手を振り切り、さてトイレはどこだとあたりを見回すからだ。

荷物を回転台から取り上げると、すぐにシャトルバスに乗った。バスはコンクリートの陸橋の下にガソリンの臭いをあたりに撒き散らしながら待っていた。発着便が行き交うなか、町に向かって進むバスの窓から見ていてこれはなんだと思った。ブドウ畑とポプラ並木の続くはるか彼方に山の壁がでんと聳えている。木や石でできた倉庫であれ、灌漑用水路であれ、また防風林であれ、なにからなにまでこのひとつの壁の陰にある。いや、壁ではない。グリーンとグレーのストライプが混じり合い、次第に高みへと向かう織物だ。なんとも奇妙なことに、この斜面は、まるで旧約聖書に出てくるヤコブのはしごのように、どこまでも上へ上へと伸びて、車窓全体を塞いでいる。岩屑と草地の重なり合うこの斜面がどこまで続いているか確かめようと、頭を傾け身をさらに屈めてようやく岩の黒い帯と、その上に被さる雲に包まれた氷の冠が見えた。青い空はさらにその上にあった。僕がアララト山を見つけたというより、アララト山が僕を見つけたようなものだった。

エレバンではなにをやっていてもアララト山を見ないではいられない。いらいらするほどだ。どこか喫茶店のテラスに座っているときも、ふと後ろを振り向きたくなる。「マシス」とアルメニア人は呼ぶ。母なる山とも言う。かならず女性を内包している。横から見ると完璧な火山性三角錐になっている。かつて大音響とともに噴火してできたものだ。僕は原稿を書こうとするのだが、双頭のこの山の姿が気になって集中できない。昔、ロシア語の先生がRの発音を覚えるために何度も繰り返して唱えるようにと教えてくれた文章が、いつも頭のなかで響いている。

ナ　ガレェ　アララト
ラスチョート
クルプヌイ　ヴィノグラート
（アララト山には大きなブドウの木が生えている）

なんだ、お前、「アララト」と発音する（この語をささやくことはできない）のが好きなんじゃないか。高い山肌を転げ落ちる石なだれのようにふたつのRを舌の上で転がすといい気持ちだ。

街中では日々の暮らしが続いていた。キオスクの主人は売り物の切花、新聞、クロスワードパズルの冊子を並べる。その隣では両替商が新しい交換レートを書き出しては、「両替します」の看板の脇に添える。だが気になってならないのは、午後になるとあたりが次第にどんよりしてきて、アララト山の長く延びる麓がなにやら牛乳のなかに漬かったように見えることだった。黒い岩の帯あたりに昼には雲が襟のように漂うのだが、白銀の頂はそのはるか上に輝いて聳えている。アララト山の頂上は尖ってはいない。丸くなだらかに盛り上がる氷の平面だ。

屋内にいてもアララト山から逃れることはできない。紙幣にも、切手にも、またクレジットカードのホログラムにもこの山の姿がある。取材中など、ふと忘れていたようなときに、だしぬけにさまざまなかたちでアララト山が飛び出してくる。

エレバンのコニャック工場でのことだった。それはいかにもスターリン好みのアンピール様式の花崗岩でできた建物で、市内の岩山の上に建ち、川の流域をはるか彼方まで見下ろし、威風堂々と聳える双頭のアララト山（ひとつは雪を頂き、もうひとつは裸の頭）を見晴るかす場所にあった。ここで醸造され瓶詰めされるコニャックの名前が「アララト山」で、ラベルは金色に輝くこの山の遠景だ。コニャックが醸成する地下蔵の壁に、その昔、作家マクシム・ゴーリキーがこんな言葉を書き記したという。

同志諸君、アルメニア・コニャックの力に誉れあれ！　あまりたくさん飲みすぎると、ここから抜け出すより天国へ行くほうが楽になるほどだ。

案内してくれた三つ揃え姿の老人は、エドゥアルトという名前のアルメニア人だった。樫の木でできた樽を手で撫でながら、アララト・ブドウはアララト山麓にしか生えないのだと言う。「聖書は知ってますね」。問いというより、知っていろよ！　とも、万一知らなきゃ読んだほうがいいよ！　とも聞こえ、彼はすぐに語気を強めて言った、「ここで使っているブドウは、もとはノアが植えたブドウ園からとってきたものなんです」。

いつもこんな調子だった。カメラマンと一緒にタクシーで国立製塩所へ行った。坑道と今にも崩れ落ちそうな作業所が残っている。今ではもう採掘されていない坑道の一部を転用して、喘息患者用の療養施設が設けられていた。

もとは鉱夫の更衣室だった部屋で僕らはヘルメットを被り、白衣を羽織る。スチュワーデスのように目を瞬きする女医のアヌシュが腕ほどの太さのある懐中電灯を巧みに操り、脱毛した眉毛を動かしながら、保安規則を簡潔に説明してくれた。それがすんでようやく彼女の差配する病院に入るお許しが下りる。格子状の扉を開けてエレベータの籠に乗り込むと、籠は軽く揺れながら下へ下へと降りていく。アヌシュは笑って懐中電灯を点けてみせる。「これが要るのは停電のときだけよ」

彼女は通り過ぎる地層に懐中電灯を向け、遊ぶように光で波を描いてみせる。漂礫土のブロックが見え、石灰層が続き、すぐその下に岩塩が現れた。

籠は地下二三四メートルで止まる。蛍光灯の光のなかに赤十字マークが浮かび上がるドアを入ると、岩塩の結晶をくり貫いて掘られた通路に出る。両側の壁はとんでもなく雑なスタッコ塗装で、鉱山労働者の息と汗に触れて結晶が溶け出したため、壁といわず天井といわず、あたり一面鍾乳石だらけだ。鉄骨に固定されたプラスチック製のカーテンを開けると、中には濡れた黒い瞳の子どもたちが座っていた。通常の外気では呼吸できない子どもたちだ。

案内されてとあるテーブルのところへ行くと、そこにはスープ皿のような容器がある。幼い患者たちは毎日三回その皿で「酸素カクテル」をもらうのだそうだ。そのための管と吸い口のついたマスクがそれぞれ名前入りで、そばの衣装掛けにぶら下がっている。ドクター・アヌシュは、どうだ参ったかと言わんばかりにのたまったものだ、「私たちが現在いるこの岩塩層は、大洪水の直後、水が引いたあとに形成されたものなのです」。

これはとんでもないナンセンスだ。岩塩があるということはかつてアララト山の麓が海または内海だったのが、それが干上がったことの証拠ではある。だがそれは何百万年前のことだっただろう。

僕が尋ねたアルメニア人は誰もが、炭素一四による年代測定もカリウム・アルゴン法も、そんなもの知ったことかとお構いなしだ。彼らにとって大切なのはただひとつ、自分たちの住むここがノアの地であり、ここで初めて天に虹がかかったということなのだ。聖書の言葉をまさに文字通り信じている。方舟はあった。それは長さ三〇〇キュビト、幅五〇キュビト、そして高さは三〇キュビトの、アスファルトで塗り固められた救命艇で、これに乗って人間と動物は地球全体を水浸しにした大洪水を生き延びた。ノアの妻の墓もちゃんとある。丘の上の粘板岩の廃墟がそれだ。そして、ほら、あそこ、アララト山の北斜面に三角形の影が見えるだろ、あそこでノアは祭壇となる石を選んで、そのうえに「すべての清い獣と、すべての清い鳥とのうちから取って」燔祭を捧げたんだ――どこからでも仰ぎ見ることのできるアララト山は、彼らアルメニア人にとっては、世界の中心というだけでなく、およそ宇宙そのものの中心なのだ。

七〇年におよぶソビエト支配のもとで口先では「科学的無神論」を唱え続けてきた彼らが、それにも拘らず、いやひょっとするとだからこそというべきか、なんとまあ信心深いことか。

新たなミレニアムを迎える直前にアルメニアでこんな経験をしたおかげで、僕の脳裏には子ども向け聖書の一齣一齣が忘却の彼方から蘇ってきた。髭面のノアが祭壇にぬかずいて祈る姿を思い出す。虹、それは神と人間との契約のしるしだった。オリーブの枝をくちばしにくわえた鳩の姿もまぶたに浮かぶ。動物たちがそれぞれ仲間とともに四方に散らばっていく。彼らは「生めよ、ふえよ、地に満ちよ」と告げられた。彼らは歩一歩と地に満ちて行ったはずで、犬はしゃぎで飛び跳ねたりはしなかっただろう。そのことは子どもの僕にも分かっていた。キリンもシマウマも長い間立ち続けていたので脚がすっかりこわばっていて、すぐに折れそうな前脚でそっと舟から降りて行ったに違いない。

もちろん僕はあの方舟があそこに漂着したなどとは思ってはいないのだが――ノアの方舟の話は僕にとってはなによりもまず物語だった――「ほら、あそこ」と言って指でさすことができるという事実には、思わず感動してしまうのだった。聖書に出てくる場所を実際に訪れることができようとは、それまで考えてみたこともなかった。方舟神話は現に存在する山という厳然たる現実の背後にあったのだ。その山には名前があり、一定の高度（海抜五一六五メートル）をもち、人間の定めた基準によると、紛れもなく北緯三九度四二分、東経四四度一七分に聳える山なのだ。

第二章　始まり（t=0）

幼い頃の写真の一枚に白い服を着た僕がいる。人絹の長いすそは僕の脚よりどう見ても五〇センチは長い。「一九六五年一月二十四日　洗礼の日」と父が飾り文字で書いている。

エメン動物園で子どものシロクマのそばに立っていたり、バルゲル＝コンパスクウム村でもとは泥炭採掘用の船だった観光船に乗っているかと思えば、「一九六七年六月五日」にはエクスロー村でヤギのせん毛祭に出ている男の子がいる。写真のどれをとっても親たちには積もる思い出があるらしいのだが、このモノクロの世界は僕の記憶にはまるで縁がない。

僕が育った家の居間でモスグリーンのキリムのかかったテーブルを囲んで、家族一同が集まっている。母がたんすの引き出しから小さな宝石箱を取り出すと、そこには僕の乳歯が一本布に包まれて仕舞ってある。封筒からは僕の髪の毛がひと房出てくる。天使のように真っ白、と母は言う。

「ほら、見てごらん。君の最初のアクロバットだ」と父が言う。

父の手につかまって水路に沿ったパイプラインの上をバランスを取りながら歩く僕がいる。ページをめくると、今度は籠を手にブラックベリーを摘んでいる。背景には原油積み出しステーションの貯蔵タンクが見える。

なにかそれと見てとれるものが、僕にはひとつもない。せいぜい原油採掘用のポンプぐらいだろうか、僕の子ども時代の舞台装置で記憶に残るのは。ありとあらゆる油田設備に囲まれて育った僕だが、なかでも一番印象に残っているのが採掘用ポンプの発する強い臭気だった。

僕は両親に「ヘト・ハーンチェのボーリングやぐら」のことを尋ねる。本当に写真はないの？　夕空を背景にした写真があれば一番いいんだけどな。だって、そういう写真を見れば、やぐらが倒れる前からもう斜めに傾いていたかどうか、分かるだろ。

うちの家族の間では、「ヘト・ハーンチェのボーリングやぐら」は神秘の香りに包まれた合言葉のようなものなのだ。誰かがヘト・ハーンチェと一言、いや半言でも口にすると、たちまち両親と姉は互いに話を補い合い、頷き合うのだが、僕だけが蚊帳の外、なんのことやらさっぱり訳が分からない。その話になるといつも、時が経つにつれ抑えられてはいるが、なにやら背筋がぞっとするような畏敬の念のこもった恐れと、これを打ち消す安堵の思いを言葉の端はしに感じ取るのだった。あのやぐらの真下にいたんだ、あのときもうやぐらはピサの斜塔のように傾いていたのよ、最後ぎりぎりのところで災難を免れたんだな。

「あのとき」とは一九六五年十一月二十八日日曜日、僕の最初の誕生日のちょうど二週間後のことだ。その頃の写真といえば、僕が子ども用のいすから立ち上がり、蠟燭が一本だけ立っているケーキに手を伸ばしている光景しかない。

二〇〇二年復活祭――エレバン訪問から二年半後、僕は特派員を辞め、だからまたモスクワにいることもなくなった。その結果僕はアララト山から一層離れることになった（直線距離で約一〇〇〇キロメートル）。

双頭のあの火山の輪郭は、もやもやと頭のどこかに引っかかってはいた。僕は聖書を開き、アララト山の箇所を読み返した。「方舟は七月十七日にアララトの山にとどまった」と創世記八・四にある。なにやら荒れ果てた地球という惑星に軟着陸したように聞こえるではないか。物語がハッピーエンドで終わるかどうか、古い版では必ずしも当たり前とは言えないところがあった。注意深く文字を追うと、神が、舵もなく漂うばかりのノアの舟のことをしばらくは忘れていたように読めるのだ。「水は百五十日のあいだ地上にみなぎった。神はノアと、方舟の中にいたすべての生き物と、すべての家畜とを心にとめられた」。

子どもの頃この物語を読むと髪の毛の逆立つ思いがしたものだが、同時にまた、学校で月曜日朝の礼拝で「もの皆は主のみ手に」を歌うときのような心の安らぎも覚えるのだった。一年生から六年生までの全員が講堂のリノリウムの床に座る。子どもたちの喉から何度も何度も波打つようにゴスペルのリフレーンが響き、窓際のベンチは船の欄干となるのだった。

アララト山を見たとき、僕のなかにかつての救いの舟の感情が呼び覚まされた。そして同時に、一九九九年のアルメニアで僕のなかに聖書の山アララト山に登りたい、頂上の氷原を歩いてみたいとの渇望が湧いたのだった。僕は、詩人オシップ・マンデリシュタームと同じ思いにとりつかれたのだ。

彼は一九三〇年代にアルメニアからこう書いている、「僕は第六感を身につけた。山に惹きつけられるという感、いわばアララト感を」。

オランダに戻ると、それどころではなくなった。遠い国へ旅する、ましていわんや山に登るなど論外だった。父親になったばかりの身にはそれも驚くにはあたらないことだったかもしれない。娘のフェラが二〇〇二年三月六日午後三時三分前、元気にこの世に生まれ出たのだ。

最初の子どもが生まれると、みんなはいったいなにをするのか。ふるさとの地に戻るのだ。以前に誰かがそんなことを僕に言おうものなら、有り金全部を賭けてもいい、そんなことは絶対にしないと宣言していたことだろう(「僕らは一年もしたらイスタンブルに住んでるよ」)。ところが父親という役割は思いがけない悪戯をするものだ。人は成長とともに歩一歩と行動半径を拡大していく。庭の小路が表通りに、表通りが町にとって替わり、ふと気がつくとテッサロニキ行きのヘラス・エクスプレス(ギリシャ特急)に乗っていたりする。ところがだ、いったん繁殖をすませてしまうと、世界を相手に張り巡らせていたアンテナを一寸また一寸と縮めていき、最後にはふるさとへと向かって感傷旅行に旅立つことになる。

僕が生まれたドレンテ州へ行くのが以前より頻繁になった。両親の家の客間のベッドシーツも、庭の針葉樹も前と少しも変わらない匂いがした。お歳を召した近所のご婦人がたは、まあ、似ているわねと喧しかった。フェラがあの頃の僕と同じブロンドで、眼差しも同じように好奇心いっぱいだし、口元もそっくりなのだそうだ。僕はといえば、また少し違う共通性に気がついた。僕は父親に似ている、三五年以上前、僕の手をとってパイプラインの上を歩かせてくれたあのときの父親に。もうすぐ同じように娘と並んで歩くようになることだろう、同じように腰に手を当て、少し前かがみになって。世代の循環速度のこの凄まじさを思うと、なにか恐ろしくなるほどだ。

フェラはマキシ＝コシのベビーカーで眠っていた。小鼻が微かに震えるが、目を覚ますことはなかった。フェラは生まれてちょうど八週間になる――だが洗礼を受けていない。

僕の両親はこの状態について口を噤んでいるが、もし僕のほうからどう思うか聞いてみたら、母は満腔の思いをこめて言ったに違いない、「残念だわ」。そして父は、微妙な問題では母が代弁を務めることになっているから、黙って頷いたことだろう。

テーブルになくてはならない思い出の品々が並べられる。オーストリアのハイキングメダルがあり、僕らが泊まったアルプスの山小屋のスタンプもある。リンダウ小屋、トータルプ小屋、ザールブリュッケン小屋。七〇年代はコダックのテクニカラーに染まっている。

「フォアアルルベルク　一九七六年」のアルバムを開くと、バートムント林間キャンプ場の写真を見つける前から、僕は一一歳の男の子に戻っていた。小川の水の味があらためて蘇ってくるようだ。間一髪、流れに呑み込まれてしまうところだったあの光景が目に浮かぶ。腰まで水にとられ、ガルゲレン村に通じるあの橋近くまで流された。橋の下で川の水は岩とコンクリートの柱に挟まれた狭い空間に吸い込まれていた。この漏斗状の吸い込み口の直前で堰き止められた水が一瞬盛り上がる。ここで僕の体は高く放り上げられ、横に飛ばされた。そしてちょっとした入り江になった浅瀬に着水した僕は、懸命に石にしがみついたのだった。その傍ではいったん盛り上がった水が再び崩れ落ち、橋の下の穴に吸い込まれていった。

同時にこれにまつわる思い出も脳裏に浮かんだ。この夏のあと、僕の祈り方がそれまでとは変わったのだった。指の関節が白くなるほど固く両手を握り締め、心の底から祈るようになった。それまでは食事の前と後にただ習慣で祈っていただけだった。姉ともども、聞き取れないほどの早口で似たような発音の地名を並べて唱えるのだ、「ヘルゼン、ゼーグニッツ、スパイデン、アーメン」。これが「主よ、この食事をご祝福ください、アーメン」の代わりだった。だがイル川で水にさらわれてからというもの、僕は祈りにしがみつくようになった。轟然たる水音のなかから僕の叫びを聞き届けてくださった父なる神に感謝を捧げた。あの方が僕の手と足をつかんで流れの中から救い上げてくださったのだ。そうに違いない。

パジャマ姿で天なる父に祈りを捧げる少年フランクを思い出すと、ひどく不思議な気がする。あれは本当に僕だったのか。気がついてみれば、僕はもう二十年来祈ったことがない。祈ることができなくなっているのだ。はっきりした断絶があったわけではない。これといって口にできるようなものはなにもない。どういう表われ方をしようが、とにかく僕にとって宗教は次第にお芝居になってしまったのだ。人間が考案し演出する、いつ果てるとも知れない上演に。

父も母も僕が溺れかけたことを知らなかったとは驚きだった。

「そう言えば」と、しばらく間をおいて母が言った、「ある日突然、小川が川になっていたわね」。

「泡立つ赤茶けた流れに変わったっけな」と父が付け足した。

どうやら僕はこの飛び切り恐ろしい体験を両親には内緒にして、神様とだけ秘密を分かち合ったらしい。

母は自分が知らなかったことに驚いて、今更ながら心を痛めた。父はこの出来事をヘト・ハーンチェのやぐらと結びつけて言った、「あのときは四人とも危ないところだったな」。ヘト・ハーンチェでの命拾いは、両親にとっては、どうやら僕のイル川での体験と同じ意味をもっているらしい。家族の言い伝えでは、そのとき「大地はソドムとゴモラのようにひっくり返り」、家族一同は、ロトのように危うく難を逃れたのだそうだ。だが僕にとってはヘト・ハーンチェは依然として未知の世界でしかない。そのことが急に気に障り始めた。

その一九六五年十一月二十八日にいったいどんなことが起きたのか、きちんと説明してほしいと両親に迫った。僕が知りたいのは神秘な物語ではなく正確な事実だ。

起こったことをまとめると、次のようになる。

ネーデルラント石油会社NAMで設計の仕事をしていた父は、社内報でオラニエ運河近くで天然ガスの採掘が行われているとの記事を見つけた。「エメンの近くだ。行って見てみようじゃないか」母も姉も喜び勇んでというわけではなかったようだ。採掘用ポンプならせめて優雅にお辞儀をしてくれるんだけど、ボーリングやぐらなんてただでんと突っ立てるだけで退屈、腕も電線もないただの鉄塔じゃあないの。

「第二のエッフェル塔と言ってほしいものだな」。誇張癖のある父が我を通して、発言権のない僕もトラベルコット（旅行用ベビーベッド）やらなにやらと一緒にわが家初代の車ルノー・ドフィーヌのバックシートに積み込まれた。エメンからスレーンへ向かい、そこでオラニエ運河に沿ってヘト・ハーンチェの集落まで進んだ。ボーリングやぐらは袋小路の行き止まりにあった。現場はサッカー場ふたつ分ほどの広さのアスファルトで舗装された広場で、コンクリート製の溝と有刺鉄線で囲まれていた。入り口には遮断機が下りていて、そこに鉱山会社の「禁煙」の看板がかかっていた。

六歳になっていた姉が、駐車中の車に珍しいナンバープレートがついているのを目ざとく見つけた。「あれはフランスの車さ」と物知り顔で父が言う。「だから言ったろ、ここで働いているのはエッフェル塔を建てた人たちなんだ」

だいたいボーリングの現場とそれに附属する一切合財あわせて、普通は人里をかなり離れたところにあるものだ。この場合は一番近い農家から百メートルほどしか離れていなかった。相当にごった返していて、トレーラーハウスが並んでいるかと思えば、その間にくず鉄の山があったりした。ほかにはハリバートン社のセメント用サイロ、パイプを組み合わせた足場、もくもくと煙を吐き出すディーゼル発電機、それにバラック小屋が三棟、これは父の得意な石油業界英語だとドッグハウスというらしい。

間を行き来している日焼けしたフランス人たちは、ピレネー山麓の町ポーのボーリング会社フォレクス社のクルーだった。

一台だけオランダのナンバーをつけた車があった。そのNAM社の黒いフォルクスワーゲン・ビートルの持ち主ヤン・セルファースは父の同僚でマッドボーイとしてチームに配属されていた。マッドボーイってなに？　そう尋ねる姉に、父は、マッド、つまり泥のボーイだから泥で仕事をする人のことさ、と言うのだが、それが本当のことか、姉としては本人に確かめたかったそうだ。

でもそういうわけにはいかなかった。その日の午後は誰も入り口に顔を出してくれなかったからだ。仕方なくヘルメット姿の労働者を遠くから眺めるだけだった。彼らは円形のトウキャップのついたブーツを履き、汚れたプラスチック製の前垂れを服の上につけていた。ひとりはやぐらの四分の三の高さにあるデッキに立っていた。

「あれがデリックマン」と僕を腕に抱いた父が講釈する、「ボーリング用のパイプを次々にはめ込んでいく係なんだよ」

ドッグハウス、マッドボーイ、デリックマン――これが、わが家に入り込んだ最初の英単語だった。僕らが立ち去ったあとでなにが起こったかは、両親も人伝に話を聞いて知っているにすぎない。父が「ファイナンス&プランニング」と記したファイルに保存している新聞切り抜きを調べてみたところ、ちゃんとあった。一九六五年十二月二日付け『ノールト・オーステル』紙の第一面だ。

「ヘト・ハーンチェのボーリングやぐらが倒壊

施設の大半が地中に呑み込まれる。

大地が目に見えない手で引き裂かれたようだった。

やぐらは揺れたかと思うとたちまちガラガラと崩壊した。

爆発によって生じた穴に機械も原料もどんどん沈んでいった。

空襲よりもっと凄まじい轟音だった」

もっと詳しく知りたいと父に言うと、それならヤン・セルファース、ヘト・ハーンチェのあのマッドボーイと一度話してみてはどうかとのこと。彼とは定年退職直前の数年間、企画部で一緒だったのだそうだ。

「信心深いまっすぐな男で、ひどく頑固な奴だぞ」と父は警告してくれた。「周りがうるさ過ぎると、デスクの下の床に座り込んで仕事をしていたっけな」

ヤン・セルファースは普通に電話帳に名前が載っていた。電話してみて、話し方ですぐに分かった。NAM特有のしゃべり方だ。ヘト・ハーンチェのマッドボーイのオランダ語には訛りはなかったが、ふたこと目には、トゥールプッシャーとかエンジニアとか英語が飛び出すのだ。

現場に居合わせた専門家として、一九六五年のスレーンⅡと呼ばれる試掘現場でなにがまずかったのか、話してはくれまいかと尋ねてみた。

「ああ、ヘト・ハーンチェね。あれはまさしく神の恩寵だったな」

神の恩寵だって⁉ 古めかしい言い方だな。おばあちゃんが読んでいた頃の聖書に出てきそうな言葉だぞ。そうか、彼はあの事故を神のしるしと受け止めているのだろうか。早速会う約束をした。

ヘト・ハーンチェにここまで惹きつけられたのは、新しい始まりのモチーフだった。大洪水で神は自分の創造物を消し去って新たに始めようとした。小規模ながら——実験室規模と言ってもいいだろう——それがここで起こったのだ。大地が深い層までめちゃくちゃに掻き回され、いつのものとも知れぬ粥のようなものにされてしまった。しかもそこはNAMの技術陣がかつては偉業を成し遂げた場所でもあった。それが一九六五年十二月二日にはt=0になってしまったのだ。

母方の祖父を思い出す。彼は聖書の言葉をみじんの揺るぎもなく信じていた。彼は、年年歳歳、月曜日ともなればロッテルダムの市場へ出かけては牝牛一頭とブタ一頭を買うと、徒歩でと畜場まで連れて行き、ピストルの一発で射殺したものだ。亡くなる少し前、祖父は最高齢の卒業生（九〇歳をはるかに越えていた）ということで、学校のお定まりの儀式に招待された。新聞記者、市長それにもちろん校長がいて、年齢の話になった。校長がちょうどいい機会とばかり白亜紀の化石を祖父に見せて言った。「アンモナイトの化石です。数億年前に地球上に生息していたものですよ」

祖父はごつい手を杖の握りに置いて言ったものだ、「数億年前だと？　ばかばかしい。地球は生まれてから六千年だぞ。アダムから始まる年代を数えてごらん」

結構結構、それが一九〇三年生まれの祖父だ。

それで彼の娘、つまり僕の母は一九三四年生まれ。僕は宿題で「人間と動物の攻撃性」について作文を書き、得意げに母に見せた。いすに座り、スタンドの下で読み始めた母は途中で石のように固まってしまった。「ヒトはサルから派生したのであるが……」

さてそれで、一九六四年生まれの僕はどうなのか。娘には頭から自分の無信仰を押し付けるつもりはない。だがなにかを与えるとすれば、いったいなにを与えようというのか。それが僕には分からなかった。

二週間後僕はスレーンの食堂ヘト・ヴァーペンでヤン・セルファースと会っていた。注文したのは二人とも田舎風オムレッツと白パンだった。

「ヤンと呼んでくれていいよ」。彼は目の前のナイフとフォークをテーブルクロスから脇に押しやった。真ん中には、村の風景を刺繍した赤い格子模様の手作りのテーブルクロスがかかっている。

「この食堂には大切な思い出がある」のだそうだ。カウンターの後ろに立っている女性に頷いてみせながら語った。「あの人のお母さんがわしらのチームの食事の面倒を見てくれた。ミニバンで走り回ってパンやソーセージ、夕方にはマッシュポテトをそえたシチューやらカツレッツを届けてくれたものさ」

一九六五年からこの方ドレンテはすっかり変わってしまったが、ヘト・ヴァーペン・ファン・スレーンだけは昔のままだった。ここには観光客向けのくだらないみやげ物などない。あるのは窓際のスミレと鉤針編みのカーテン、ジューサーそれにダーツの標的に鹿の角だ。

店の女性が卵の黄身が三つとその周りにぱりぱりに焼かれてそっくり返ったベーコンを載せた皿を運んでくると、ヤンは目を閉じた。

「いただきます」と僕。

「アーメン」とヤンが言う。

一瞬僕は狼狽した。父からセルファースがいわゆる第三一条教会、オランダ改革教会（解放派）の信者だとは聞いていた。僕にとって信仰とは内面のもので、人前でひけらかしたりはしない。僕がレストランで食事の前に神の祝福を祈っていた時代はとっくに終わっていたし、そうしていた頃も給仕が見ていると恥ずかしい思いをしたものだった。

ナプキンを前掛けのように腰に巻きながら、ヤンは、誤解を前もって正しておこうと言わんばかりに話し始めた。マッドボーイというのはボーリング会社の持て余し者などではない。鉛やアルカリ液を扱うときは分厚い保護用の前垂れとアクリル製の保護マスクをつける。マッドボーイの仕事は混ぜることだ。重油、マグネシウム亜塩素酸塩、重晶石それに粘土をプールの中で混ぜ合わせて、一定の比重と粘性を持ったどろどろの液体にする。このいわゆる泥水をボーリングパイプの中に送り込むと、これが液体の柱となって、爆発的な勢いで上へ上へと出てこようとするガスまたは石油の泡を押さえ込む役割を果たす。

「鉛の粉を使ってブレイハムではうまく制御することができた。確かに環境にはよくない、それは認める。だがあいつをしっかりと押さえ込んでおかないと、大変な損害が出るからな」

眼鏡をはずしたヤンは、記憶を搾り出そうとでもするように顔をこすった。六七歳の彼の眉は白くて薄かった。その上の皺、それはもういくらこすっても消えはしない。

ヤン・セルファースがNAMに入ったのは一九五八年、父の二年後だったのだそうだ。スコーネベーク油田で記録的な産出高を達成した頃だ。外国語に堪能だったので広報部へ配属になった。

若い人たちのなかで、入社したいのだが、自分がはたしてドレンテの湿原地帯で生きていけるかどうか不安がる者がいるので、そういう人たちを対象に予備体験ツアーを企画し実施した。またNAMの株主にあたるシェルやエッソのお偉いさんが大挙して貸し切り列車でやって来るのを出迎えたりもした。「グリメ・ホテルで接待したものだ。コーヒーとケーキでね」。そのあとで映画『ディープ・ネーデルラント』を見せた。この映画の伝えようとするメッセージは、かつて人は数世紀にわたり苦労して泥炭を掘り貧困に喘いでいたが、今ではさらにその下の石炭紀の鉱物を採掘して繁栄を謳歌しているというにあった。次に案内するのは、タンク車がペルニス精錬所へと出て行く原油操車場なのだが、そこへ向かう途中、一行は多数の石油採掘ポンプが立ち並ぶあたりで足を止める。ポンプ群は、客人を歓迎して静かにお辞儀するように見える。鉄道の踏切りにアンドレアス十字〔訳注　聖アンデレ十字とも。+形ではなく×形の十字架〕が付き物であるように、ポンプはあたりの風景に溶け込んでいて、スコーネベークの住民は、保守点検のためにポンプが停止してその心地よい運転音が聞こえないと、物足りなく思うほどだという。

視察ツアーのハイライトが未来派風のデ＝ボー・レクリエーションセンターだ。これは、NAMが村外れのなにもなかった一帯に立ち上げた従業員専用のスポーツ施設で、テニスコートとボウリング場がある。土地の牧師に言わせれば、ここの温水プールは悪徳の水溜りで、主の日（日曜日）であろうとお構いなく、こともあろうに裸の男女が入り乱れて恥ずかしげもなく遊び戯れている。セルファースは自分の属する教会には忠実だったが、このデ＝ボーは彼にとっては最後の切り札で、招待客はここのテラスでくつろぎながら会社の厚生施設の充実振りにすっかり感心したのだそうだ。

僕の両親はロッテルダムの映画館で『ディープ・ネーデルラント』を見たという。ふたりは、まずハイキングに出かけて互いの気持ちを確かめ合うなどという優柔不断のたぐいではなかった。婚約したふたりにとってなによりも大切なのはアパートを借りられるかどうかだった。列車車輛の設計技師の職はあったが、それではいかにも不安定だったので、一九五六年父はデン・ハーグのロイヤル・ダッチ・シェル社に応募した。採用されたはいいが、すぐにベネズエラへ行けと言われて仰天。そんな遠くへ行くつもりはなかった。ではその代わりスコーネベークではどうだということになった。そこならオランダ国内だし、それに不服を申し立てるなど論外だった。

ふたりはとても幸せだったし、またほかに選択肢はなかった。とはいえ、ロッテルダム市近郊の寒村から東南ドレンテ州への移転はふたりにとって国外移住にも等しい大事件だった。地図で引越し先のエメンを探した。指で道を辿ると、モスコウ、デ・クリム、デ・ニュヴェ・クリム、バラストなどという地名にぶつかる。

割り当てられたNAMの社宅はヴァール通りにあった。動物園に近く、広い並木道だった。近所に住むのは地質学の専門家、ボーリング主任、測量技師で、お互い若い夫婦者同士、土曜日の晩ともなるとだれかの家でブリッジをやる。葦で葺いた屋根の建物ひとつに三世帯ずつ、あわせて一八世帯だった。路上に並ぶ数台の黒いビートルが目に付くが、これは仕事で油田をあちこち駆け回る者のための社用車だった。目立つといえば、そっくり同じにしつらえられた前庭（ブナの生垣、芝生そして縁取りに花壇）もそうで、これもNAMお抱えの植木屋が手入れをしていた。ヴァール通りは広報部主催の見学ツアーの目玉のひとつだった。

「傍を通りながら注釈抜きでこう言ったものさ、これがわが社の従業員の住宅ですとね」。ただしセルファース自身は泥炭労働者たちに混じってエンメルメールのアパートに住んでいた。「ヴァール通りは一種封鎖的なコロニーで、誰かが冷蔵庫を買うと一週間以内に同じものがあと三台は売れたとさ」

こういうツアーや見学案内を数年やって、何回も何回も『ディープ・ネーデルラント』を見たあと、一般ボーリング技術の研修講座にうまく参加することができた。その後マッドエンジニアリングをやることに決めた。つまり念願の現場での本当の仕事につくことができた。

彼はいまだにフォルクスワーゲンに乗っていた。観光バスのようにトロトロとスレーンを出てホンツルークの斜面を突っ切った。青と白の看板がリラックス・リゾートホテル・コンティネンタルに通じる道に立っているが、僕らは直進する。後ろのシートにはスレーンII関係のファイルが二冊積んである。

オラニエ運河沿いの狭い道の、カヤックを貸す店とぽつんとひとり釣糸を垂れている釣り人の間で、セルファースはエンジンを切った。ここから、ボーリングやぐらが沈み込んでいくのを見ていたのだそうだ。劇的な、だがまた心を揺さぶられる光景でもあった。彼は目に涙が溢れてくるのを抑えることができなかったという。「二週間わしらは設備・装置を救おうと頑張った。だがどうにもならなかった。全部沈んでしまったよ」

セルファースは一冊のファイルをハンドルの上におき、パチンと開けた。「ほら、一九六五年十一月十八日ガスを試掘。深さ一八四四メートル、とある」

圧力計の値は二九〇バール、これは予想よりも二倍ほど高い。これではボーリング坑がたちまち溢れてしまう、ということはリットル当り比重一・二キログラムの泥水が流れ出ることになる。フランス人の同僚たちと相談し重晶石（キプロス産の重晶石を挽いて粉にしたもの）を加えて泥水を重くしたところ、比重一・七でボーリング坑がようやく「おとなしくなった」

やはりフランスの企業であるシュルンベルジュ社からも器具をどっさり積んだ測定車が到着して、ガスの通っている層を精査してくれることになった。技術者たちは、多孔性、透過性その他鉱石の特徴を調査するため、放射性物質を地下に入れ、電極をつなぎ、ポテンシャル曲線を作製した。

スレーンⅡが不安定であることから、ＮＡＭ本社は緊急に必要とされる専門家は当分の間現場に留まるよう指示した。「寝袋、軍用アノラックと追加のミトンが届けられた。それだけだったよ」

新たな問題が発生した。交換のためにドリルビットを引き上げようとしたところ、シャフトが沈下した。深さ一〇〇〇メートルの白亜層に凝固が生じ、そこにビットが食い込んでしまったのだ。セルファースの記録によれば、ここでまず泥水が失われていった。つまり不安定な層の成分が泥とガスだということだ。ガスボンベの蓋の役を果たすはずの泥水が周囲の石灰石に漏れ出している。破局的な事態を防ぐためにはただちに回転式防噴装置を装着しなければならない。ボーリング桿伝動装置の最上端に鋼鉄製の蓋を取り付け、ドリルを出し入れする際にはボーリング坑が閉じられるようになった装置だ。ところがこれがオランダにはない。急いで外国に発注しなければならなかった。

この蓋を取り付けない限り、噴出物が逆流してくるのを止めることができない。「そうなったらドカンと来てなにもかもがばらばらに吹っ飛ぶ」とヤンが説明してくれた。

十一月二十八日日曜日、クルーはドイツから到着した回転式防噴装置を一日かけて取り付けた。

その日の昼頃、僕ら一家が柵の向こうからその様子を眺めていたことになる。僕らはアスファルトの小路を徒歩で入り口のところまで来た。足元に深さ二〇〇〇メートルの穴が開いていて、七二時間後に、そのアスファルトの道も柵も、掘削現場がそっくりそのまま呑み込まれてしまおうとは露知らずにいた。僕らとしては危うかったとも、それほどのこともなかったとも言えるだろう。

「神経をすり減らすようなひどい仕事だったよ。フランス人たちはぶつぶつ文句ばかり言っていた」

老眼鏡を鼻にかけて彼は読み上げていった、「十一月二十九日月曜日　洗浄し回転させつつ器具を九二七メートルまで下ろす。泥水喪失量は四立方メートル。回転式防噴装置が漏れている」

これは悪い兆候だった。口々に言い合ったものだ。うまくいけばいいんだが、ガスと泥水が坑井のパイプから溢れ出したらもうお仕舞いだと。

「十一月三十日火曜日　逆圧は一三三Kg/cm²から四Kg/cm²に低下。泥水喪失量は七二立方メートル一日のうちに三回泥水を補充。どこへ消えてしまったのか、訳が分からない」

その日の昼時にセルファースの奥さんのリネケが門のところへやって来た。二人の子どもを連れて自転車でエンメルメールからはるばる訪ねて来たのだ。下の子をシートの前に、上の子を後ろに乗せて。門のところで慌ただしく話をしただけで別れた。ひげ剃り用クリームと洗濯ずみの靴下や下着の入ったバスケットを届けに来たという。それに心配していると、一言夫に伝えたかったのだそうだ。

「お任せするほかないよ」と彼は妻に言ったという。

「お任せする」という言い方を聞いて、僕はびっくりした。これまで「神の手にゆだねる」と言う意味でこの言葉を使うのは僕の母だけだと思っていた。どうやらセルファース一家と僕の家族とは、僕のひそかな願望とは裏腹に、共通点がかなり多いらしい。

リネケと子どもたちが帰っていくと、間もなく霰になり、一晩中降り続いた。翌朝にはあたり一面、白い氷の塊だらけだった。


十二月一日水曜日　気温が上がり地面は融けてぐちゃぐちゃ、突風が吹き荒れてドリリング・クルーの意気は上がらない。坑井の状態は危機的で、セルファースの目は圧力計に釘付けになる。「わしが口笛を吹くと、トゥールプッシャー、つまりボーリング主任のクヴァントが、数メートル上の手すりから顔を出して、なんだと尋ねる。圧力が上がってるぞ、とわしは叫ぶ。クヴァントよりもっと上、やぐらのてっぺん近くにはデリックマンのジャンがいた」

この日の業務日誌は不完全だった。セルファースはファイルから最後の一枚を取り出し、仔細に検討する。

一二時一〇分から一三時四〇分までの間にボーリング担当主任はビットを一〇一一メートルから一〇六五メートルまで下ろす。これは各々九メートルのパイプ六本分ということだ。七本目で抵抗がなくなった。凝固が除去され、坑井が深さ一八五〇メートルのガスの通っている層と繋がったことになる。圧力は当然上がるはずだとセルファースは考えた。ところが見ると、圧力計の針はゼロをさして止まったままだ。「なにかおかしい。下のどこかで岩石にひびが入って、ガスも泥水もあちこちの隙間や穴に逃げ込んでしまったのだ」

セルファースは口笛を吹いた。今度はなんだと、下を覗いたクヴァントは怪訝な顔もいらついた顔もしている暇はなかった。彼は呆気にとられて眺めるばかりだった。マッドボーイの足元のアスファルトの地面が盛り上がったのだ。一五時一〇分だった。ヤンの足元で大地が波打った。モグラの仕業のように土が盛り上がった。「いや、なんと言ったらいいんだ。わしはいきなりアスファルトの地面ごと持ち上げられたんだ。まるでミニ火山だったな」

転びそうになりながら駆け出したマッドボーイの背後でアスファルトが裂けて空中に飛び散った。叫び声が聞こえた。「逃げろ!」

クヴァントはやぐらからクルーを撤退させた。ジャンも大急ぎでジグザグに駆け下りてくる、その途中で防噴装置の鉄板がちぎれて吹っ飛んだ。引きちぎられる金属音にまじって、蒸気の噴出する摩擦音が鋭く高い騒音に変わり、メタンの悪臭が鼻を衝く。ついでバラック小屋の後方五〇メートルあたりで地面が裂けた。泥水が一五メートルの高さにまで噴き上がった。「轟音がした。ちょうど離陸するジェット戦闘機のすぐ隣にいるような凄まじさだったよ」

フランス人たちは車に乗って逃げ出した。フォークリフトの運転手はフォークリフトで一目散だった。クヴァントは残った。セルファースも残った。彼は泥水プールの補助発電機のスイッチを切り、ボーリング関連書類一式をデスクから車に持って行った。それからオルデンザールの主任技師ボールに電話をかけた。

「こちらスレーンⅡ。いま暴噴がありました。どうしたらいいですか?」

ボールには通じなかった。

なんの指示も得られないまま、セルファースは現場を一回り点検して歩いた。理論上は暴噴とはなんで、どれほどのエネルギーが放出されるか知っていた。それでも自分の足元の地下に穴が開いていて、今にもそれが地表にまで到達するはずだという事実を意識することはなかった。さらに二度もドッグハウスへ行き、業務日誌に記載した。

報告書の記述「一五時四五分頃やぐらが傾いた。足場が動いている。約三〇〇メートルの周囲で高さ一メートルほどの小規模な噴出が多発。高さ五メートルに達する大きな噴出穴もある。ハリバートンのサイロも傾く。土台が沈下する。西側囲い付近に噴出穴が発生。パイプの足場が沈下する」。

そして最後に、銀行の口座記録のようにそっけなく「一六時二分現場を退出」

セルファースはクヴァントのフォード・コルティナのあとを追って、オラニエ運河の堤防まで走った。車を降り、ふたりとも黙って噴水のような有り様を見やった。放牧場が目の前で何十カ所もの噴出する泉に様変わりしていた。

一六時二七分、ヘト・ハーンチェのボーリングやぐらが動き始めた。巨大なロボットのようにぎこちなく最初の一歩を踏み出そうとしたのだが、それはどだい無理な話だった。四本足の構造物は崩れ落ち、あっという間に地下に沈んでいった。

それまでずっと掘削装置を動かし続けてきた二基のボードゥアン・エンジンも同じ運命を辿った。ケーブルで繋がったまま穴に引きずり込まれていったのだ。ハリバートンのサイロ、三棟のドッグハウス、泥水プール、ディーゼル発電機、汚水タンクさらに長さ九メートルのパイプ数百本もすぐあとを追った。

現場四隅に立つ夜間照明用のナトリウムランプだけがそのまま残った。警備員用のトレーラーハウス数台も無事だったのだが、これもさんざんな目に遭った。波打つ泥の地面の上で、まるで荒波にもてあそばれるレジャーボートのように揉みに揉まれたのだった。

代わる代わる車のトランクに片足を突っ込みながら、僕らは長靴を履いた。運河に直角に伸びる耕地整理用道路に沿って行くと彼方に陥没した穴だらけの一画が見えてきた。ヤンはあれ以来一度も来たことがないという。あのとき危険をものともせずあんなに長く現場に留まったのはなぜか聞いてみた。

「義務感さ」と、きっぱりした答えが戻ってきた。「不安など入る余地はなかった。あとになって不安に襲われたがね。心的外傷後ストレス療法などというものは当時はまだなかったよ。これは仕事で、仕事はするもの、ただそれだけ」。そういう厳しい職業観は信仰に根ざすものなのか尋ねた。「聖書に書いてあるだろう、〈あなたは、顔に汗を流して糧を得、ついに、あなたは土に帰る〉（創世記三・九）」

道端に積み上げられた飼料の山があり防水シートが被せてある。そこを過ぎるとオランダ電話電信会社のアンテナがあり、先の尖った柵で守られていた。

セルファースは精神的に参っている風で、あらためてあの事故を思い出すのが辛い様子だった。

「死者も負傷者も出なかった。全員車を無事運び出すことができた。処罰された者もいなかった、だがわしら全員が警告を受けたんだ」

あの事故に神の手を感じるのですか？

「そう、あれは叱責だったと思う。人間の傲慢と科学の高慢に対する警告だよ。わが社NAMが大深部でガスを掘削するなど大したことをやり遂げたことは確かだ。だがわしらは全能ではない。全能なのはおひとりだけなんだよ」

とすると教訓はいったいなんだったのか。もうボーリングはするなということか。化石燃料はあきらめて、巨石墳の時代に戻れというのか。それはおかしいんじゃないですかと僕は言った。ヤンはタバコの葉の入った袋を取り出した、ファルムという強い銘柄だ。「最後の審判のことだよ。教訓は、わしらがいつでもその準備をしておかなければならないということさ」。彼は、マタイが世界の終わりにはその前兆として大きな破局が起こることを告げる箇所を引用した。「またあちこちに、ききんが起こり、また地震があるであろう。しかし、すべてこれらは産みの苦しみの初めである」（マタイによる福音書二四・七－八）眼鏡の弦で手際よく押し付けながら自家製の紙巻タバコを仕上げた彼は、すぐにまた次の一節を引用するのだった。「人の子の現れるのも、ちょうどノアの時のようであろう……。そのとき、ふたりの者が畑にいると、ひとりは取り去られ、ひとりは取り残されるであろう」（マタイによる福音書二四・三七－四〇）

ヤンの横顔をしげしげと見つめた。表情はびくりともしない。本気なんだと思った。だが僕はどうすればいい。こんなに残酷な神の存在を認めなければならないと思うだけで腹が立ってならない。自然災害は、ノアの大洪水の教訓にもある通り、最高の存在による罰であるという、たえず繰り返されるこの解釈にはうんざりだ。ゼーラント島の信心深い住民は一九五三年の洪水をこのように受け止めたし、同様の反応は世界中どこにでもある。暴風雨、地震、火山の爆発で死者が出るたびに、どの宗教でも言うことは同じだ。生き残った者は災害を神に背いたことへの警告だと考えなさい。そしてそれによる苦難は罪の償いなのです。

苦難には意味がなければならないのだろう。そうでもなければ耐えることができない。ただそれには前提として、意味を与える者の存在がなければならない。

パターンが見つかったような気がした。長い間しっかりと大地を踏みしめてきた者は自分を信じ、人間を信じるようになるが、ひとたび足元で大地が揺らぐのを体験してしまうと、すぐまた神を信じるようになってしまうのではないか。いつの日かそんな運命に直面したら、僕もまたより高い存在にすがるようになるのだろうか。ちょっと目にはそんなことはないと言えそうなのだが、少し深く考えてみると、それは必ずしも確かではないなと認めざるを得なかった。さっぱり見当もつかない。すぐにでもはっきりさせたい気分だった。

陥没地帯に通じる道に林野庁が案内板を設置していた。「一九六五年に起きた異常な出来事」とある下に、暴噴事故により天然ガス掘削坑井が一変して直径二〇〇メートルの轟然たるクレーターとなったと書かれていた。その後数カ月にわたり大量の土砂が空中に噴き上げられたそうだ。

「独特の自然」と題して特記事項が書かれている。それをヤン・セルファースが声に出して読み上げた。何世紀にもわたり地下深くに眠っていた植物の種が地表に運ばれてきており、それがここで芽を出す可能性があります。

どのような植物や動物がこの「月世界」に定着するか見ものではないか。

古生物学者はこの地殻の瘢痕こそ前史時代の植生を復活させる絶好の試験場と見なしているようだ。それで結局どういうことになるのだろうか。アヒル池の脇を抜け、林の切り開きへと向かいながら、こんな光景を思い描いた。最後の氷河期に入る前、この緯度付近ではあたり一面にモクレンやラクウショウが茂っていたことだろう。そこへスカンジナビアから氷舌が延び、モレーンを残し、ここそこに漂石を留めた。動物の毛皮を身にまとった人間が現れ、石を転がして一カ所に集め、巨石墳をたてた。彼らの子孫は地面をアスファルトで覆い、地中に穴を掘ったが、まずいことが起こり、古い地層がまた外へ押し出されてきた。この爆裂で人間の営みは泥に埋もれ、大音響とともに遠い過去へと投げ返されてしまった。それが四〇年前のことだ。そして今、前史時代の植物がここでまた花開こうというのか。

自然がここで再び最初から始めようとしていると思うとわくわくする。だがセルファースにはそんな思いは無縁のようだ。「いやな、どんな有機体にもそれぞれ固有の創造の使命というものがある。わしが知っているのはただそれだけだ」

僕らふたりの世界像の間に何マイルもの隔たりがある、そのことが明白になった。創造の使命だって？　ヤンは創世記第一章を言葉通りに受け取っているのだろうか。僕も彼と同じように聖書とともに育ったのだが、僕の場合、理性を聖書に従わせることはどうあっても不可能だった。この坑井のマッドボーイだったヤン、圧力と逆圧がどの割合で働いていたかをきちんと計算してみせることのできるこの男が、人間が惹き起こした事故に神の手が働いていたと考えるとは、いったいどういうことなのか、どうにも納得がいかなかった。なんとか同じ言葉で話してみようと思いつつ言った。「僕はむしろ預言者ソロモンを思い出しますね」

「預言者ソロモンかね?」

「ええ、人間の努力は最後はすべて無にいたる、〈風を追うようなものだ〉と言ったあの言葉ですよ」

「しかしソロモンも結局は神の元に行くじゃあないか」とヤン。

それはそうだ。あえて口には出さなかったが、僕は本当はソロモン・マイナス神を考えていたのだ。このイスラエルの王が情け容赦なくすべての人の営みを日にかざしては、これもだめあれもだめと退けていく、あの無情さを思っていたのだ。

僕らは森の小道を行った。一歩ごとに靴がスポンジのような地面に沈み込むので、草の繁みや小枝を踏みしめて歩かなければならない。数分後切り開きに着いた。窪地になっているのではと思っていたが、実際にはミズゴケのびっしりついた粘土の帯がここまで延びていた。地球がここで最後の穴を吹いたとでも言おうか。

ヤンはタバコの袋を手に切り株に寄りかかった。僕は先へ進んで行った。穴に落ち込む心配はなかった。クレーターは泥が縁まで詰まっていた。醜いヒキガエルが一匹のっそりと飛びのいた、跡形もなく地中に消えてしまったボーリングやぐらの上に立っていると思うと、奇妙な感じがした。

第三章　灰と熔岩

デルフト工科大学鉱山学部がマインバウ通り、つまり鉱山通りにあるという事実から見ても力関係は明らかだ。わが家で「デルフト」といえば、即、石油・天然ガス掘削に従事する地質学専門家ということだった。それがこの小都市の名声の由来であって、青い色の磁器でも新教会にある国王の墓でもない。デルフトの鉱山学には、通りの名称も脱帽するほかないのだ。

僕自身はこの工学の聖域に足を踏み入れたことはなかった。毎年開かれるオープンキャンパスの日にでも来ていたら、父は大喜びしたに違いない。ロイヤル・ダッチ・シェル、当時のＮＡＭは鉱山学を選ぶ子どもたちに奨学金を出し、卒業後の採用も有利にはからった。およそデルフトの町が初めてだったから、僕は町の古めかしい中心部から運河を隔てて、アントラシエトプラーツやバウキートパトへといきなり変貌を遂げる町の有り様をたっぷり楽しんだ。カトリック学生協会の前を通りかかった。将来のエンジニア諸君がカリカチュアそのままに、ポロシャツ姿で窓辺にずらりと顔を出していた。「神を信じて警備せよ」という南ホラント州の標語がラテン語で刻まれている破風の下で、彼らは手にしたビール瓶をかざして道を教えてくれた。

生暖かい六月の一日、マインバウ通りは想像していたよりも長かった。一二〇番地、僧院風の建物に挟まれてめざす研究所はあった。時計台があり、ドイツ風の天然スレート葺の屋根、そして雨樋の上にライオンが危うく乗っかっている。入り口の上、三角形の破風に鉱山学研究所と彫られていた。だが僕が探していたのはそれではなく、地質学研究室と刻まれたドア横のステンレス製のプレートだった。

この玄関ホールに入るのは、昔教わったことのある地質学のサロモン・クローネンベルフ教授に会うためだった。教授とは最近、君僕で呼び合う仲になっていて、だからクローネンベルフ先生ではなく、ただのサレというわけだった。これまでの文通で、彼にはアララト山の——地質学的な見地からする——いわば受洗証明書を探し出しておいてくれるよう頼んであった。僕は単刀直入に「信仰と知」に関する本を書く、「アララト山を中心にすえて宗教と科学」について書くのだと説明しておいた。この聖なる山を考察し、最後には実際に登るつもりなのだが、あくまでも神話と現実をともに視野にいれておきたい。一種の巡礼の旅というわけだが、実際には信仰を持たぬ男の巡礼の旅ということになろう。

そのためにまずアララト山に関する事実を洗いざらい知りたい。年代、構成、起源を教えてほしいと手紙で依頼してあった。

岩石専門家のサレ・クローネンベルフは、スリナム奥地での調査で学位をとった。彼が、どこかの多国籍企業に籍をおいて採掘可能な鉱石や石油を埋蔵する岩石層を探すという仕事に縁がなかったのは、彼の関心のせいだった。関心が多岐にわたり過ぎてそういうたぐいの仕事には向いていなかったのだ。すべてを知り尽くしたいとの抑えがたい衝動に駆られるこの何でも屋は、三五歳でヴァーヘニンヘン農工大学で一般教育科目の地質学担当の職についた。その一年後に僕はこの大学に入学した。受講生がときには一五〇人ほどにもなる一年生向けの彼の講義についてはまるで覚えがない。

何年かして選択科目地質学Ⅱで彼のゼミナールをとった。今度は学生数も少なく、忘れがたい授業になった。われらが地質学教授の修道僧風の髪は、耳辺りまで伸びていた。二、三本の髪がいつも風に吹かれたように頭の天辺に横に貼り付いている。そんな格好で彼はスライド用スクリーンの前を行ったり来たりしながら熱弁をふるうのだった。彼が一度ならず取り上げたのが、一九八五年十一月コロンビアはアルメロの町を襲い、三万人以上もの住民を生き埋めにし、町を共同墓地と化してしまった泥流の話だった。この惨事を惹き起こしたのはネバドデルルイス火山の噴火なのだが、その直前にいくつかの予兆があったのに、それが見逃されていたのだという。例えば火山性ガスの粒子を吸い込んだために死んだ牝牛がいた。またスキー客用のホテルでミス・コンテストがあり、そのときのアルメロの美女たちの写真が残っている。雪の斜面でポーズをとる彼女らの薄いドレスが真っ白どころか、降灰のためにグレーになっている。

ゼミナールでの先生の話の眼目は決まっていた。人間は忘れやすく、学ぶことを知らない。地球の営みは人間にはお構いなしに続き、人間はたえず繰り返しその威力に圧倒されるのだと。

二二五号室のドアは鍵がかかっていなかった。S・B・クローネンベルフ教授の名前の下に「在室中」の札が差し込んであったが、誰の姿も見えない。廊下にはガラスケースが並んでいた。片麻岩、片岩、長石など切断され研磨された鉱物標本があり、その脇には未処理の結晶が転がっている。雲母のように透明のものもあればオレンジ色、黄土色のものもある。午後遅い日光のなかで毒のある花のように見える。

「入ってこいよ」。サレの声に違いないが、声の主がどこにいるのやら見当もつかない。部屋にはパンゲア大陸の地図がかかっている。ひとつに繋がった陸地にひびが入り、あちこちに動き出してばらばらになる前の時代の地図だ。

「ちょっと待っててくれ。そこの丸テーブルにいくつか出しておいたぞ。役に立ちそうなものがあるかどうか、見ておきなさい」

デスクの手前に五〇年代のいすが二、三脚とテーブルがひとつ、地図でできた静物画が飾ってあり、プリントアウトした資料や本が数冊広げたままになっている。いすに腰を下ろし、一番上にあるものを手に取った瞬間、だしぬけにサレがワイシャツ姿で横に立っていた。握手すると彼は詫びを言い、靴紐を結び始めた。「突然、学士の学位記授与式に同僚の代理で立ち会うよう言われたものでね」。彼が衝立をどけると流しと顕微鏡が現れた。白い襟のガウンを手早く畳んで格子柄のスーツケースに詰め込んだ。

いきなり本題に入って彼は言った。「僕がいつもまず見るのが、ワシントンのスミソニアン研究所が出している『世界の火山』なんだ」

その本のアララト山の項目のあるページが開いて置いてある。スミソニアンの分類では、アララト山は火山０１０３－０４、所在国はトルコ、標高は五一六五メートル、形状は成層火山。

「というと、どういうことになりますか」

「灰と熔岩からできているということさ。それが層を成して積み重なっている。いいかい、成層火山というのは一番多い形なんだ。エトナ山もそうだしベスビオス山もそうだ。大地と大地がぶつかり合うところにできると考えられている」

成層火山の見出しに指を走らせると、死火山、休火山、活火山の三分類に辿り着く。アララト山は活火山に分類されている。

「つまりアララト山は明日にでも、また灰と熔岩を撒き散らしてもおかしくないということですか」

「原則としてはそういうこと。だが心配することはない。この活火山という分類は〈少なくとも沖積世に噴火したことがある〉ということだ。つまり最後の氷河期にだ」

それがいつ頃のことだったか忘れましたと、僕は正直に言った。

「一万年前だよ」と、彼は有り難いことに僕の無知を見下すそぶりもなく教えてくれた。

その下から出てきたのは、『アルメニア・ソビエト社会主義共和国の火山』というタイトルのソ連の出版物で、裏表紙に定価九四コペイカとあった。

もったいぶってこんなものを見せるが、じつは彼も僕と同じで面倒なロシア語のテキストなど読めもしないのでは、と一瞬思った。だがすぐまた彼のウェブサイトにあった言葉を思い出した。そこには「英語、スペイン語、フランス語、ロシア語、ドイツ語、イタリア語を読み話し書くことに長けており、ポルトガル語、フィンランド語、スリナム語にもかなり通じている」と英語で書かれていた。同じ畑の同僚の間では、彼はひそかに「地質学者のなかの詩人」と綽名されていて、それは必ずしも賛辞とは言えないようなのだ。

サレ・クローネンベルフがロシア語で少なくとも意思表示できることは実際に知る機会があった。モスクワから帰国したばかりの頃、アムステルダムのある映画館で古いソ連映画の上演会があり、そこで彼と再会した。映画館の暗い照明のなかでも、最前列に座っているのが、僕が地質学を教わったことのあるあの先生であることにすぐに気がついた。上演終了後ロシア人たちを交えてその映画についての意見交換会があった。サレはロシア語で自己紹介して、カスピ海の水位の変動には専門家集団のひとりとして大いに関心をもっていると語った。僕は僕でクローネンベルフの教え子だったと明かし、アルメロ町を埋め尽くした「泥のコンクリート」を観察するのに教授がプジョー五〇四に乗って出かけたこと、そしてそのプジョーは彼のどのスライドにも必ず登場することなど彼のゼミナールの一端を紹介し、大陸が移動する速度は「手足の爪が伸びる速度に等しい」という彼独特の表現も披露した。

彼はこの思いがけない出会いをとても喜んでくれたのだが、僕のことはまるで覚えていなかった。アドレスを交換するとき、彼は名刺のファーストネームの頭文字の間に手でサレと書き加えてくれた。「アルメニア国内のアララト山の断層線については、これを見れば大切なことは全部出ている」と、ロシア語の本をワイシャツの袖でぬぐいながら言った。「アラビアプレートがそこでユーラシアプレートとぶつかっていること、またかつてはその間に大洋があったことを忘れちゃいかんぞ」

次に出てきたものは地図だった。本の下から一枚の紙を引っ張り出して、これはパイロット用の地図だ、NATO軍がこれで飛んでいるんだから文句なしに信頼できるとのご託宣。右上の端にG-4bと番号がふってあるこの地図では、トルコ、アルメニア、アゼルバイジャンそしてイランの領土が接し合っている。そこに濃淡の違う茶色で塗られた花輪があり、その真ん中に空白の星印が際立っている。流木にこびりついたフジツボのようにも見える。それがトルコ語でアール・ダー、別名アララト山だった。

等高線を見ていくと熔岩の流れた跡を読み取ることができる。サレは地図読みに慣れた熟達の目を走らせ、縮尺の助けを借りてアララト山の広がりは五〇〇平方キロメートル以上はあると概算した。「僕は氷河のある火山が大好きでね」と、彼は初めてそれまでの感情を抜きにした研究者としての口調を捨て、思い入れたっぷりに語った。「なんだか魅力的なんだ」

僕は僕でまた別のものを見ていた。パイロットになったつもりで眼下を飛び去る大地を眺めた。イラク北部の油田（地図の南端）からアララト山までF16戦闘機でどのぐらいかかるんだろう。四五分か、いや一時間ほどか。あの雪を被った頂上と、それに小アララト山の尖った頂を照準器にとらえるのはいつだろう。これはまさしく旧約聖書の世界だ。中央にティグリス川とユーフラテス川の源流があり、下の方にはニネヴェの町の廃墟が∴の記号で示されている。パイロット用地図は精密なんだろうが、それでも空白の部分があり、そこには貼り紙があった。「航空機は警告なしに砲撃をうけることがある」。そのような但し書きが黒枠に囲まれて不倶戴天の敵であるソ連邦との境界線沿いに刷り込んであった。この境界線はアララト山の北の山麓をなぞり、そのあとはトルコとアルメニアの国境に一致する。一九八五年版のこの地図には冷戦の臭いが立ち込めていた。

アムステルダムの映画館で再会して以来、先生と教え子という上下関係に揺らぎが生じていた。Eメールでクローネンベルフは最初のうちはカスピ海の容量の増減に関する資料を送ってきていた。やりとりしているうちに、彼がこれを論文にまとめていること、さらにこの論文を地球科学の現段階についての包括的な著作の一部とする計画を温めていることを知った。結局、僕はこの企画中の著書の原稿を読み、批評することを約束させられるはめになった。

「手加減するなよ」。彼が僕の家の郵便受けに突っ込んで行った分厚い封筒の表にはそう書いてあった。「この原稿を読むのは君が二人目だ。最初は妻のコリー。君がどう読むか、ぜひとも知りたい。歳をとってくると、たいていのことがどうでもいいやと思うようになるわけではないぞ」。サレ・クローネンベルフは五八歳、僕より一八歳年上だった。

『昨日は今朝だった』。仮題は無常感を漂わせるタイトルだ。読み始めると、埋もれていた記憶が次々に蘇ってくる。極値のガンベル分布を使えば堤防決壊の危険を計算することができる。ポンペイが完全に破壊される十年前にこの町を襲った地震についてセネカはこう言っている、「われわれは自然を眼で見ていて、理性では見ていない」。僕には、ガルシア・マルケス、ナボコフ、ボルヘス、バーンズと世界文学の作家から引用されているのが楽しかった。最初にいきなりガルシア・マルケス『わが悲しき娼婦たちの思い出』の一節をもってきて、全体の語調をこれに合わせようとしている。「……世界は進化しているんだよ、と言った。ええ、たしかに世界は進化しています。しかしそれは

太陽の周りを回りながらのことなんです、とやり返した」（木村榮一訳、新潮社、二〇〇六年、四七ページ）

世界文学（それは、ホルヘ・ルイス・ボルヘスの言葉を借りれば、唯一の真なる宇宙だ）からのこのような借用は、僕には媚態とは映らなかった。サロモン・クローネンベルフは事実の鎖をつなぎ合わせ互いに関連付け、地学的な「万物の理論」を組み立てようとしていた。すばらしいと思ったが、はたして僕は彼を理解したのだろうか。

彼に書き送った。「高校で理数系の科目をとったことのない者は序章で頓挫します」

折り返し返事が来た。「それならそれでいい。対数という文字を見てこの本を閉じてしまうような読者に媚を売るつもりはない」

もうひとつ気に入らないことがあった。彼の冴えないジョークだ。だがそれをどう伝えたらいいか迷った。結局、こちらも冗談まじりに仄めかすことにした。「講義であれば、もちろんこの陽気な口調はうってつけだと思いますよ」

「君の配慮あるぶしつけさに感謝する」という返答が郵便受けにするりと入り込んできた。

だが彼は本当にそういうつもりだったのか。お互いに膝に肘をついて向かい合って座っていると、当然また原稿の話になった。「実際、講義をしているように、話し口調で書いてしまうことが間々あるんだ」

頷きそうになって、ぐっと堪えた。僕の指摘した通りだったじゃあないかと見せつけるのはいかにもまずい。二人の上に沈黙が霧のように沈んできた。ふと僕はとんでもない思いに捉われた。腕相撲を一番とるような構えでふたりはここに座っている。ひとりがさあどうだとばかりテーブルに肘を乗せれば、すぐに勝負が始まりそうな雰囲気だ。

その代わりに僕は尋ねた、どうしてまた長丁場のこの講義を発表する気になったのかと。

「人間がいかにつまらないものであるかを示したいのさ」と彼はずばりと答えた。「人間は全体のなかのちっぽけな歯車でしかない。無視しても構わないほどの要素なんだ」

僕は頷いた。その趣旨は理解できた。サレ・クローネンベルフは立ち上がり、ミネラルウォーターを持ってきた。グラスに注いでくれながら彼は言った、「さあ、今度は君の番だ。宗教と科学について本を書きたいんだろう」

相手は傾聴の姿勢に入った、背もたれに背を預け、こめかみに二本の指を当てて。

僕はためらった。「僕は宗教の教えを受けながら育ちました」。言葉を捜しながら教会について話し始めた。アッセンで日曜日ごとに降臨祭教会に礼拝に行った。嫌々ではなかったし、不愉快な目に遭うこともなかった。教会の建物は精神病院の隣にあって、芝生の上の白いカタツムリのようだった。僕の母は僕らより一五分前に自転車で出かけ、車いすの人たちを中に入れるボランティアの仕事をしていた。あごを胸まで垂らし、よだれかけをつけた人たちだった。

子どもの頃からこう聞かされていた。あの「精神的に貧しい人たち」は祝福を受けた人びとで、幸せなんだよ。だって、ネイティブ・アメリカンみたいな叫び声をあげて礼拝の邪魔をすることがあろうが、どんなことをしようが、「天国は彼らのもの」なんだから。この人たちには気の毒だが、僕は彼らの無様な格好には恥ずかしい思いをした。そしてふと理解できないことがあるのに気がついてしまった。あの人たちがどうせ永遠の生命を約束されているのなら、なぜあれだけ手間暇かけて車いすを入れたり出したりするのだろう。ある日――僕が一〇歳の頃だったと思う――その理由を見抜いたと思った。ヘンドリック・ファン・ボエイエンノールト院に収容されていて、自分では礼拝に来るつもりもないこの人びとがいっせいに車いすで連れてこられると、教会の席がすっかり埋まってどこにも空きがないように見える。そうだったのかと思いかけたとたん、恐ろしくなってその先を考えるのをやめた。とんでもない罪を犯したような気分だった。僕は震え始め、静かなお祈りの間、嗚咽しながら赦しをお願いした。僕も天国へ行きたかったからだ。目を開けると、涙に曇った眼差しにとても大きな窓の絵が映った。抽象的な色の組み合わせだったのだが、オリーブの枝をくわえる鳩が僕をめがけて飛んでくるのが見えてほっとした。

サレ・クローネンベルフにはこの経緯を多少はしょって語り、その後僕がかつての信仰体験を失ってしまったことを話した。「体験はあったのですが、それをしっかり捉えることはできなかった。取り戻すことはできませんでした」と告げ、さらに言葉を継いではっきりと言った、「正直言って、それが悪いことかどうか分からないんです」

僕の話がどんどん冗漫になっていくのに、サレは身じろぎもせず聞き入ってくれた。誤解が生じるのを避けるために僕は言った、教会と決着をつけるつもりはない、ただどうして宗教が僕の生活から洩れ落ちてしまったかを理解しようとしているだけなのだと。

彼の原稿を読んでアイディアが浮かんだと打ち明けた。

「話してみたまえ」とサレはうながす。

「地質学の祖たちについて書かれたのを読んで、思ったんです。彼らの聖書との闘いは僕自身の苦闘でもあったのだと」

『昨日は今朝だった』のなかでサレ・クローネンベルフは、一章を割いて地質学の創始者たちについて語っている。目立つのはスコットランド人が多く、ほかにはスイス人が二、三人いる。つまりだいたいは、地層が奇妙な（山岳）構造となって地表に現れている、荒涼とした地方の出身者ということになる。

そのひとりがチャールズ・ライエルで、この近眼のスコットランド人が書いた全三巻の『地質学原理』（一八三三年完成）は最初の「近代地質学便覧」とされている。この中で彼は、当時揺るぎない真理とされ、彼自身もそう思い込んで育ってきた考え方を真っ向から否定したのだった。その真理とは

――地球はできてからまだ六千年も経っていない。

（アイルランド人で聖公会信者のジェイムス・アッシャーの算定によれば、天地創造は紀元前四〇〇四年十月二十二日日曜日に始まったという。この日付はこれまで出た無数の版の聖書の表紙に麗々しく記されている）

――神は六日間かけて昼と夜とを分け、乾いたところと水とを分け、草木、生き物そして最初の人間を造った。

七日目に神は休んだ。

――一六五六年後に神は破壊的な大洪水を起こし、そのために地球全体が水浸しになった。

――紀元前二三四八年五月五日水曜日に方舟はアララト山に着いた。

言い換えると、沼沢扇状地から砂漠まで、石灰岩の洞窟から山上湖までの多様な地形のすべて、要するに地球総体がそのままこの単一の前史をもっていて、それ以外はありえないということになる。十九世紀に入っても岩石、化石の研究はこの観点からすすめられていた。サレは、例えばトーマス・バーネットのような思想家がどのような錯誤に迷い込んでいたかを描きながら、同情したり共感したりもしている。バーネットは一六八四年の『地球の聖なる理論』のなかで、大洪水をもたらした考えられないほど大量の水がどこからきたかをこう説明している。地球はもともと水で満たされた卵のようなものとして創造された。神は人間の堕落ぶりを憤慨するあまりその殻を破ってしまったのだと。

それ以来、歩一歩と進んでようやく、さまざまな地層が地球の歴史を書き留めた本の一ページ一ページのようなものであるとの認識に人びとは到達した。さらにその後になって、この歴史は人間が現れるはるか以前に始まったに違いないと考えられるようになった。サレに言わせれば、地質学上の時間の単位は底知れぬほど深いものであるから、キリスト紀元前／後という時代区分はおよそ意味をもたない。地球は生まれてから四、五〇〇、〇〇〇、〇〇〇年になるというのが現在確実とされている数字なのだが、彼は科学がここに到達するまでの発展のダイナミズムを描いている。

地球科学が辿ってきた道は、僕自身の成長の各段階と重なっている。学校で聖書の記述とつじつまを合わせようとして教師連中がバーネット流のこじつけをすることには、早くから気がついていた。サレの原稿を読みながら、宗教の先生を思い出していた。彼の説明では、出エジプト記に出てくる自然現象（長く続く闇、夜の〈火柱〉、毒の川水）は、紀元前十六世紀つまり彼の考えではモーゼの時代に起きたサントリーニ火山の噴火によるものということになる。

こういう説明は悪くないかもしれない。エジプトからの脱出という叙事詩がそれなりの信憑性を帯びてくるからだ。だがその先まで考えていくと、いつもまた新たな疑問にぶつかるのだった（マナとはなに？　どうしてまたそんなものが天から降ってきたりするの？）

サレ・クローネンベルフの概観によると、地質学の創始者たちもやがて、神の言葉を言葉通りに受け取っていては、行き詰ってしまうことを悟ったようである。新たな所見を当てはめようとすると、聖書の記述を引き伸ばすほかない。創造に費やされた七日間は比喩であって、実際には七つの時代のことだとされ、大洪水が襲ったのは地球全体ではなく（それほど大量の水があるわけはない）、ノアの時代に人が住んでいた大地すべてだったとされるようになる。科学的な知見を旧約聖書のモデルに適合するようこねくり回すのがますます難しくなり、ついに地球にはかつて氷河期があったと考えるべきだとの認識にいたる。一八四二年前後に、あるスイス人氷河研究者が、地形のさまざまな特性を説明するには大洪水より氷河を想定したほうが説明しやすいと主張したのには、最も頑固な大洪水論者も納得するほかなかった。漂石に残る掻き傷は、じりじりと移動した氷の塊の痕跡だし、オランダ北部の巨石墳に使われた大きな石は神が天の隙間から降らせた荒れ狂う水でそこまで押し流されたのではなく、氷河がスカンディナヴィアから運んで来たものとされた。氷河を認めることで大洪水論者の出番はなくなり、また同時に地質学は聖書から解き放たれることになった。

僕はサレに言った。学校で二十世紀の認識を少しずつ教わるしかなかった僕は、いわば同じような体験をしたことになる。もちろん早回しだったにせよ、やはり同じことになる。僕が自分からすすんで接種してもらった知識が、信仰に対する血清のように効果をあらわし始めたのだ。

ここまで語ってふと思った。口にはしなかったが、考えた。僕はそれでも無神論者ではない。「神はいない」という言葉が僕の口から発せられることはないだろう。最高の本質が存在しないことを証明することはできないし、無神論者の独断論は信者の狂信と同じぐらいおぞましい。

サレ・クローネンベルフはいすの中で座りなおした。「いやはや、君の話は僕にはまるで無縁な物語だ。僕は無神論者なんだ」

彼は生まれたときからの無神論者だという。「一〇歳の頃だったか、まだ大人になりきっていない悪童どもふたりに襟首をつかまれて、〈お前はカトリックかプロテスタントか、どっちだ〉と問い詰められたことがある。僕はなんのことかまるで分からず、どう答えたらいいものやら途方に暮れたものさ。それまでそんなことは耳にしたことさえなかったものでね」

聖書の言葉で心の底から共感できるし、いつもすぐに口の端にのぼる一節はただひとつ、「お前は土であり、また土に戻るがいい」

「人間の運命について言えることはそれだけなんですか」

「実際のところそうだな。自然は人間の苦しみには無頓着なんだが、その事実を直視しようという者はまずいない」

鉱山学部は次第に人影まばらになっていった。サレは火山に関するロシア語の本と「アララト山」という文字をタイトルに含む数百編にのぼる学術論文のリストのプリントアウトを持たせてくれた。読みたい論文に印をつければ、すぐに請求してくれるという。先生は格子柄のスーツケースを手にすると、一緒に出ようという。アララト本がほかにもあるからまず彼の自宅に寄り、そのあといいレストランへ行こうとのこと。

建物の出口に行く途中でボーリングやぐらの傍を通る。といっても階段脇の、普通なら胸像でも置いてあるところに、縮尺五分の一の模型が立っていたのだ。

外に出るとサレは頭を前に突き出すようにして大またで歩き、両親の話を始めた。父親はユダヤ系でゼーラント地方のある島で眼科医を開業していた。オランダ・プロテスタント系の母親も医師で、「ふたりはヒューマニスト同盟で知り合った。この同盟の人が信じるのは神ではなくて人間なんだ」

わざわざ遠回りして中世の市門をくぐり、睡蓮の咲く小運河沿いを歩いた。クローネンベルフ家では、宗教はおよそどんな役割も演じたことがなかった。軍医としてインドで勤務していた祖父は、ユダヤ人の生まれであることをほとんど意識していなかった。白人であるという事実以外、自分の生まれ育ちにはまるで無関心だった。本人の意に反してそれが変わるのが、オランダへ帰国した後、一九三〇年代になってからのことだった。ドイツでユダヤ人がますます容赦なく狩り立てられ排除されていった頃、祖父はオランダ・イスラエル病院の院長に指名された。立場上、彼は嫌々ながら「ユダヤ人として」振る舞うことを余儀なくされた。三人の息子が遅まきながら割礼を受けたのもこの頃だった。「父の話では、安息日には鉛筆をポケットに入れて歩き回ることさえ許されなくなったそうだ。

安息日には働いてはならないし、だから書いてもならないというわけだ」。

ドイツによる占領が始まった当初、祖父は家族の身に危険が迫っていることを認めようとしなかった。認めたくなかったのだろう。アムステルダムのユダヤ人の移送が始まっても、彼は地下に潜ろうとしなかった。病院は一部屋ごとに次第に縮小されていったのだが、院長クローネンベルフはなおも可能な限り患者の診察を続けた。ほとんどのユダヤ人が捕らえられるか地下に潜ったかしたあと、一九四三年八月八日、ついに彼とその家族に魔の手が及んだ。彼らはヴェステルボルクを経てテレージエンシュタット強制収容所へと連れて行かれた。「僕の父と父のすぐ下の弟は地下室の窓から抜け出して逃れることができた」。末弟はちょうど帰宅したところを捕らえられ、両親とは引き離されてベルゲン=ベルゼン収容所へ送られた」

僕らは商店街を歩いていた。ドラッグストアのチェーン店では髪をブロンドに染めた女店員がシャッターを下ろしていた。通りかかったタクシーがサッカーの試合に勝ったときのように三度警笛を鳴らした。サレはスーツケースを振り上げてドライバーに挨拶した。

「いい奴だよ。スリナム出身のインディオでね。コランタイン川でドクター論文の材料を集めていた頃、奴の父親と知り合いになったんだ」

誰も帰ってこなかったのだろうと思った。「そう、曾祖母はふたりとも帰ってこなかった。アウシュヴィッツへ送られたんだ。だが叔父と祖父母はなんと奇跡的に生き延びたんだよ」

テレージエンシュタットで祖父クローネンベルフは最初はボイラー焚きをやらされたが、のちに小児病棟で医師として働いた。チフス病棟にはドイツ人は恐れて誰ひとり足を踏み入れない。チフス患者が生ける屍のようにリヤカーでごっそり運び込まれる。「そんななか彼は妻と力を合わせてなんとか生きながらえるうちに、ようやくロシア兵がやって来た」

サレは立ち止まって、どうだと言わんばかりに得意気な顔で僕を見た。「だから僕はロシア語が得意なんだ。祖父はロシア人に対し多大の敬意を抱くようになって、ロシア語を勉強したんだ。戦後はソ連の週刊誌『アガニョーク』を定期購読していた。彼のロシア語熱が僕に感染したんだ」

ふだんはデルフトでひとり暮らし、週末はワーヘニンヘンに帰って奥さんと過ごすという生活だとのこと。彼の住まいはまさしく独身男性のねぐらそのものだった。ベビー用衣類とベビー用品の店の二階にある。彼がキーを捜している間、店の前に立っていた僕は、サレが学生にやらせていた年一度の実習を思い出していた。最高級の宝石店、婦人服店が立ち並ぶ商店街に送り出された学生は、二、三人ずつ組になってショーウインドウの前に群がる。だが彼らが見つめるのは陳列された商品ではなく、その脇の大理石の柱だった。また歩道にしゃがみこんで御影石の敷石を観察する者もいる。店の前面に使われている自然石にルーペを当てたり、持参の石英で引っ掻いて硬度を調べ、モース硬度計の何段階に当たるかを書き込んでいたりするのだった。

建物のなかに入ると自転車が一台あった。二階に廊下とひとり用キッチンと細長い部屋。ただでさえ狭いその部屋は両側の本棚でさらに狭くなっている。冷えたビールをもらった僕は首をかしげて本の背表紙を見ていった。英語、オランダ語の本は右に、ドイツ語、フランス語、スペイン語、ロシア語の本は首を左に傾ける。ヨーロッパを分断する出版業界のこの奇妙な慣例には以前から気がついていたし、取るに足りない事実でしかないのだが、これをあえて話題にしてみた。さして重要と思えない物事を意外に思って喜ぶ癖は、僕らふたりに共通していることが分かった。サレはちびた鉛筆を眺め回して、木も芯もこれはレバノン産だなどと言って悦に入るのだ。変わった地名が好きだという性癖も共通していた。

「グジエル。これは長い間僕のコンピュータのユーザー名に使ってたよ。ロシアにある町で、デルフト風のファイアンス焼き陶器で有名なんだ」

「ウアガドゥグー」と僕。

「クルク」

「コメルツァイル」

サレは唇をつぼめて言う、「それならこれはどうだ、ムワー」

彼に言わせるとオランダの地名はたいてい田舎臭いそうだ。

「じゃあ、アラカタカのほうがましか」

「うん、いいね、チンキンキラ。小石が水面を跳ねるようだろ」

「アララト」と僕は言う。

「アララトはオーケーだ。アララトに乾杯！」

街中は蒸し暑く、僕らは急いで喉の渇きを潤した。僕が教え子で向こうが先生という観念はすっかり消えてしまっていた。本棚を見てふたりが文学の面でも好みが共通していることが分かった。書棚にはW・F・ヘルマンスの著作だけが並ぶ一段があり、いろいろな版の『もはや眠らない』と、入手困難な『侵食』もそこにあった。

ヘルマンスの警句を引用しながら途切れた会話を再開する。「英雄とは無用心でいてそのために痛い目に遭うことのない者のこと」と僕。

「人間とは生に毒された屍だ」と彼が応じる。サレはヘルマンスの虚無的な思考世界に親近感を抱いているようだ。

もしヘルマンスの創造的な才能と冷たい宇宙とが結合できるようならば、僕もその冷たい宇宙を信じるようになるかもしれないと、僕は言った。

窓際の席についてデルフトのラッシュアワーを見守るうち、ふと思った。サレはあれだけ活動的でいながら、それでいて物事に対する見方が妙に冷笑的だ。どうやら彼は、ただ一言美しい言葉か中身の濃い警句かを耳にした瞬間に激しく燃え上がるようで、これが僕には驚きだった。彼に尋ねてみた、どういうときに感激し陶酔するのか、感動はどこから来るのかと。

しばらく考え込んだ彼はやがて愛について語り始めた。愛には効用がある。洗練されたかたちであれ、むき出しのままであれ、愛はつねに種の保全に役立つ。「例えば僕はブロンドよりもブルネットの女性のほうを振り返ることが多いようだ。どうも僕のなかで、僕自身の遺伝子プール以外の女性パートナーを求める衝動が働いているのではないかと思える。どう働いているかは僕にも分からぬが、ある機能を果たしているんだな」

反論しようとしたが、まだ終わりではなかった。「愛はいつふたりの人間の間で花開くだろうか。

ふたりが幸運な星のもと、ある時ある場所でめぐり合ったときだ。もし僕の父が地下室の窓から脱出できなかったとしたらどうだ？　また戦後、誰かほかの女性が彼を憐れんで面倒を見てくれていたら？　宝くじの一本みたいなものだよ、僕が今ここにいて僕であって、ほかの誰かでないのは」

話が、こちらの聞きたいところからずれていきそうだ。「つまり、もし神が存在したら、神はさいころを振る賭博師だということですか？」

「うちの牡ネコを例にしようか。こいつは一六年間うちにいた。僕はじっくりとネコを観察した。いたずらも習性もね、そうしているうちにふと思った、いったい僕や妻とこいつとはどこがどう本質的に違うんだろう」

僕にはネコ・アレルギーがある。「人間は自分自身を意識している。ネコにはそれがない」

「確かにそうかもしれない。人間という種には意識、自由意志というものがあると想定されている。だがアメリカ合衆国ジャクソンヴィルでの調査のことを知っているかね。この町では他の同程度の規模の町と比べて明らかにジャック、ジャックリーヌという名の子どもが多い。そうさ、ジャクソンヴィルの住民は自分たちの町を誇りに思っているんだから当然そうなる、ということはあり得る。ところがよく聞いてみると、ほとんどの親が意識して子どもにジャックなりジャクリーヌなりの名前をつけたわけではなかった。〈おや、そうだね、そう言われてみれば……〉という始末さ」

「しかし僕らは意識して行動する個人ですよ。息子の名前がたまたまサロモンだなんて言わないで下さいよ」

「よろしい、たしかにうちのネコは、鏡に映る自分を自分だと認識することはなかった。その点で僕らとは違っている。だがそれがどこまで人間独自のものなんだ。イルカは鏡で自分を認識できるそうではないか」

僕は納得しない。人間はネコのクローンを造り出すことができるし、宇宙の質量を計算することができる。だがイルカにはできない。

たしかにその通りだ。だが生物学は人間と動物との相違がどれほど僅少であるかを明白にしているではないか。マウスとホモ・サピエンスのゲノムは互いに似ている。科学がある特定の物質にますます深く入り込むことができれば、物事の構成はますます単純に見えてくるものなのだ。眉をピクリと動かしもせず、サレは断言した。「最後には生命の謎が解き明かされる日がくるさ」

それはなかろうと僕は思った。時間をもう少しもらえさえすれば、宇宙の暗号体系を解読することができると言った理論物理学者のあの傲慢さを思い出す。彼らも、最後には宇宙をただひとつの数学の公式で論理的に説明できるものと思い込んでいた。そのような賢者の石があるに違いないと信じ込ませたのはいったいなんだろう。

サレによれば、発見、つまりそれと認識できるパターンの発見の連続だという。時折ひとつの転換点となるような発見もあり、また例えばダーウィンの進化論とかワトソンとクリックによるＤＮＡの二重らせん構造とかのように、革命的な広がりをもつ発見もある。「もちろんまだ未解決の問題は多い。例えば幹細胞の挙動をとってみよう。幹細胞がどうして多様な特化した細胞に変わり得るのかは分からない。これは大変な謎だ。見ていると、確かに不思議だ。このとき、ほら、ここに創造主の手が働いているんだと言う者は、ドアをぴしゃりと閉め、科学の道を閉ざすことになる。二、三年もしてみろよ、生物学はきっと新たな発見をして、幹細胞の働きも分かるようになるさ。これまでいつもそうだったんだ」

障碍は、彼に言わせれば、ただひとつ、それは宗教だ。言い換えるなら、なんらかの宗教上の信条が支配的となり、そのために科学研究の自由と独立が損なわれるようになるという事態だ。地質学と世界全体を覆う大洪水という聖書の教義との関係がそれだった。

サレは先駆者チャールズ・ライエルを例に挙げた。この人は、侵食という現象によってグランドキャニオン全体があのように加工されたこと、つまり風と水が何百万年もかかってあのかたちをつくり上げたことを最初に認識した人物だった。そのライエルがあるときこんな計算をしている。彼の先輩たちが地球上のあらゆる化石と漂石がノアの時代の大洪水の証拠だという妄想にしがみついていた結果、失った貴重な時間はどれほどだったろうかと。答えは「間違いなく二世紀半」。現在でも地質学の定説に抵抗する宗教家は多数いる。

今日にいたるまで「洪水地質学」とか「若い地球創造論」とか、えせ地質学の学派がうんざりするほどある。いずれも地球上で起こった出来事は創世記に記されている通りだと証明しようとする人たちだ。僕らからすると退却戦のように思えるのだが、連中はなかなか降参する気配がない。「若い地球創造論」の数学モデルによれば、グランドキャニオンは岩のひとかけらずつ削り取られたのではなく、あそこの最も深い渓谷は大洪水の水が引く際に掘られたものだということになる。

「そうだ、すごい実例がここにあったよ」と言いざまサレはトンデモ本のおいてある棚に行き、『聖書、地質学および考古学に照らしてみた大洪水』のオランダ語訳を取り出した。著者は神学者にして地質学者アルフレッド・レーウィンケル教授。重さを量るように手に持ってみると、プロテスタント宗教教育のために出版された教科書で一九七一年の版だった。

目次と序文をぱらぱらめくってみた。「幼い生徒は教室に入り、自分が少年時代から教えられてきた事柄を、権威と認められ学識豊かな先生たちがまるで信じていないと知って、打ちのめされるほどの衝撃を味わうことになる」。続きを声に出して読んでいった。「まず生徒は地質学に関して聖書の無謬性を疑い始める。それに加えて他の困難が生じると、たちまち疑惑癖と不信心が少年時代の信仰にとって代わることになるのだ」

この本は僕のために書かれたものだと言ってもいい。僕がプロテスタントの高校に上がる五年前にオランダ語訳が出ている。

「これ読みました?」

「馬鹿なこと言うんじゃない。読むわけないだろうが」とサレ。「科学に反抗する狂信的な宗教家の出した本だぞ。「持って行ってくれ」

僕はこの『大洪水』を貴重な獲物としてありがたくかばんの中に滑り込ませた。

第四章　君、そんなことをしちゃだめだよ

　僕の知人はだれもが、アララト山のことを知っているか、知らないまでもなにか関わりがある人ばかりだった。そおっと、用心しながら話をそっちに持っていくと、たちまちアドバイスの洪水に見舞われる。ある人は赤騎士シリーズを引っ張りだし、主人公がノアの方舟を発見するフラマン語のコミック本を見せてくれた。ヒマラヤに登ったことのある女性アルピニストは、ブリスター包装のダイアモックス錠剤をくれた。これは利尿作用のある薬で普通は緑内障患者に処方される。「高山病の場合1×二五〇グラム（そして直ちに下山すること）、最低六時間後に症状に応じてさらに一錠。二四時間内に最大二錠（＝五〇〇グラム）まで！」だとさ。

　僕の本を出してくれる出版社の社主は、ロンドンから土産を買ってきてくれた。「はい、どうぞ。ただし、ひとつ約束してほしいことがある……」と彼。手渡されたのはアララト山登山ガイド。新書版の本、というよりもルート解説付きの折りたたみ地図だった。クルド人羊飼いのペン画、それに豪奢な風景に立つミナレットがついていて、なにかひどく古めかしい感じだったが、驚いたことに二〇

〇四年発行の新版だ。

「約束してほしいとは……？」

「文章の途中でいきなり、おお、神様！　などと言い出したりしないこと」

ガイドブックから顔を上げて僕は聞いた。「で、もし言い出したら？」

彼は腕を組んだ。「そんな本は出さない」

うちの奥さんはなにを書こうが構わないが、ただしアララト山に登ったら信心深くなって下りてきたなんてのはご免だとおっしゃる。「だって、突然全然別の人と死ぬまで一緒なんてことになったら気味が悪いもの」だそうだ。


それぞれくだけた口調ではあるが、身近な人びとの間では宗教心には重い鉛の井戸の蓋が被さっているようだ。僕自身からすると、なにかの信仰に帰依するという「リスク」はゼロに等しいのだが、問題はそこにあるわけではない。できる限り先入観なしに旅行に出られるようにしたかった。

アララト山の難易度は、山自体の険しさや雪崩の危険などから想定されるより高かった。大半の登山者が恐れるのは、三日から四日はかかる日程でも、アイゼンやピッケルの使用が不可欠という技術的な面でもなかった。もっと大きな障碍はこの地域で時折轟く機関銃掃射だった。大げさな表現を避けるいかにもイギリス人らしい言い方で、ガイドブックにはこうあった。この山は「政治的に微妙な地域」にあると。これははるか昔からそうだったし、今後もそうすぐには変わらないだろう。なにしろこの山はキリスト教とイスラムの断層線上にあるのだから。かたや十字架、かたや新月を旗印にした無数の軍勢がここで倦まず弛まず刃を交えてきた。そのためアララト山またはマシスまたはアール・ダーまたはクーへ・ヌーフはロシア、トルコ、ペルシャの諸帝国の版図内に代わる代わるおかれた。しかも奇妙なことにこの山は、その都度それぞれの領域の最果てに守護神のようにどっしり構えるのだった。たまに戦火が途絶えることがあると、はるか彼方から旅人がノアの山をめざしてやって来た。なかには断崖の洞窟に住みついて、この「人類の揺籃」にできるだけ近いところに庇護を求める世捨て人たちもいた。彼らは、主がノアとその子孫（つまり私たちすべて）と約束を交わした地の近くにさえいれば、選ばれた者として天国に召されるに違いないと信じていた。

巡礼者も冒険家もアララト山は登頂不可能だと語っている。「この国にはまたその中央部にコップ型の高山があって〈ノアの方舟山〉と称せられているが、その理由はこの頂上に方舟が安着したという伝説に基づく」とマルコ・ポーロは一二七一年、中国へ向かう旅の途次にこう記している。「この山は山体がすばらしく広大で、周回するには二日以上もかかるし、深い万年雪に覆われているため、まだその山頂を窮めた者はだれもいない」（マルコ・ポーロ『東方見聞録Ⅰ』愛宕松男訳注、平凡社、二〇〇〇年、七七ページ）

アララト山が登頂不可能であることは、アルメニア教会の公式の教義にも含まれていた。雪に覆われた崖はきらめく刃をかざす天使によって守られていて、生身の人間は通り抜けることはできないという。その山の山頂をこの足で踏んだと主張した最初の人物は、その後の人生で登頂不可能伝説のためにとんだ目に遭わされることになる。ロシア皇帝に仕えていたドイツ人フリードリヒ・パロトは一八二九年九月意気揚々雪の斜面を下り、「族長ノアにでもなったような」気分だった。彼は、ロシア軍砲兵大尉からもらった照明弾を打ち上げて神に感謝した。頂上では杖を組んで十字架にしてこれを立てたと語った。だが谷あいからはこの十字架は小さすぎて目に見えなかった。このドイツ人はだれからも信用されなかった。

パロトの『アララト山への旅』は当時ドイツ語と英語で出版されたが、ヨーロッパでもその信憑性は疑問視された。この本が古本で手に入ることが分かったので、注文した。

パロト以降の登頂の歴史の概略は例のガイドブックに出ていた。十九世紀には合計二八チームが頂上をきわめた。その後次々に小規模、中規模そして世界規模の戦争が起こり、二十世紀を通じてこの山はほとんどいつも立ち入り禁止となっていた。ただ一九八二年から八九年にかけてこの地方のクルド人武装組織が壊滅したとされた期間、トルコ軍は一本のルートについてだけ通行を許可した。それは軍の駐屯地ドゥバヤズイットの町を基点とする南ルートである。この町には古くはパシャの住んだ、おとぎ話に出てきそうなオリエント様式の城があるが、アラビアンナイトの世界を思い出させてくれるのはこれだけで、あとは兵舎が立ち並び、街角では装甲車が睨みをきかせている国境の町だ。ここからイランへは一本道だ。

アララト山の北側斜面からはエレバンの味気ないコンクリートの建物が目に入る。そこは冷戦の時代にはNATO加盟国トルコとソ連邦領アルメニアとの境界線で、立ち入り禁止だった。ソ連邦帝国の崩壊後も事態は一向に変わらなかった。トルコとアルメニアとの三〇〇キロメートルにおよぶ国境を閉ざす鉄のカーテンは撤去されるどころか、相変わらず赤外線望遠鏡や有刺鉄線で固められている。

ガイドブックが出版された二〇〇四年初頭には、「軍の許可がなければ」アララト山には登れないことになっていた。「はっきりと注意しておきたいが、使えるのは南ルートだけ（エリ村経由）で、このルートを外れると、軍のパトロール隊が事前の警告なしに発砲することがある」だって。

さてどうやったら軍の許可をもらえるんだろう。

「決まりと制限」の項目に、どうやったらいいか書いてあった。外国人の場合、まずトルコ大使館にビザを申請する。出発の少なくとも三カ月前、できれば四カ月前がいい。ビザがもらえたら、トルコ山岳連盟所属の山岳ガイドを雇わなければならない。ガイドの旅費、宿泊費は別途支払い。

「注意　アララト山に特定されたビザがなければ、山に立ち入ることはできない」

さらに急いで付け加えられた補足説明があった。クルド人分離主義運動ＰＫＫ（クルド共産党）とトルコ軍当局との休戦協定は二〇〇三年九月一日付けで破棄された。

裏表紙にはエクゼキューティヴ・ワイルダネス・プログラム社のそつのない宣伝文句が元気いっぱい躍っている。困難な地域での登攀遠征に二十年の実績を誇る旅行会社で、アララト山への旅行計画はぜひ当方にご相談下さいとある。

これは見逃せないぞ。必要な登山ビザの取得費用込みで一三八〇ユーロか。一瞬心が動きかけたが、アララト山登山のためのビザはやっぱり自分で申請することにした。進む方向は自分で決めたいもの。

ペルシャ・アイアンウッドはフリードリヒ・パロトにちなんでParrotia persicaという学名がつけられているし、スイス・イタリア国境に聳えるアルプス連山にも彼の名前を冠するピークがある。このドイツ人学者は「科学的登山」の創始者と言われている。いずれにしても、アルピニズムの先駆者のひとりであることは間違いない。もっとも彼はいまどきのアルピニストと違って、登るために登ったのではない。彼が高山に惹きつけられたのは「直接、自然科学的、とくに地球科学的関心」からだった。これは、一九八五年にライプツィヒで出版された翻刻版『アララト山への旅』のあとがきからの引用だ。この本は、ドイツの東半分がまだドイツ民主共和国だった頃に出た気配りの行き届いた版だ。

アララト山をめざすに先立って、彼はピレネー山脈のそれまで未登頂のふたつのピークを踏み、高さを気圧計で測定している（三三五五メートルと三四〇四メートル）。それより先、学生の頃に彼は、カフカス地方への地図測量遠征に加わった際にカズベク山に挑んでいる。この山は三角測量で標高五〇〇〇メートル以上とされ、モンブランより高い。その高度では大気の状態が平地とは異なり、真っ昼間でも星を見ることができると言われていた。空気の薄い層に登れば登るほど、空の青さはますます深く濃くなると思われていた。その変化の度合いを測るためにシアン計が考案された。闇夜の空に始まり、ありとあらゆる度合いの青さを並べたものだ。当時は――十九世紀初頭――エクアドルのチンボランソ山（六三一〇メートル）が世界最高峰と見なされていて、やはりドイツ人のアレクサンダ・フォン・フンボルトがこの山を高度五八八〇メートルまできわめて、到達最高高度記録の保持者ということになっていた。遠征の大義名分として科学研究の目的があれこれと掲げられていようが、こういう記録を破り、名声を得たいという野心もパロトの時代には大いに重要だった。

パロト自身はアララト山への憧れを神への畏怖と結びつけて説明している。「キリスト教徒たる者が聖なるノアの山を目の当たりにするとき、おのずと言いがたい感動が胸いっぱいに広がるのである。この山こそは、神秘の扉に長く閉ざされた壮大な自然を抱いていると同時に、世界史上最大の出来事のひとつであり、人類種保持のために神が自ら手を下し給うた御業の最古の記念碑である証拠を秘めているという独特の興味をそそられる山なのである」

だからこそアララト山を征服する者には言葉には言い尽くせない名誉が与えられることをパロトは知っていた。だが彼を突き動かしたのは本当に宗教的な動機だったのか、それとも世俗的な関心だったのか。彼の心を占めていたのはなんだったのか。彼はなにを求めていたのだろうか。

東ドイツ版のあとがきにパロトの略歴があり、ここにその手がかりがあった。フリードリヒの父ゲーオルク・パロトは、ヴュルテンベルク大公国の手工業職人から身を起こし、ついにはドイツ系ドルパート（今のエストニア、タルトゥ）帝国大学学長にまで上りつめた人物らしい。この「帝国」はむろんロシア皇帝ツァーリに帰属する。当時この地方はロシアに併合されて、「バルト海沿岸州」だった。ゲーオルクの末子フリードリヒは、肖像画で見ると、およそゲルマン風のいかつさのない美男子だったようだ。黒い巻き毛と引き締まった顔つきの彼はドルパートで医学と物理学を学び、ロシア軍軍医となってナポレオン軍と戦ったのち、父の跡を継いで大学学長に納まった。

一八二八年、ロシアはペルシャとトルコから領土を奪い、アララト山の南まで国境を広げた。パロトはこのチャンスを利用した。「聖なる山がキリスト教の支配下にもたらされた」今こそ「長く秘められた願いを実現する」時が来たと、彼は旅行記の冒頭に述べている。トルコマンチャーイ条約（一八二八年）が調印されて一年も経たないうちに、三八歳のパロトは出立する。同行者は鉱物学者、天文学者各一名と学生二名で、これにツァーリの指名した「野戦猟兵」一名が護衛としてついた。

ツァーリ・ニコラス一世は器具調達のために一六〇〇銀ルーブルを支給した。彼は「この遠征は皇帝陛下のご認可を得た」と記している。

旅行記で彼は自分が好奇心に燃えるゼロテ派だなどと言っているのだが、読んでみると、感情移入のできる観察者で、しかも心の優しい人柄でもあることが分かる。カスピ海沿岸に住むカルムイク人が仏教徒だと知って、好奇心を抑えることができずに、しばらく彼らのもとに留まったりする。（「この者たちは日曜日と平日との違いを知らない」と手記にある）パロトは布教の衝動をまるでもっていない。父親のないカルムイク人の子どもを召使いに雇うという際にも、その子の母親と叔父に向かい、この少年は今後仏教の教えに接することはなくなるが、それでもいいのかと念を押している。これを読んで僕はこの人物が好きになり始めた。

カフカスを越え、グルジアに滞在してワインをたっぷり味わった後、三カ月をかけてパロトたちはアララト山が見えるところにまで辿り着く。「創造主のこれら偉大な作品を多少とも感受することのできる者であれば、アララト山が人の心に与える印象は驚異に満ちかつ感動的である」。前景にはエチミアジンのアルメニア僧院のシルエットが浮かんでいる。馬車に荷を積んだ一行がアラス川の川床に着いたとき、大気がにわかに黄色と緑色に染まり、砂嵐が起こった。農民たちはあわてて逃げ出したが、パロトは平然とその場に留まり、いなずまが雲を引き裂く間隔がますます短くなっても身を隠そうとしなかった。これこそが彼の待ち望んでいた光景だった。この体験を彼は巡礼者の思いをこめて描いている。「私が今その麓に立つアララト山、あの聖なるノアの山の乾ききって水を求めてやまない土壌に今もなお残る痕跡があの洪水、人類種保全のために天にも届こうかというその頂から流れ落ちた洪水のあったことを明白に物語っているのではないだろうか。私が今佇むこの壁はエチミアジンの古き司教座であり、それは啓示あってより数世紀の頃からキリスト教を……のちのより幸福な時代のために伝え来たったアルメニアの民の信仰の聖像の場なのではなかったか」

エチミアジンは三〇一年創建になる独自のアルメニア・キリスト教会の総本山だったし、今もそうだ。パロト一行は僧院に宿泊することが許されたが、そのもてなしは石造りの回廊や礼拝堂と同じように冷ややかだった。カトリコス（総大主教）は九三歳の、影のような存在で人前に出ることはない。修道僧たちはロシア語がろくに話せない。そればかりかギリシャ語もラテン語もできないと知って、パロトは腹を立てている。詩篇の朗誦は「メロディーもなく、およそ熱情も調和も感じられない」。四方を壁で囲まれ、飾り立てられて丘の上に鎮座するエチミアジンはバチカンと同位にあると自分では思っているのかもしれないが、カトリコスの態度はとてもとても教皇にふさわしいとは言えない、というのが、到着後数日してようやく謁見を許されたパロトの印象だった。アララト山に登る計画だと告げたのに対する返答に、カトリコスは「心のこもらない叫びを甲高い声で二、三度」発しただけだった。

この老人は熱にうなされてしゃべっているのかとパロトは思った。老人は計画に対して反対したり文句を言ったりしているわけではない。アララト山を「入山禁止」とする信仰上の決まりにも、彼は一言も触れていない。パロトは教会のこの規則を知らなかったのか、それとも知っていてもお構いなしとばかりに無視したのか。最後の最後にカトリコスは、しぶしぶながら二〇歳の助祭アボヴィアンを通訳としてつけてくれた。どうしようもなかったのだろう。ツァーリの庇護のもとにある遠征隊に対し協力を拒むなどできようもない相談ではないか。

僧院を出発するパロトは思わず知らず呟いていた、アルメニアにはぜひとも司祭養成学校が必要だなと。

だが一日も旅をすると嫌な思いはすっかり吹き飛んでしまい、パロトは牛馬を駆り立てて荒波のたつアラス川を渡った。粘土の平原は雨風に曝されて固くなったアララト山の扇状の玄武岩に変わっていった。ベースキャンプをドゥバヤズイット（南斜面の「ムスリムの町」）にするか、それともアルグリ（北斜面のキリスト教徒の村）にするか、遠征隊長はしばらく迷ったあげく、アルグリを選んだ。この村は氷河の近くに位置する唯一の集落で、また唯一の渓谷の入り口にあった。隊が到着する前から村には知らせが届いていて、数マイルも手前から子どもたちが賑やかに騒ぎ立てながら周りを取り巻いた。出迎えは懇切で、ワインが供せられ、厳かな歓迎の挨拶もあったのだが、馳せ参じた村人たちは新参者を吟味するようにじろじろ見るのを忘れなかった。そしてなんのために来たのか、その目的が知れると、そいつはできない相談だとたちまち嘲笑の声をあげるのだった。はるか彼方にきらめくあの氷の三角錐を登るだなんて、どだい無理だという。アルグリの一七五家族ほどの全員が信じて疑わないのは、人間と動物が方舟を出て以来神はアララト山をわざわざ氷の王冠で覆ったということだった。万年雪に足を踏み入れようとする者は、滑り落ちて死ぬことになる。

パロトはアルグリに着いてから、登頂不可能という神話が善意のアドバイスだけのものではないことを悟ったに違いない。無謀なことをすると危ないですよという警告ではなかった。登山家が命を賭けるかどうかという話ではなかった。アララト山に登ってはならないということだったのだ。十戒のほかにもうひとつ、十一番目の掟があったのだ。

マシスにはなんびとも登ってはならない。それは大地の母だからだ。

この掟を知っていたのはアルメニア・キリスト教徒だけではない。すでに十三世紀にフラマンのフランシスコ会修道僧ヴィレム・ルースブルークはこう語っている。人間はいったん生まれ出た以上、二度とふたたび子宮に戻ることはできないと。

まるで秘密ごっこだ。宗教が絡んでくるとたちまち人間の好奇心が抑え込まれるのはなぜだろう。どれほど原始的な宗教でも、必ず祭壇とか葦でできた小屋とかがあって、なかを見てはならない、足を踏み入れてはならないというきまりがある。なにか輪があって、そのなかでは踊ってはならないとか、ある木からは実をとって食べてはならないとかいう。振り返ってはならない！　禁令を破る者は固まって塩の柱になる。なにがなんでもなにかあるものを隠しておきたいというのは、どの宗教にも固有であるらしい。謎は謎のままにしておけば、それを信じることができる。そういうことに違いない。だが僕としてはいったいなにが隠されているのかが知りたかった。人が目で見てはならないものとはなんだろう。司祭が必死になって神聖な場所を人の目から隔離しようとするあの懸命さを見ていると、彼らの懸念はただひとつ、そこにはなにもないことが暴露されてしまうことへの恐れなのではないかと思えてくる。

二〇〇五年春のある日、僕はハーグのトルコ大使館に電話をかけた。するとロッテルダム領事館に問い合わせろと言われた。

「なんの映画を撮りたいんですか」

映画を撮りたいわけではありません。山に登りたいんです、「アララト山に」

「ああ、なるほど、アール・ダーですね。それならスポーツビザが必要です。大使館に問い合わせてください」

「アール・ダーのスポーツビザですか。それならロッテルダム領事館のほうへどうぞ」

アール・ダーという発音を覚えてしまった。痛みの山という意味だそうだ。

大使館で多少の押し問答があって、やっとめざす相手を電話口に呼び出すことができた。あとで分かったのだが、そのベリーズという女性は三等書記官だった。直接会う機会は結局なかったのだが、それから数カ月というもの毎週のように電話したので、ふたりの間にはそれなりの絆が生まれた。

「いつもお声を聞けて嬉しいわ」とこれ以上はないほど親切に言ってくれるのだった。

最初の電話では必要な情報をすべて送ってもらえば、「その情報をもとにお互い連絡し合いましょう」とのことだった。

「いいですが、必要な情報とはなんでしょう」

「入国に際して所持する予定の器具類と遠征メンバーの名前、時期と期間……」

相手の言葉をさえぎって、個人で申請することはできないのかと尋ねた。可能だが、その際には履歴書が必須とのこと。

農工大学を卒業した農業関係の技術者なんだが、そういうこともですかと聞くと、

「もちろんです。できれば、あなたが最近刊行した著作のリストとアール・ダーについて書こうとしている本の梗概もお願いします」

ここでハッと息を呑んだ。どうして僕が本を書こうとしているのを知っているんだ。どうして僕が著述家だと知っているんだろう。

「とにかくまず手紙を下さい」とベリーズが言うのが聞こえ、最初のやりとりはこれで終わった。

アララト山登山の僕のシナリオには前途に立ちふさがる障碍は予定になかった。登頂を阻むのはせいぜい吹雪と雷雨、でなければ高山病ぐらいしか念頭になかった。ビザが問題になろうとは思ってもみなかった。二〇〇五年は二〇〇四年ではない。今年はトルコとEUとが——確かにぎこちないところはあるが——抱擁し合う年、つまり政治的にはめぐり合わせのいい年のはずだ。実際にトルコがEUに加盟することになれば、アララト山が欧州最高峰だ。モンブラン（四八一九メートル）といえども本物の五〇〇〇メートル級には降参して、最高位を明け渡すほかない。トルコ大使館が尋ねてきたら、答えは決まっていた。EUの将来の最高峰に見学のために登りたいと言えばいいのだ。

ところがどうもそういうわけにいかなくなった。僕の申請はハーグではなくアンカラで処理されることになった。ベリーズは僕の書類を関係当局に送付すると言った。彼女の言う関係当局とは内務省と国防省なのだ。

用心深くなった僕は、念のために、以前勤めていた新聞社で記者をしているアフメト・オルグンに電話した。たまたまトルコ出身の男だ。

「国防省が決めるんだって？　本当にそう言ってたのか」。アフメトは信じられないという風に念を押す。大使館が僕についていろいろ知っているらしいのは彼に言わせれば当たり前。「そりゃそうさ」、外交官のなかには新聞を切り抜いてファイルをつくるのが仕事という連中が必ず何人かいるものさ。隠し事はしないほうがいいとアドバイスしてくれた。すぐにばれるような嘘の口実を並べると、逆手に取られるかもしれないぞ。「要するにこういうことさ。登山家ならどうぞおいで下さいと言いたいが、物書きの登山家となるとどうしたものか考え込んでしまうというところだな」

いったいなにに神経を尖らせているんだろう、と尋ねてみた。

ひとしきり大笑いしたアフメトは、いきなり政治家のようにまじめくさった口調になって答えた。「第一にアルメニア人問題、第二にアルメニア人問題、第三にアルメニア人問題さ」。この「問題」がどれほど厄介か知りたければ、ノーベル賞作家オルハン・パムクの発言をめぐって吹き荒れた報道の嵐を追ってみればいい。イスタンブルに住むこのトルコ人作家がつい二、三カ月前に大変な騒動を捲き起こした。スイスのある新聞の取材に答えて、パムクははっきりとこう言ってのけた、トルコ人は三万人のクルド人と百万人のアルメニア人を殺しておきながら「だれもそのことに触れようとしない」と。

公式、非公式を問わず、トルコ中が猛反発して彼を叩いたものさ。パムクは、誹謗中傷のかどで三回も起訴され、ある議員はあの者にはこの国の空気を吸う資格もないとまでののしったし、図書館から彼の著作をすべて撤去するよう命じた知事もいた。

だが、アルメニアに触れさえしなければ、とくに問題はないはずだがとアフメトは首をかしげながら、ふと気がついたように聞いてきた。「君、特派員時代にアルメニアについて書いたことがあったよな」

ノーと答えたかったが、答えはイエスだ。アルメニアのコニャック産業など、どうということもない記事が新聞に出たことはある。「だけどもう何年も前のことだよ」

関係ない。アルメニアについてなにか書いたことがあるとなると、トルコ当局はちゃんと覚えていて、そうおいそれと許可しないかもしれないぞ。どこか普通のツアーに潜り込んだほうがいいかもしれないな、これがアフメトのアドバイスだった。

はっきりしたことが分からないものだから、選択肢はあまりないが、ともかく試してみることにして、ベリーズに手紙を出した。アララト山に登り、その旅行記をアトラスという出版社から本にして出す予定だと知らせた。

手紙のやりとりが始まり、「考古学発掘の実施と映画撮影のための」申請書一式が送られてきた。申請書には本当のことを記入して全部で五部つくり、旅券用の同じ写真を五枚添えて送り返した。

二〇〇五年四月十日のことだった。母のファーストネームは三つあるので、それも全部ちゃんと書いておいた。こうして僕の申請書はアンカラへ送られることになった。

フリードリヒ・パロトは、アルグリに滞在しているうちに、村の名前がアルグ（＝彼は植える）とウリ（＝ブドウ）という、ふたつの言葉をつなぎ合わせたものであることを知った。ロシア軍国境警備兵二名を加えた遠征隊全員は、アルグリ村の粘土でできた小屋の集落から徒歩で一時間足らずのところにある聖ヤコブ修道院に狭い思いをしながら寝泊りしていた。修道院の庭のすぐ裏の崖に辛うじて寄りかかるように石が高く盛り上がっていて、日に何度か石がひとつ崩れ落ちると、全体のバランスが崩れてがらがらと嫌な音がする。この小規模な石なだれの轟音で、氷河から流れ出る小川のせせらぎが聞こえなくなることもあった。僧院のあたりで小川の水は二本の水路に引き込まれ、静かに流れていく。

隊員たちは焼きたてのパンをご馳走になるのだった。パンと言っても、粘土製のかまどの内側で焼かれた平たくて柔らかいパン生地のケーキで、スプーンにも使えるし、ナプキンにもなるとパロトは書いている。

くるぶしまである青いセージを身にまとった修道僧はパロトたちを迎えて食事を出したあと、中央の礼拝堂が十字の形になっていて、その縦横が重なる部分に平たい石が置かれていることに注意するよう言った。この石はノアが神に感謝するために燔祭を捧げた祭壇なのだ。そして創世記八－二二にあるように、主はその香ばしい香りをかいで、心に言われた、「わたしはもはや二度と人のゆえに地をのろわない。人が心に思い図ることは、幼い時から悪いからである。わたしは、このたびしたように、もう二度と、すべての生きたものを滅ぼさない」

アルグリの僧たちもアララト山に登ることはできないと、口を揃えて言ったという。アララト山登山は無理だとここまで言われて、パロトはうんざりしたのではないだろうか。

『アララト山への旅』（一八三一年）のドイツ語原本と英語版（一八四六年）とを読み比べてみて、英語版では本文への補足がやたらに付け加えられているのに驚いた。原本はのびのびしているのが、英語版は恨み節ばかりなのだ。

英語版では編者が、パロトの行動はすべて真実を愛する衝動に発するものだとわざわざ断っている。この本を手にする読者は、これがアララト山初登頂にみごと成功した著者のありのままの記録にほかならないことを知ってほしい。著者自身はもはや自分で弁明することはできない（パロトは一八四一年に亡くなった）ので、あえて言っておくと、彼がアララト山に登頂したことはないというのはひどい中傷で、とんでもない言いがかりだと、編者は言う。この英語版のあとがきによると、パロトはアララト山遠征以前にも問題を起こしたことがあるらしい。ベルリンの化学者マルティーン・ハインリヒ・クラプロートといえばウランの発見者として知られている。そのクラプロートが、一八一一年パロトのカズベク山登頂を「あり得ないこと」とあっさり否定してしまったのだ。一学生に過ぎないパロトが著名な学者からほら吹き扱いされたわけだ。有頂天になっていたパロトはすっかり気落ちして、カズベク山の頂上を踏んだとは一度も言っていないと言い訳したのだが、名誉回復はならなかった。

英訳本『アララト山への旅』は元の原稿にやたらといろいろな飾りをつけたような版になっている。クラプロート博士に続いて、今度もまたある学者が疑問の声をあげた。『トビリシ・クロニクル』誌一八三一年第一一号で、アララト山の氷の斜面は非常に急だし、また表面がとても滑らかなので、

「パロト教授」がなにを言おうと、人間が登れるわけはないと言い立てたのだ。

敬意と歓呼の声で迎えられると思っていた本人は、こういう目に遭って、「傷つき」、「気分を害した」。だまし討ちに遭ったような思いだった。少し前の時代なら決闘を申し込んで命を賭けて闘うところだったが、そういう時代ではもうなくなっていたので、パロトはしごく冷静に対応して自分の名誉を守ろうとした。彼は遠征の庇護者だったロシア皇帝に頼ることにした。アララト山を征服した際これを助けた者たちの宣誓供述書を取ってくれるよう、ツァーリに申し出たのだ。そこでリーヴェン公の内閣がトランスカフカス州司令官に訓令五七九三号を発し、これを受けた司令官がある少将に命じてアララト山登攀者を探し出し尋問させた。該当者はアルグリ村の村民ふたり（アルメニア人）と第四一狙撃兵連隊の兵士二名（ロシア人）だった。五人目としてエチミアジン僧院の助祭アボヴィアンがいた筈だがこの者の証言はない。その代わりアルグリ村村長にそっと尋ねているのだが、この人物は登攀には参加していない。こうしてパロトは五通の宣誓供述書を手にしたわけで、これが英訳本にはそっくりそのまま採録されている。

証言を読むとがっくりしてしまう。アルグリ村の村人と村長の三人は聖書に手を置いて、自分たちもパロトもアララト山の頂上には立っていないと言っている。

二人のロシア兵は日付は確かではないが、一八二九年九月にパロト教授に同行してアララト山を征服したと証言している。

パロト自身の供述を加えると、これで三対三ということになる。直接の証人だけをとるとしても二対二。引き分けではパロトにはなんにもならない。パロトの基本的な立場はこうだ。真実はロシア人の側にある。アルメニア人はなんといっても教育もなく愚かで迷信に囚われているのだから、というのだった。

ここまで疑問視されている以上、パロトの登頂記録は眉に唾をつけて読まなければならない。彼は神秘化を自分でも演出しているのか、それとも神話を打ち壊そうとしているのか、どちらなのか。

アルグリ滞在中にチームは三度にわたって登頂を試みている。一回目は本気ではなく、せいぜい雪線（パロトが気圧計で測定したところでは標高三八〇〇メートル）の探索の域を出ていない。彼は学生の一人カール・シーマンを連れてポーターなしで日の出とともに出発した。傾斜度三〇度足らずの雪の斜面をストックを使ってトラバース気味に登り、通過不可能な障碍はそのルートにはないことを確認したあと、午後三時に下山にかかった。帰路、雪の斜面のトラバースで事故が起きた。実際は登るより難しいのに、下りでは不注意になりがちだから気をつけなければならないと、パロト自身書いている。「この場合、危険は実際の困難さより経験の不足にあった。登山は今回が初めての若い友人の精神状態はこの試練に耐えられなかった」。シーマンは足を滑らせて転倒した。教授は滑落する学生を腕を伸ばしつかまえようとして自分も転倒し、ふたりとも数十メートル滑り落ちた。パロトのほうが被害は大きかった。彼は岩に激突し、気圧計の一部が壊れ、時計のガラスは砕け文字盤は血だらけになった。

聖ヤコブ修道院に帰りついて、彼は肋骨の痛みがひどかったのに事故のことはだれにも打ち明けなかった。シーマンにもいっさい口を噤むよう命じた。修道僧たちがこれは祟りだと言い立てるのではないかと恐れたからだ。それでも彼と学生が無事だったのは神のご加護と感謝するのは忘れなかった。

怪我の回復につとめる間、パロトは先の尖った頭巾姿の修道僧たちの話に耳を傾けた。彼らは、夕食に豆スープをすすりながらアルメニア教会初期の聖人であるヤコブについて語るのだった。修道院の名前にもなっているその僧は、ノアの方舟の残骸を見つけ出して、その頃行なわれていた聖書の信憑性をめぐる論争に終止符を打ちたいと考えた。杖を手に、乾燥させた杏を懐に彼はアララト山登山に出かけ、やがて夜になった。岩陰で一夜を明かした彼が翌朝目を覚ましてみると、いつの間にか山麓に戻っていた。何度やっても同じことの繰り返しだった。ある夜、夢に天使が現れてこう告げた。お前の試みは無駄である、アララト山の万年雪に人間は足を踏み入れてはならないのだ。だが天使は彼の努力に報い、人間の好奇心を満足させるために、ノアの方舟の一片をあげようと言った。ヤコブが目を覚ますと杖と杏の袋のそばにその一片があった。

パロトは、信用はできないと言わんばかりにこう注釈している。「アルメニア人の間では、教会が認可したこの物語のおかげで、アララト山は登頂不可能だという想定が一種の信条にさえなっている」。彼は、エチミアジン僧院でその遺物にはすでにお目にかかっていた。手のひらほどの大きさの木片で、銀と宝石でイコンに細工されている。また方舟の木片に最初に触れた聖ヤコブの手の銀製の模造もあった。

パロトはアララト山にいる間、方舟の残骸を捜し求めてはいない。シベリアのマンモス同様、方舟が氷河のなかで保存されている可能性はあるとは考えていた彼は、方舟の材料とされるゴフェルの木片を見つけてこれぞ神の証明だということにはまるで関心を示していない。彼の野心はあくまでもアラフト山征服にあった。体力の回復を待って、彼は再度「永遠なる冬」の領域への挑戦を試みた。ポーター全員に最後までついて来てくれたら、それぞれ一銀ルーブルかドゥカーテン金貨一枚をやると約束した。

二回目の試みはモンブランの高さに届く少し手前で挫折した。パロトはそれまでの失敗の教訓から、三回目つまり最後の登頂ではできるだけ雪線に近づいてビバークすることにした。また羊の肉など消化に悪いものは食べない。オニオンスープにパン、それに少量のラム酒、これが最適。できるだけ早い時刻に出発し、追い風と氷河のクレバスに注意すること。

一八二九年九月二十七日気象条件は最高だった。三九〇〇メートルでのビバーク地点でアルメニア人農夫がひとり高山病のため脱落。ほかのふたりも最初の休憩で逃げ出したが、残りは頑張り、午前一〇時にパロトと五名の同行者は前回の試登で十字架を設置した地点を通過する。この十字架はひどく大きくて重かったため、これを担ぎ上げたポーターはすっかりばててしまった。パロトにはゴルゴダの光景を再現するつもりはなかったので、今回はごく手軽なものにした。モミの木の棒を二本用意し、長いほうの棒は杖として使うことにした。数日来の新雪はすでに凍結していたため、氷河ではステップを切って登らなければならなかった。空気はますます薄くなり、数時間の苦闘の末、気圧計を見ると、すでにモンブランの標高を越えていた。五〇〇〇メートルを少し越えたあたりで厄介な箇所に遭遇する。切り立った氷壁である。ここを切り抜けた瞬間、六人は一種のジェット気流に曝され、呼吸困難に陥り、寒気が骨の髄まで突き刺さる。だがこの難行苦行も彼らの意気をそぐことはなかった。前面には緩やかな登り坂の雪原が広がるばかりだった。

「アララト山の円形の頂上が嬉し涙に霞む目の前に紛うことなく立ちはだかっていた……そして三時一五分過ぎわれわれはアララト山頂上に立ったのであった‼」

『アララト山への旅』英訳本ではこうなっている。

ドイツ語原本のほうでは、感嘆符はひとつしかついていない。

ついに登頂を果たしたフリードリヒ・パロトは有頂天になってはいたが、あくまでも冷静だった。まず彼は気圧計を使ってアララト山の標高を測定した。五一五五メートルだった。十字架の建立はエチミアジンの助祭に任せた。助祭は修道服のままで登攀をやってのけたのだった。彼方に連なるカフカスの山並みの眺望を楽しみながらも、パロトは観察眼を働かせることを忘れてはいない。アララト山は火山ではあるが、目に見える火口はないことを確認している。また下山に際しては個々の石の並び具合を見て、「引いて行く水の力で」石が大小順に並ぶことになったのだろうと推測する。過去にこの高度でも大量の水が流れたことがあるに違いない。全世界を覆う洪水があったというのは疑わしいとする地質学者のいることは十分承知のパロトであるが、「もしアララト山上に方舟の残骸が残っている可能性はどうかという点について尋ねられれば、物理学者としてはその可能性を否定し去ることはできないと答えるであろう。大洪水ののちアララト山頂が再び雪と氷に閉ざされ始めたと前提するならばの話であるが」。

チームは四五分間頂上に留まり、下山にかかる前に助祭はアララト山の氷を瓶に詰め、パロトは長老ノアにワインを捧げた。

晩年フリードリヒ・パロトは痩せ衰え、暗い目つきをしていたという。耳を貸す者があれば、誰かれ構わず彼はこう言ってはばからなかった。「アルメニア人をアララト山に連れて行ってごらんよ。山頂に立っても、そいつはアララト山は登頂不可能だと言い張るだろうよ」。アルメニア人はともかく「学識あるヨーロッパ人」までもが彼の業績を信じようとしないことが彼を苦しめた。どれほど雄弁の才を発揮しようと、アララト山神話にはどうしても対抗できなかった。神話のほうが彼自身よりさらに強力で強情だったのだ。人間というのは謎を求めるもので、その謎を解き明かすことはせず、謎のままにしておきたい、そういう願望を持っているのではないだろうか。とすると、「信じる」ことと「知りたい」ということは互いに相反する行為ということになるのだろうか。

病に冒される身でありながら、パロトは最後までアララト山にもう一度立ち帰り、疑い深い人びとのなかから選ばれた数人に自分が登ったルートを辿らせようという計画を練り続けた。だがこのもくろみは突如として潰えてしまう。一八四〇年夏――パロトが没する一年前――アララト山にパロトが残した痕跡は、跡形もなく消え去る。山が動いたのだ。この年七月二日、日没の半時間前、地下に轟音が響いた。その後数分間続く地震が起きたかと思う間もなく、渓谷の奥深くから陰にこもったごろごろという音が聞こえ、それはやがて耳をつんざく大音響となった。遠方に立つ羊飼いたちは、赤く染まった灰色の埃と煙が柱となって立ち上るのを見た。雲間にいなずまが轟き光った。それは巨人が燃えさかる松明を手に山を駆けくだるようにも見えた。エチミアジンから見るとアララト山が内側から「煮えたぎる」ようだった。山襞から「蒸気」が激しく噴き出るのを見たとの目撃証言もある。

荒れ狂う自然にあわてて外に飛び出した聖ヤコブ僧院の修道僧とアルグリの村民は迫り来る泥流を目の当たりにしたことであろう。だが次の瞬間には泥とともにごうごうと流れ下る土石に呑み込まれ押し潰されたのだった。

第五章 √－1

かつての数学の先生がくれる手紙にはいつも父親じみたところがある。一九九五年、卒業後一二年経って、先生から初めて手紙をもらったときには驚いた。なぜ便りをするのか、その説明はまるでチェスの一手の解説のようだった。「卒業論文や博士論文をときには贈呈されることもある私だが、かつての教え子が本を書いたとなると、これは買わずばなるまいと思った次第」

W・クノル先生は年がら年中数学の話ばかりするから、僕らからするとマテ（数学）クノッレだが、この先生、往年の厳しさをまるで失っていなかった。僕の処女作をまるで校正者のように丹念に読んでくれた。「聖書を読むとき、数学の著作を吟味するときと同じぐらいゆっくりと念を入れて」読んだのだそうだ。僕の表現が厳密であれば、それだけ点数も高くなる。いい加減な箇所にぶつかると、たちまちお叱りが飛ぶ。「三八ページに類語反復がある。広場はそれ自体すでに広がりである。君は僕のもとで十分に数学を学んだのであるから、ここは以下のように書き改められなければならないことは分かっているはずだ。〈ヴコヴァルには総面積六万平方メートルの四つの広場がある〉」

マテクノッレは僕が歴史記述を職業としたと解釈した。彼は言う。「歴史は難しい専門で、数学よりもっと難しい。ただし数学のほうがより深いところまで行く」。この主張をただちに証明したいと思ったのか、彼は自分の保存ファイルのなかから僕の答案や宿題を引っ張り出して送ってくれた。手書きで問題が書いてある答案用紙を手にすると、どっと思い出が湧いてきた。だが仔細に見ていくにつれ、違和感が強くなる。「公式 $|z-1+3i|=|2z+1-3i|$ を満たす点の軌跡を複素平面に表示せよ」。こんな問題をすらすらと解いていたとは。こんな方程式を理解できたのは、同姓同名の誰か別人ではないのか。そしてその誰かさんは、一九八三年二月十一日には六ページもの計算を提出して四プラスをもらっている。

「君はいつでも博士論文を提出できる。

不一

W・クノル」

マテクノッレは学校中で恐怖の的だった。先生の耳には届かないことを百パーセント確かめたうえでなければ、彼のフローニンヘン訛りを真似する生徒はいなかった。答案には、先生がたくさん書き込めるようにとくにたっぷりと余白を設けておくようにいつも言われるのだが、それをうっかり忘れるとたちまち一点減点だ。ぎりぎりの点数で進級できるかどうかの瀬戸際ではこの減点は痛かった。

僕がまだ小学生の頃、四つ歳上の姉が泣きながら帰ってきて、ソファーでクッションに顔を埋めていたことがある。友達のトゥルーディと一緒に食卓で父に教えてもらって数学の重要項目をしっかり頭に叩き込んだはずの姉だったが、試験では完全なブラックアウトだったのだ。

「ほら、また勉強しなかったな」と、マテクノッレは、何回目かの落第答案を返しながら言ったそうだ。

姉は食べたくないと言ったが、父から命じられて食卓についた。咳払いした父がお祈りの言葉を唱え始めた。「私たちを悪からお救いくださいというところで、僕は励ますつもりでそっと横目で姉を見た。姉は目を開け口を噤んでいた。

ある日曜日の昼、アムステルダムのプリンセンアイラントを散歩しながら、姉にマテクノッレと文通していることを打ち明けた。この日は町の作業所が一般市民に開放される日で、僕らはまずシルクスクリーン製作の仕事場に入ってみた。

「あんたたち、マテクノッレだったの？　私たちはクノッリとか平方根クノッレとか言ってたけど……」。綽名の予備なら姉はたっぷり持っている。ああ、あの先生ね……。今になっても、姉からすると、僕が彼と文通しているのは一種の裏切り行為に思えるらしい。

一軒ずつ回って、屋根裏部屋に上がったり地下室に潜り込んだりして、鉛の兵隊やら色とりどりの窓辺の人形やらに目をやりながら、ふたりでまた別の思い出を記憶の底から引っ張り出していた。学校でのことよりも、一緒にいる時間の長かった家でのことのほうが多かった。年齢の違いを越えて、ふたりの思い出がぴったり一致した瞬間があった。真夜中に僕らふたりがテレビを見ていいわよと言われたあの夜のことだ。母は自分が見たいものだから、僕らを起こしたのだ。パジャマ姿で階段を降りて居間へ行くと、父は映りをよくしようとアンテナをいじっていた。あとになって、僕は父の保存用ファイルに大切にとってあった新聞の切り抜きを見て、あれがどういう出来事だったのかを知った。一九六九年七月二十二日付『アルゲメーン・ダークブラト』紙の見出しには「人間が月面を歩く」とあった。僕は四歳半。解説者の興奮した声が流れていただろうに、覚えているのは、チカチカするテレビの前で絨毯にふたりでくっついて座っていたことだけだ。

「ママが宇宙飛行士に弱いって、知ってた?」

知らなかった。幼い弟はそんなことには疎いのだ。

「宇宙飛行士がママのヒーローだったのよ。ママがソ連の宇宙飛行士は可哀そうと言ってたのも、それと関係あるかもね」。僕の少年時代のおぼろげな記憶に姉が彩りを添えてくれる。

「可哀そうって?」

「そうなのよ、ソ連の飛行士たちはわざわざ宇宙まで行ったのに、神はどこにもいませんでしたと言わなきゃならないから可哀そうなんだって。〈だって、可哀そうなのよ、そう言わなきゃ収容所に送られるんだもの〉」

そうか、それで納得のいくこともあった。母が冷戦でどちらの側に立つか、これには疑問の余地がなかったのだが、姉が言うのを聞いて分かった。母のソビエト嫌いは彼らの無神論と切っても切れない関係にあったのだ。

テレビ雑誌に出ていた宇宙飛行のクイズを思い出す。賞品は土星の環が見えるほど強力な天体望遠鏡だった。屋根裏部屋に天体観測の基地をつくるのが僕の夢だったのだが、宇宙を飛んだ最初の人は誰？　という問題の正解が分からなかった。ジョン・グレンなのか、それともユーリ・ガガーリンなのか。

「ジョン・グレンよ」と母は言った。

姉とふたりで歩いていると、ちょっとした広場に出た。そこではふたり組のパフォーマンス・アーティストが巨大なカタパルトを使って「死んだ馬」を空高く打ち上げていた。自分もアーティストである姉は、このふたりがまるで売り物にならない芸を披露しているのを見て、慰めにはなるわねと感想を漏らした。姉は栄養士の仕事のかたわらアトリエを持っていて、バターや砂糖を使ったはかない命の彫刻をやっている。バター製の食卓と四脚のいすとか、砂糖を手作りの絨毯風に散らすとか、カラメルをつる科植物のしげみ状に仕立てるとかだ。

喫茶店のテラスで、ふたりともアイスティーを注文した。最近、思い出のフィルムを巻き戻して、僕が神の言葉としての聖書と神の存在自体を疑うようになった決定的な瞬間を捜し求めているのだと、姉に話した。僕自身のなかでは、信仰は大した騒ぎもなく徐々に薄れていっただけのような気がする。

それまで信仰について話したことはなかったのに、姉はすぐに僕の思いを分かってくれた。

「私の場合、最初にショックをうけたのは歴史の時間だったわ。マルクス主義の話のなかで、宗教の役割についてマルクスが言ったことを聞いたの」。先生はマルクスが宗教は民衆にとって阿片だと言ったのはなぜかを説明して、人間が神を造ったのであって逆ではないとマルクスが言ったとも話してくれた。「びっくりしたわよ、信仰を人間の創造だと見なせるなんて」

僕にはカール・マルクスの宗教論を聞く機会はなかった。学校では歴史の授業からできるだけ逃げ回っていたから。姉が数学から逃げていたのと同じだ。

学校に通っていた頃だったら絶対に認めることはなかったろうが、じつは僕はマテクノッレがずっと好きだった。まずなによりも厳密な科目が好きで、曖昧なのは嫌いだった。あらかじめ聞いていたから、僕は宿題では、言われなくてもとくに広い余白をとった。彼の眉毛は本当にブレジネフみたいにもじゃもじゃ、しかも鼻の上でつながっていた。落第点を取ると、決まり文句は「君たち理解できなくても、驚嘆はしてくれよな」だった。代数や幾何で冴えを見せると、しっかりと面倒を見てくれて、「白、三手で詰み」風のチェスの問題を出してくれたり、ルイ十六世をめぐる秘話を聞かせてくれたりした。フランス国王が一七九三年に死刑になったのは、国民議会で投票数の数え違いがあったためかもしれないという話だった。

生徒たちの間では、彼の名前はヴォウタだとかヴォウトだとか噂されていたが、じつはヴォルタだった。僕は学校の図書室で漁っているうちに知ったのだ。彼の博士論文が、借り手がないまま、厳密科学の部門においてあった。同情心と好奇心から借りてみた。英語で書かれていたのだが、それはどうということはない。文章なんてろくにありはしないからだ。数字がずらずら並び、その終わりに「故に」の記号、そしてそのあとまた数字の列が続いている。僕は思ったものだ。ふーん、これでヴォルタ・クノルは学位をとったんだ。

一クラス二五人で一学年三クラス計七五人中で選択科目の数学上級をとったのは七人だけだった。僕もこの物好きな数学野郎のひとりだったのだが、学校大好き人間と悪口を言われないよう涙ぐましい努力をした。点取り虫は嫌われる、これは高校入学当初からしっかりと叩き込まれていたことだった。「錬金術師」のハッロだけは例外だった。この瘦せっぽちの背高のっぽはオール五のくせに、発煙弾を作ってみせたり、学校の向かいにある池で水中爆発を実演してみせたりするものだから、一目置かれていた。僕はいわばハッロにくっついて成り上がっていた。彼の大胆極まりない行動に参加することで、彼の人気のおこぼれにあずかっていたというところだ。僕らが初めて化学の授業をとる頃には、前評判が行き届いていて、化学教室の一番後ろ、誰もが狙う最高の席を僕らふたりがいち早く占拠することができた。これはカッコよさの序列では結構重い意味を持っていた。化学教室では座席が後ろへ行くほど高くなっているから最後列は一番高い。優越感をたっぷり味わうことができた。各段それぞれに水道の蛇口と流し、ガスバーナーがついていた。

化学のベルトマン先生のおかげで、僕は普通にはないかたちで創世記と正面から向き合うことになった。まじめ一方のこの先生は最初の授業のときからハッロと僕を目のかたきにしていた。化学薬品を軽々しく扱うととんでもないことになるぞと注意するときなど、必ず僕らを睨みつけるのだ。塩酸が目に入るとどうなるか、溶解されていない石灰が肌に触れるとどうなるか、水銀中毒の致死量はどれぐらいかなどなど。この化学教室には特別の安全規定があって、育ち盛りの腕白小僧のやりそうなことはいっさい禁止だ。いたずらしてやろうなどと考えている者がいればひどい目に遭うぞ。

危険物のしまってある戸棚を開けるときには、先生はアクリル製の角ばった防護眼鏡をかけるので、尖ったあごがますます目立つ。しみだらけの実験用白衣を着て、煙の立つ硝酸の瓶を見せながら、黒板のすぐ脇に垂れ下がるハンドルつきのチェーンを指差す。これを引っ張ると天井からシャワーのように水が噴出して、炎に包まれたり過酸化物を浴びたりした者の命を救うようになっている。ベルトマン先生は眼鏡を外して言った。「乱用は禁止されている」。わざわざドアを開けて、水がどこへ流れていくかを見せる。主事室から物理学教室へ通じる廊下沿いだ。「どうやって水を止めるか知っているのは私だけだ。これだけははっきり言っておく、乱用の際には、生物学教室のあたりまで廊下が水浸しになるまで水を止めてやらないぞ」。後始末するのは犯人だぞ、という脅しであることは明らかだった。

なにかをやらかすと、その都度、いかにもベルトマン風のお仕置きが待っていた。彼一流のお仕置きを――秋休みに入る前――最初にくらったのは僕らだった。

ベルトマン先生が脇の黒板に板書した。「フランク・Wとハッロ・Kは七時間限にこの教室へ来て、創世記を一から一〇まで清書すること」（僕らはまだ知らなかったが、この先生はお仕置きの中身をみんなに分かるように書き出すのだ）。

僕らがなにをしたというのだ。ハッロにも僕にも思い当たる節はなかった。あの日の朝、礼拝の時間にベルトマンはなんの理由もなく腹を立てた。朝の礼拝は決まりきった儀式だった。毎日八時一五分に始まる一〇分間、聖書を読んでお祈りをすることになっていた。これだけはどうあっても逃れるわけにはいかなかった。やってらんないよ、という反抗心を誇示する唯一の可能性は、学校用聖書をできるだけ乱暴に扱うことだった。きちんとした本を持っている奴は仲間外れ。ハッロの聖書はインクのしみだらけで、僕のは背表紙が取れて、ページがすっかり擦り切れていた。僕がその日の朝当てられて聖書を読む番になったとき、ひどく痛めつけられたふたりの聖書がベルトマンの目に留まった。僕が読み始めると彼はすっ飛んで僕の脇にやってきたのだった。

創世記の一から一〇までというと大したことはないように聞こえる。計八ページ、つまりアダムとイブの物語（堕罪）、カインとアベル（兄弟殺し）それにノア（大洪水）だ。

「系図は省略してよろしい」とベルトマンはその日の午後、いわば歩み寄ってくれた。彼自身はと言えば、ほかには人影もなくなった教室で化学薬品を瓶に詰めていた。

読むのと清書するのとでは気がつくことがまるで違う。それまでこんなに丹念に聖書を読んだためしがなかった。暗記していると思っていた話がここでにわかに謎めいたものになり、訳の分からないものになった。例えば、なんと神は人間を二度造っているではないか。一度目は創世記一、二度目は創世記二（「命の息をその鼻に吹きいれられた。そこで人は生きた者となった」）。さらにこれに劣らず奇妙な不協和音が大洪水の節の冒頭に隠れていた。そこには突然「神の子たち」が出てくるではないか。「神の子」がしかも複数で。神が唯一の息子を送ってこの世を救おうとしたのだと誰もがそう思っているところにこれだ。なんと、イエスにはこの世に暮らす兄たちがいた。しかも彼らの行状は決して聖者のようではなかったと、ここにはっきりと書かれている。「神の子たちは人の娘たちの美しいのを見て、自分の好む者を妻にめとった」。さらに驚いたことに大洪水が起こる前の時代に、ネピリム、つまり巨人がこの地上を歩き回っていたし、神の子たちと人間の娘との子孫である「英雄たち」もいた。「主は地の上に人を造ったのを悔いて、心を痛め……」

そこで生きとし生けるものをすべて大洪水によって抹殺するということになる。

この物語は、結末は分かっているのに、いつ読んでも息を呑むようなスリリングな話だ。ノアがすっかり信じ込んで言われる通りに方舟を造っていく、そのひたむきさには好感が持てる。ほかの者たちが嘲り笑おうがお構いなし、せっせと仕事を進める。動物たちがオスとメスでペアになってお行儀よく並んで舟に乗り込んでいくのもすてきな光景だ。動物たちとノアの家族そして最後にノア自身（全部で八人）が乗り込むと、すぐに天の窓が開いた。

「そこで主は彼の後ろの戸を閉ざされた」。ここはありきたりの文章ではない。戸が閉ざされた時に舟が揺れる、その揺れを感じてしまうほどだ。

「水が増して方舟を浮かべたので、方舟は地から高く上がった」。打ち上げられる宇宙探査ロケットが発射台からスローモーションでゆっくりと離れていくように、方舟も本当に浮かび上がったのだろうか。方舟も何もない空間を漂ったのだろうか、宇宙空間を無重力ではないにしても、水面上を滑るように流されながら。「地の上に動くすべて肉なるものは、鳥も家畜も獣も、地に群がるすべての這うものも、すべての人もみな滅びた。すなわち鼻に命の息のあるすべてのもの、陸にいたすべてのものは死んだ」。一五〇日後になってようやく神は天井の窓を閉めることとした。そこでようやく水が引き始め、方舟はぶじ着陸した――アララト山上に。

僕ら姉弟が通った学校は、アッセンとその周辺地域を担当するキリスト教学校で、聖書と信仰原理に忠実というのが評判だった。それでも進化論や宇宙の起源がとくに問題になることはなかった。生物学ではダーウィンが主流だったし、物理学ではビッグバンが事実上の「はじまり」だとされた。ただしそのような理論はあくまでひとつの「説明パターン」で、どれが無条件で正しいとか、どれが信仰に合致するとかいうものではないとされた。

宗教上の対立でただひとつとことんまで争われたのは、軍拡競争をキリスト者として道義的にどう考えるかという問題だった。八〇年代初め、アメリカがソ連邦のSS二〇に対抗して中距離ミサイル・パーシングⅡをオランダに配備しようとした時だった。教会の長老も学校の先生も二手に分かれて論争したのだが、双方ともに新約聖書を拠りどころにした。反対派はイエスの山上の垂訓(『目には目で、歯には歯で。』と言われたのを、あなたがたは聞いています。しかし、わたしはあなたがたに言います。悪い者に手向かってはいけません。あなたの右の頰をうつような者には、左の頰も向けなさい)を、賛成派はパオロの「ローマ人への手紙」(「今ある権威はすべて神によって立てられたものだからです……権威者はいたずらに剣を帯びているのではなく、神に仕える者として、悪を行う者に怒りをもって報いるのです」)をそれぞれ引用した。今も覚えているのだが、賛成派がイエスの言葉よりも使徒の言葉のほうに重きをおくことに、僕は猛烈に反発したものだった。教会に通いながら、ロナルド・レーガンのスターウォーズ計画を美化する連中を、僕は「偽聖者の集まり」と呼んで、再生紙の覚え書きノートに書きつけている。

僕のアメリカ嫌いとパーシングに対する見方は、姉の感化が大きい。姉の部屋からはいつもボブ・ディランやジョン・レノンの歌が流れていたし、毎年十二月二十六日には姉はハーフェルルテルベルク基地での平和行進に友達と一緒に参加していた。そこにはアメリカの核弾頭が配備されていた。直線距離で僕らの家から四〇キロメートル。あの頃、僕が繰り返し見た夢は、ハーフェルルテルベルク基地の地下弾薬庫が落雷で爆発し、スペーンクライト通りの家々の上にきのこ雲が立ち昇って日を覆い隠し、これを通りに出て見守る市民が押し寄せる熱波のためにたちまち黒焦げになり、後には一筋の煤が残るだけという光景だった。

ある日のこと、姉が家の台所で戸棚の中を掻き回していて、鍋の棚の奥にあった錆びついた缶詰を見つけた。急いで母を呼んでくると「あら！　キューバ・ビスケットだわ」と言う。どう見ても怪しげな代物だ。「BBエメン」と書かれた紙が貼り付けてある。「BBというのは住民保護局のことだ」と父が解説する。中身がなにか知りたくなった父は、かなづちとたがねを探しにガレージへ行った。その間に僕らはその缶詰と一緒に配られたヨードの錠剤を調べていた。包装についている説明によると、「フォールアウト時、つまり放射性降雨時」に摂取せよということのようだ。同じ棚に折りたたまれた注意書きもあった。「核による攻撃に際してはこうして自分と自分の家族の身を守る」。「原子爆弾の爆発は非常に明るい閃光によって識別できます」。その際には家族ぐるみで「テーブル、ベッド、作業デスクなどの下に」避難して、ラジオを聴いてください。

両親の話によると、この注意書きは一九六一年秋に配布されたもので、缶詰とヨード錠剤はその一年後、キューバ危機が最高潮に達した頃に両親が住民保護局の地区長からもらってきたものだという。父が缶詰を作業台の万力に取り付け、二度叩くとパカッと割れた。転がり出たビスケットはダンボール紙みたいな味だったが、二〇年経っても悪くなってはいなかった。

この非常食と甲状腺癌の予防薬は深刻に考えるほどのものではなく、実際、家ではみんなすぐに忘れてしまったわけだが、僕はあの頃、いつ死んでもおかしくない、一八歳になる前に死んでしまうに違いないと思いこんで暮らしていた。冷戦の最も深刻な時代で、原爆の恐怖が背中に覆い被さっていた。パンクのマウスのようなものだった。ただ気にならないことはまれだった。

僕らの不安を理解してくれたただひとりの先生が物理学のホファールツ先生（僕らは「ニック」と呼んでいた）だった。原子物理学専門の理学博士だったが、核エネルギーには反対で、僕らの味方だった。学生時代の息づまるような体験談を交えながら、異常としか思えない中性子爆弾に反対する生徒の立場を理解してくれた。薄い髭を生やしていて、それが彼の若々しい風貌によく似合っていた。「物理学者の半数は遅かれ早かれ兵器産業に行ってしまう」。博士号を持っているくせに高校の先生をやっているのはなぜ？　という生徒の質問に対する答えがこれだった（マテクノッレも博士号を持っていたが、あの先生にはそんなこと聞けっこない）。

ニック・ホファールツは、普通は生徒に見せないような映画を見せてくれたりもした。例えば地上での原爆実験の記録映画で、囲いの中でキーキー鳴いているブタが一発の閃光を浴びて死んでしまう光景などだった。彼は、僕らが理性的に、これは彼にとっては合理的にということであったが、世論操作に惑わされずに放射能の危険について発言できるようになってほしいと言った。玄武岩がいくつか転がっているあたりでガイガーカウンターをかざせば、針はピンと跳ね上がる。自分のやっていることがどういうことかしっかり理解できていて、非常に高い濃度の放射能に身を曝しさえしなければ、危険はないというのが、彼の説明だった。

ニック・ホファールツが言い聞かせたのは、僕らができるだけ恐れなしに自然と向き合い、自然を深く見つめるようになることだった。まず「火星に生命はあるか?」と作業課題を板書し、宇宙探査機ヴァイキング一号、二号の発見成果を評価する。探査機はロボット・アームで火星の土壌を採取し、これを機内で分析した。火星にいるのはせいぜい微生物程度だろう。だがもし知能の高い地球外生命が存在するとしたら、これまで考えられてきたことがすべて危うくなるのではなかろうか。人間ははたして万物の霊長と見なしていいのか。そんな問題を僕らは議論した。

ホファールツは、またあるとき十七世紀フランスの天才ブレーズ・パスカルについて話してくれた。神学者であり数学者でもあったパスカルによれば、宇宙の無限について考察し、無限であり測定不可能な宇宙に比べれば人間は、その想像力を考慮しても、じつに無に等しい存在でしかない。人間の想像力は確かに高くはあるが、それでも創造の最も深い神秘を解き明かすところまでには届かない。人間には認識できないことがつねにあるだろうと言い、その例としてパスカルは星を形成している物質を挙げた。人類はこれを知ることはできないし、星の試料を手に入れることは誰にもできないだろうと彼は考えた。それはそうだ、違いない、と僕は大いに納得して頷いた。

ところがなんのことはない、これは次の実習を導入するための前置きに過ぎなかった。星の光をプリズムで分解した写真が配られた。光のない部分の波長がそれぞれ星を構成する特定の物質に相当する。配布された手引きを参照し、五〇分授業を二回費やして、僕らはパスカルが永遠の神秘と呼んだ星の構成物質の性質をバーコードで特定することができたのだった。これぞ科学の勝利と僕は鼻高々ですっかり舞い上がったものだ。

振り返って見ると、僕が疑問を持つようになったのはほとんどが数学・自然科学の科目のせいだった。生物学、物理学、化学のおかげで世界の謎の多くが解けた。知識を貪欲に吸収して力を得ると、次第に祈りに身が入らなくなる。神はどこにいるのか。喫茶室、学校の軽食堂、講堂の舞台で四人、五人とグループになって真剣に議論し合った。なかのひとりがテレビでアメリカ人教授のブラックホールについての話を聞いたという。ブラックホールは他次元への通過点であるかもしれないという説だ。ブラックホールは情報もエネルギーも出さないし、なにも反射しなければなにも放射しないというではないか。

僕は、自分の考えたことを書き付けるノートに「創造史への注解」ともったいぶったタイトルをつけ、いくつかの思いを書き連ねていた。そこにはとくに、神はアダムとイブが天国の庭を耕せるように「論理の鋤」を造って与えたのではないかという思いつきが綴られている。「ところがこの論理の鋤は固いものに触れて壊れてしまい、そのために彼らの子孫は不安と不確実さのなかで生きる定めを負うことになった。理性の王国となるはずであったものが、ついには宗教の支配にいたったのである」

とはいっても、当時、僕はまだ神なり宗教なりを捨ててしまったわけではなかった。クラスの中で神はいないと大声で言って平気でいたのはジャコリーネ・ドープただひとりだった。彼女は死んだら火葬にしてもらう、埋葬は嫌だ。人が死ねばどうなるか、分かっているんだものと言う。

「どうなるんだい」と聞くと、

「あんたが生まれて来る前と、同じよ」と返された。

この答えに僕は慄然とした。寒気と嫌悪を感じるばかりだった。それでいてまた、髪を馬の尻尾みたいなお下げにして、虹の絵と「イエスは希望です」という文句のついたかばんをぶら下げて歩く福音大切の女生徒のグループには随分乱暴な口をきくこともあった。こういう女の子たちに疑問をぶっつけ議論しようとしてもだめだった。彼女たちは何かというとすぐに「神は愛よ」と言うからだ。「うん、そうだ。そして愛のために見えるものも見えなくなる」。ハッロはいつもそう言い返すのだった。

死とそのあとにくるものについて、どう考えたらいいか思い悩んでいた頃、フローニンヘンで栄養士の勉強をしていた姉がファン・ゴッホの手紙の載っている本をくれた。その一節につぎのような文章があった。

「すなわちわれわれには生の全体が眼に見えるだろうか。それとも死なないうちはわれわれにはただその半球だけしか知れないのであろうか。……

いずれにしてもそれを知るよしはないとぼくはいわねばならないが、地図の上で町や村をあらわす黒い点がぼくを夢想させるのと同様にただ星を見ていると、ぼくはわけもなく夢想するのだ。なぜ蒼穹に光り輝くあの点が、フランスの地図の黒い点より近づきにくいのだろうか、ぼくはそう思う。汽車に乗ってタラスコンやルーアンに行けるなら、死に乗ってどこかの星へ行けるはずだ。……詮ずるところ、コレラや尿石や肺結核や癌は、蒸汽船や乗合馬車や鉄道が地上の交通機関であるように、天上の交通機関であると考えられないでもない。老衰して静かに死ぬのは歩いてゆくようなものだろう。」（『ファン・ゴッホ書簡全集』4、一四二一―一四二二ページ、みすず書房、一九七〇年）

「ばかばかしい」と友人たちは決め付けたのだが、詩的真実というものがある以上、このような観念も十分に真実であり得ると僕は頑張った。

ともかく僕が高校生の頃に神を信じ続けていたのは、数学と関係があった。数学は生物学、物理学、化学とは違って、もっと純粋で独立している。（放物線を計算して大砲の弾を敵に当てるというたぐいの）応用数学はどうでもいい。数学の抽象的な側面が僕には魅力だった。一時期図書室でπに関する本を片端からあさって読んでいたことがある。πは自然界のどこにでもある。花のがくにもあれば、月の形にもある。πは円周÷直径にすぎないのだが、それは現にそこにありながら（あるいはだからこそ）認識を超えている。悟性で把握できる域を超越している。紀元前二世紀にアルキメデスはπを計算して、三・一四の値を得た。電卓では八桁の数字が出てくる。三・一四一五九二六五。いまどきのコンピュータはコンマ以下何百万桁にも近付く。それでもまだ完了とはならないし、完了することは永久にないだろう。

数学は論理的宇宙を造ってみせると同時に、認識不可能のものを教えてくれる（星の物質のように一見認識不可能のものとは違う）。マテクノッレがピタゴラスの定理をあっという間に証明してみせるのを見てすばらしいと思った。数字を論理的に操ることで未知の領域を発見することができる。このことを数学上級のクラスで学んだ。初級クラスでは不可能だったことが、ここでは可能になる。例えば負の数の平方根がそうだ。僕ら七人の生徒はマテクノッレに導かれて「虚数」の世界を知った。それは−1の平方根イコールiという約束で成り立つ世界である。虚数iは現実には存在しないのだが、もしそれが存在し得ると仮定すれば、どこまでも計算可能となるし、またこれがすばらしいのは、これらの計算が実際面で応用可能だということだった。

これは僕にとっては神的なものとの接触だった。数学によって現実と結びつく非現実世界を構築することができるということではないか。とすると、これは測定可能な現実よりさらに多くのものが存在することの証明ではないか。

クノルからもらった手紙にまだ返事が書けないままデスクに放ってある。例によって僕の近著に対するお叱りの言葉があり、これには申し訳ありませんでしたと謝らなければならない。「八ページに私としては顔をしかめざるを得ない表現がある。頭示数に続いて頭幅÷頭長×一〇〇とある。これは二義的だ。一〇〇×頭幅÷頭長でなければならない。公式を言葉に代えるには厳密性が大いに必要とされる。私があのような科目を教えたのはなぜだと思うかね」

返信ではまず、版を改める際には頭示数についての表現をより厳密にしますと約束したうえで、前から彼に尋ねようと思っていた質問をいよいよぶつけてみた。「いま執筆中の本のなかで、私は信仰と知との間の薄暮に入り込んでいます。それは私が二五年前高校生時代に体験した驚異に発するものでもあるのです。与えられた知識と認識は両刃の剣でした。私を取り巻く世界がそれによってより理解しやすくなったと同時に、謎もまた膨らんだのです」

僕が恩師に聞いてみたかったのは次の疑問だった。およそ信仰と知との問題を考えたことはないのか、ときには両者が短絡するようなことはないのか。

僕は次のように手紙に書いた。科学と宗教との関係は数学と言葉との関係と対比することができるのではないだろうか。一方は厳密で跡付け可能、他方は隙間だらけでとらえどころがない。僕にとっては、この両者は現実を観察するためのふたつのまるで異なったフィルターのようなものなのだ。

二カ月後に返事が来た。四ページにわたる手紙で、しかも透明ファイルに入ったおまけ付きだった。

「フランク君

二〇〇五年七月二十八日付けの手紙には、私が必ずしも通暁しているとは言えない分野のテーマが含まれているが、にもかかわらず若干の注釈をつけたいと思う」

クノルは科学と宗教との緊張を孕む関係は数学と言語との関係に似ているのではないかという僕の見方を否定する。「科学と宗教との間の緊張の場は数学の厳密さと言語の不確実さとの関係と対比することはできない。なぜならば、宗教との間の緊張の場はすべてを超越するからである」

そうか、みごとに一本とられたというところか。

と言っても、独断論ばかりでは決してなかった。文章の調子もそれまでの手紙とは違っていた。

「子どもの頃私は、イエス・キリストの復活物語が四篇の福音書のあいだで矛盾していることに気がついた（図式的にはそのように述べることができる）」。わが数学教師のような権威にも子ども時代があったとは、すんなりと頭に入りにくいのだが……。「レーヴァルデンの聖書学校で先生（牧師だった）が神の証明を五通り教えてくれた。自然科学を専攻しようとする子どもたちには証明がただひとつでは足りないということだったのだろうか。これが始まりだった」

どうやらクノル先生も高校生の頃、僕と同じ問題を抱え込んでいたようではないか。僕らの世代は、神の証明をそらで唱えさせられるなどという目に遭わなかったが、証明が五通りとは！　みんながどれほど首を傾げたことか、想像はできる。

彼が教師になった時点で、信仰の問題は背景に退くことになったようだ。「教師の頭のなかでうごめいているものは、自宅で、さもなければごく親しい仲で言葉に出ることはあっても教員室ではそういうことはまずない。私の記憶に残る唯一の激しい議論はパーシングをめぐる問題だった」

ニック・ホファールツがどちらの側に立っていたかは、当時すでに明らかだった。クノッレはここへきてもまだ自分の意見を胸にしまったままだった。

就職面接の際に校長が、「論争のある問題に関してわれわれのとるべき態度の指針」をくれたのだそうだ。タイプで二ページにわたって打たれたこの指針のコピーが手紙に同封してあった。

「科学はもはや神学に仕えるものではない」、一九六一年と日付のあるその文書はこう始まっている。「地球の年齢および生物の発展に関しては」生徒たちに近代の認識を教授すべきである。「この点に関して科学を普及させるための安価な書物が大量に出回っている現状を」キリスト教教育は無視することはできない。ただしマルクス主義的説明パターンはタブーである。「十九世紀来の唯物論的進化論の唾棄すべき反キリスト的性格は明白に指摘されなければならない」。「もちろん」教員は「創世記第一章が今から六千年前における六日間にわたる神の創造の行為を淡々と年代記として報告している旨」を自己の信念として述べることにはなんの問題もない。ただし条件がある。教員はこの見解が科学の現段階とは相容れないものであることを同時に指摘しなければならない、とさ！

この文書があれこれ苦労してバランスを取ろうとしているのが、僕には奇妙なことに快かった。少年時代の僕が信仰と知との乖離に悩んだ、それは僕だけのことではなかったのだ。僕を育てた教師たち自身それほど分かっていたわけではなかったのだ。

クノルは地質学や生物学の領域の具体的な例には立ち入ろうとしない。数学だけに話題を限定して数学と信仰との関係について考察を加え、最後に以下のような彼なりの信条告白で手紙を結んでいた。

「数学、それは極度に細心な、極度に厳密な専門領域である。

数学、それを営む者たちはこれを人間精神の自立的創造であると見なす。

もっとも、そこでただちに問題が生じる。人間精神とはなにか？　それは……脳のシグナルグランドからは「独立」して作用するのか？

そして信仰とはなにか？　われらが先生の教えた五通りの神の証明を信じることであるのか？　そのなかには正しいのがひとつはあるだろうと考えることなのか？

信仰とは投影なのか？　なんの、どこからの、どこへの、どのような投影であるのかを、数学者であればただちに問う。

私見によれば、原典がいつの日にかそれを教えてくれるであろう。

追伸　ノアの方舟にこだわって傷を負わないように。過去の霧は非常に深いぞ」

不一

W・クノル

第六章　北壁

アルメニア使徒教会の聖地行きのミニバス二六の始発停留所は、エレバンのコニャック工場からそう遠くない。旧ソ連邦帝国を縦横に走り回っているこの手のバスはマルシュルートキと呼ばれている。なにやら未知の荒野を駆けるコサック騎兵の行進リズムが聞こえてくるような名前ではないか。

朝一番のバスは半分も席が埋まっていなかったので、僕はようやく目を覚まし始めた大通りのキオスクで、ホテルの朝食では足りなかった分を補うことにした。一五分経って行ってみるとその間にやって来た客はただひとり、どうやら日本人のようだ。

エチミアジン僧院へ向かうルート二六は、今日のような日曜日でもわりに閑散としていて運転手はものすごい勢いでバスを飛ばし、コニャック工場のところで町を出外れた。アララト山は姿を見せない。これはこの時期として珍しいことだ。春が始まったというのに、アララト山は厚い雲に覆われ、時折雲間から淡い日の光が射し込むだけだ。

町を出ると家並みが長く続く辺りにさしかかる。なんと、カジノだらけだ。グロリア、フォーチューン、シカゴ。破風にはどぎつい色でサーカスの踊り子やら椰子の浜辺やらフォーミュラ・ワンの車やらが描かれている。

「アルメニアは初めて?」と、膝の上に書類かばんをのせた男が僕と隣にすわる日本人に英語で聞いてくる。

日本人は頷く。

賭博場前の歩道には、現金輸送車ほどもあるギャング仕様とも見える大型車が駐まっている。「一九九九年に来たことがあるけど、こんなものはなかったな」と僕は言う。前回とは目のつけどころが違うのは当たり前で、今回はアララト山の陰にある国アルメニアを見に来たのだから。

「このミニ・ラスベガスはその頃はまだなかったさ。見ての通り、アルメニアは右肩上がりでね」

男が得意げに語るには、ドル紙幣に使われている特殊なグリーンの印刷用インクを開発したのはアルメニア人なのだそうだ。この背景にはぴったりの話ではないか。エチミアジン僧院への道は、個室マッサージとサウナへどうぞ、と甘く誘うネオンの誘惑の列の間を目をつぶって一目散に駆け抜ける試練の道になっていた。ふと、一八二九年に同じ道を辿ったフリードリヒ・パロトを思い出していた。彼はアララト山がここで全容を見せてくれるというので、悪天候をついてわざわざこの道を選んだのだった。遠景にアララト山、そしてその手前にエチミアジンを見るのが彼年来の憧れだった。

左右には、緑たっぷりの杏の木々とさらさらと流れる用水路というみずみずしい風景が広がるはずなのに、実際に見えるのはソ連邦時代からの殺風景な高層住宅と魚の骨の形をしたバスの停留所ばかりだった。前触れもなくバスはエチミアジン僧院の脇に停まった。日本人と連れ立って、線香や絵葉書、「アルメニアの土」や「アルメニアの水」の入った小瓶を並べた露店を通り過ぎる。日本人と一瞬相手を確かめるように見つめ合ったうえで互いに打ち明けると、ふたりがめざすのは同じものであることが分かった。ノアの方舟の木片だ。

ジュン・Yの額に躍る黒い巻き毛はすぐに眼鏡の下に潜り込もうとする。勤務先はパナソニックの北京支社とのこと。中国で働く日本人が、大したストップオーバーもなく休暇でエチミアジンまでやって来たというわけだ。

僕らは風変わりなふたり組だった。立派な大人のくせにわざわざ千キロ以上も旅して木の切れ端を見ようという、まるで反対の方角からやって来たふたりだ。とすると、大洪水伝説はグローバルな説得力を帯びていることになりそうだ。なにしろ日本人とオランダ人が、この物語自体を信じているわけではないのに、伝説の遺物をぜひ見たいと思うようになるのだから。この石化した木片にお目にかかるためにはふたりで力を合わせなければならないようだ。エチミアジンの宝物殿の扉は俗人にはなかなか開かれないらしい。

ジュン・Yが信者なのかそれともただ好奇心に駆られてのことだけなのか、見極めはつかない。彼は二〇〇一年ローマ教皇の訪問を記念する無趣味な石の彫刻に興味を惹かれたようだ。僕の視線はむしろ神学校に向く。今から二百年近く前にパロト一行が宿泊したのがここだったし、パロトとともにアララト山に登頂し、のちに十九世紀アルメニア屈指の作家になった助祭アボヴィアンはここで学んだ。自然石でできた建物のコーニスに僅かばかりの木細工の飾りがある。このエチミアジン神学校は、アルメニアには破局的な結果をもたらすことになった第一次世界大戦中、難民の収容施設となったらしい。そのため教育活動はやむなく中断されていたのだが、戦争がようやく終わったかと思うと、新たな権力者となったソヴィエト政権は神学校の再開には熱心ではなかった。

大半のアルメニア人にとってロシア人はつねに友人であり解放者、少なくとも庇護者だった。もちろん一九一七年以前のロシア人（イスラムに対してともに戦うキリスト教徒）とそれ以後のロシア人（神を認めない赤）とでは世界が違う。それでもキリスト教ヨーロッパ世界の周縁にあって、イスラム世界としのぎを削る民族であるアルメニア人にとっては、ツァーリに仕えるか共産党書記長に仕えるかはともかく、ロシア人は依然として頼りになる存在だった。

アルメニア系アメリカ人女性ジャーナリストが、一九三〇年に社会主義ソヴィエト共和国アルメニアを訪問して書いたルポルタージュを読んだことがある。フィンランド湾の町レニングラートからまるで鉛直にぶら下がる錘のようにアルメニア・トルコ国境の町レニナカン（現在のギュムリ）へと彼女は下ってくる。

「宗教なしに道徳的であることが可能か」と彼女は自問する。同じコンパートメントに乗り合わせたコムソモール（共産主義青年同盟）の少女は車窓から人造湖のダムを見て「建造費は一一〇〇万ルーブル」だと言う。この子は苔むした古い僧院など「過去の遺物」には目もくれない。

アルメニア第二の都市レニナカンのホテルのバルコニーには赤地に白の文字が躍っていた。

宗教は五カ年計画の敵だ。
宗教上の祝日を廃止せよ！

戦う無神論者同盟に加盟せよ！
すべての宗教は破壊的であり
社会主義建設の前進を阻むものだ。

そういう時代だった。科学的無神論、共産主義的世界観に基づいて神殿はプラネタリウムに改造された。職人たちが丸天井の天辺まで登って、すべてを見通す神の目を塗りつぶして輝く太陽に変えてしまった。日曜日ともなると赤い腕章を巻いた学生たちがやって来て、地球は太陽の光に照らされる球で、一日かけて自分でひと回りし、一年かけて太陽の周りを回るのだと説明した。そこには神秘めいたものはなにひとつないというのだった。

「ソヴィエトの反宗教活動の怒りの矛先はアルメニア教会よりもロシア正教会のほうに激しく向けられた」と『クリスチアン・サイエンス・モニタ』紙は伝えている、「司祭が司祭であることを理由に射殺されたりシベリアへ送られたりしたケースはない。皆、富農であるとか反革命分子であるとかの理由で同じ目に遭ったのだ」

エチミアジンに着いたその女性ジャーナリストは、年来隠遁の生活を送ってきたカトリコス（総大主教）が亡くなったと聞かされる。この教会最長老は、反キリストの天使であるボリシェヴィキと口を利きたくないと言って仕事部屋に閉じこもっていたとのことだった。スターリンがエチミアジンのブドウ農園と水車小屋を「集団化」してしまったために、僧侶たちは喜捨に頼って生きていくほかなくなっていた。その一方で、教育・文化担当人民委員会は古い写本（例えば八八二年の聖書外伝『ラザロによる福音書』など）の価値を認め、革で装丁したうえ鎌とハンマーの印をつけたものだ。同様に母なる教会に収められていた聖遺物も共産党員による破壊を免れた。十字架のイエスをローマ兵ロンギヌスが突き刺したその槍の刃先と方舟の木片である。

毎日アララト山に向かい祈りを捧げるアルメニア人僧侶がいることを知っているか？

「マシスは彼らの霊的な基準点なんだよ」とアルメン・ペトロジアンが、旅に出る前の僕に教えてくれた。痩せた背高のっぽで、カメラマンがよく使うポケットのたくさんついたベストを着ている。眉毛まで真っ白の七二歳のこの理学博士は地震学者だ。『アルメニアにおける地震の歴史的目録』の著者である彼によると、アルメニアの教会建築士は昔から激しい揺れを計算に入れていた。だから先のあまり尖っていない、どっしりした塔や丸天井が十字に組み合わせられた身廊の上に建つように設計されている。方形の上の円形というのは建築上は革命的なアイディアなのだそうだ。ペトロジアンはどの教会が崩壊し、どの教会が無事だったかを調査して、十世紀と十七世紀の二度にわたる伝説的な地震の特性を明らかにすることができたという。

一九九七年に出た先ほどの歴史的目録以後、彼の著作は今のところない。一九九九年に彼は妻子ともどもアルメニアを脱した。ふたりの息子はともに徴兵適齢期だった。彼らはスーツケースを片手にアララト山を見晴るかすマンションを捨てて、南オランダの海抜マイナス四メートルの干拓地にある難民救済センターのプレハブ小屋に住みついた。

「ヘンドリク・イド・アンバフト町なんて、ろくに発音もできやしない……」と彼は嘆く。

すっかり退屈しきって座り込んでいた。周りは同じように暇を持て余すクルド人、ソマリア人、イラク人たち。オランダでは難民は「資格」が確定するまで働くことが許されないなんて知っているわけがないだろう。アルメン夫人は六五歳以下なので語学コースに通わなければならない。というわけで家には博士がひとりで留守番。世界が狂っとるよ！「男が家にいるとは、いやはや。家は女の領域じゃ。わしもこの国ではそうでないことは承知しているが、カフカスではそれが当たり前なのだ」

彼が持ってきたなかに古いアララト山カレンダーがあった。アルメニアの大地から見た、月ごとに違うアララト山が一二枚。

「国外に出たのは息子たちのためだった。ふたりには戦うよりも勉強してほしいのだよ」

アルメニア人難民、それはどの時代にもある現象のようだ。僕が子どもの頃、アッセンにもいた。子沢山の家族で、皆短く刈った黒い髪の子どもたちだった。僕らは彼らのために古紙回収をしたりしたし、場合によっては教会が難民救済にあたった。おかしなことに彼らの出身地はアルメニアではなくトルコだった。「キリスト教徒トルコ人」と呼ばれる人たちだったのだが、そう呼ばれると本人たちは怒った。

「おれたちはトルコ人じゃない！」

それぐらいならまだましだった。あの頃一九七〇~八〇年代には、アムステルダムのトルコ航空、ロッテルダムのトルコ領事館、デン・ハーグのトルコ大使館員の子どもをアルメニア人が襲撃した。こういうテロ行為を行ったのは、アルメニア人大虐殺への復讐者を名乗る一団だった。その頃僕は、なにに対する復讐なのかまるで知らなかったのだが、社会全般に、アルメニア人の言い分は理解できるという雰囲気のあることには気がついていた。教会はアルメニア人のために特別のミサをするし、子どもたちは蠟燭をともして彼らのために祈った。アルメニア人との連帯の絆は紛れもなかった。

同じ難民でも、キリスト教徒でないほかの難民よりもアルメニア人のほうが歓迎されるのは当然のことと、僕はとりたててこの問題について考えもしなかった。今ペトロジアンと話してみてようやく、アルメニア人に対するこの共感がもとは十字軍遠征にまで遡ることに気がついた。トルコのアルメニア人は中世にイエルサレムへと向かう十字軍将兵を物心両面で援助した。村人たちは総出で彼らを出迎え、食料を提供し、軍に同行する者も少なくなかった。

ペトロジアンから教えてもらった最初のアルメニア語単語はバロン。これは十字軍時代の名残で、もともとは男爵という意味のこの語がアルメニア語では「紳士」一般の意味になったのだそうだ。

ふたつ目の単語イエグラシャルは宗教戦争とは関係がない。地震学には日常用語、つまり地震だ。「イエ　グラ　シャル」と僕はゆっくりと言ってみるが、三つの綴りはぶつかり合い引っ張り合って、一向にものものしく響かない。

アルメニアではペトロジアンは地震学の第一人者で、ソ連邦時代にはアルメニア唯一の核センター立地の耐震度の調査を任された。これまでの人生でなにを信じてきたかと聞かれれば、彼の答えはただひとつ、進歩だ。ソ連邦全土で進められた識字率向上運動と連動する脱キリスト教キャンペーンは多くの実りをもたらした。「レーニンが権力を握った頃、両親はまだ幼かった。両親もわしも宗教教育は受けたことがない」。アラス川の平原に聳える四基の冷却塔——それこそが社会主義の二十世紀の寺院だった（そしてエレバンの地下鉄を飾る宇宙飛行士とプロレタリアの大理石像がその聖者像）。

アララト山でさえ、ペトロジアンにとっては特別の意味を持つことはない。彼が教え込まれてきたソ連邦の公式の立場からすると、ノアの方舟伝説は科学の進歩を阻む寓話でしかない。例の古いアララト山カレンダーに目をやりながら、この山は彼にとってはどんな山なのか、聞いてみた。民族のシンボルなのだろうか？

「それはそうだね。だが、ソ連邦時代に僕がまず考えたのは、いつもひとつ。あの山はＮＡＴＯにとっては理想的な観測点だということだけだったね」。あの北壁には冷戦時代にはスパイ機器がぎっしり埋め込まれていたのだそうだ。

彼の誇りは、アルメニア唯一の原子力発電所の建設に貢献したことだ。しかもそれは敵の領土から見える場所にあった。地震学の見地から徹底的に調査したうえで、チェルノブイリ型の原子炉二基の立地として火山であるアララト山から伸びる尾根上のアルメニア領最高峰（標高四〇九〇メートル）が選ばれた。ペトロジアンのチームは、六〇年代初めに発電所はＭＳＫ震度階級で震度七・〇の揺れに耐える筈との結論を出した。

ＭＳＫ震度階級の震度七・〇を言葉で説明するとこうなる。パニック、多くの建物に被害、煙突が折れる。池の水面が波立つ。教会の鐘が鳴る。

一九八八年十二月七日午前アルメニアでＭＳＫ震度階級の震度六・九の地震が起こった。ところが実際の被害は表示されていた範囲をはるかに超えていた、震央三〇キロメートル内で残った建物は皆無だった。

この地震のことをペトロジアンに尋ねた。一九八八年十二月七日一一時四一分にどこにいたんですか。

「車を運転中だった」と、両手をテーブルについて彼は言った。「なんとも不思議なことにまるでなにも感じなかった」。ワイシャツ姿のサラリーマンが外に飛び出すのが見え、研究所の駐車場には同僚たちが集まっていた。「窓をおろして、どうしたんだいと聞いた」

「やあ、アルメン、何がどうなったか、こっちが聞きたいよ」。一時間後にはテレビに引っ張り出されて、アルメニア史上最大級の地震に見舞われたのだと説明するはめになった。

一〇〇キロメートルほど離れたトルコとの国境に近いレニナカンの町では、一九六〇年以降に建てられたソ連仕様の建物はすべて崩壊し、住民は生き埋めになった。労働者住宅団地のマンションは、廃棄されることになった建物がダイナマイトで爆破されるときのように、ゆっくりと崩れ落ちた。レニナカンだけで二万人が瓦礫の下になった。

エレバンからさほど遠くない原子力発電所は運転を停止したが、破壊は免れた。震度六・九と震度七・〇との違いだ。

ソビエト・アルメニア共和国はこの年混乱の極にあった。冷却材も柩も埋葬者も足りなかった。その上グラスノスチとペレストロイカが進行中で、ソ連邦体制は土台から揺らいでいた。ベルリンの壁が音もなく崩れ去った頃、カフカスではいくつもの戦争が起こっていた。そのひとつがカラバフをめぐるアルメニアとアゼルバイジャンとの衝突だった。カッコウの卵よろしく、スターリンはアルメニア人が多数を占めるこの地域を隣国のアゼルバイジャンに帰属させた。社会主義兄弟国であったはずの両国は不倶戴天の敵同士のように互いに襲いかかった。「ムスリムに死を！」と叫びながら、腕に十字架の刺青をしたアルメニア人戦士はカラバフからアゼリー人を駆逐した。三万人の死者が出た戦争だった。

本当の地震に地政学上の激震が加わって、一九九〇年代初頭アルメニア人難民の波が再び高まったのだが、ペトロジアンはそのひとりではなかった。専門が役に立ってこの時期、彼は出世することができた。新たに設立された機関に地震学者として加わり、古地震学、つまり過去の地震の調査にも研究費がもらえた。

一八四〇年のイエグラシャルはどうだったのか、彼に尋ねた。

「あれはひどい地震だった。多分MSK震度階級の七・四はあったのではないかと思う」

サレ・クローネンベルフを通じて入手した論文の抜き刷り数点を出して見せた。アルメニアの地質学者アルカーディ・カラハニアンの論文だった。

「ああ、アルカーディね。よく知ってる。わしの部下だった」とペトロジアン。

この論文は一八四〇年地震と同時にアルグリ渓谷では火山噴火があったと推定して、アララト山を死火山と見なすのは誤りだと主張しているのだが、と言いさした僕を遮って、彼が口を挟む。

「マシスは死火山だよ」

「この論文によれば、それが間違っているということなんですかね」。二〇〇二年の比較的新しい論文でアルカーディは、アララト山は、一九八〇年の噴火に際してヒロシマ型原爆二万七〇〇〇発分のエネルギーを放出したアメリカのセント・ヘレンズ山と危険なほどよく似ていると指摘していた。

「それでアララト山が明日にでもまた爆発して頂上がすっ飛ぶというのか……」と、ペトロジアンが冷ややかにコメントする。

僕は、思わず知らずまだ会ったこともないアルカーディの肩を持ち始めていた。彼は丹念に細かい例証を積み重ねて、一八四〇年七月二日アララト山噴火に際してアルグリ渓谷を襲ったのは土石流だけでなく、「ラハール」と呼ばれる火山泥流でもあったことを証明している。その論文を見せて、「噴火」、「火山性」、「硫酸の蒸気」などの単語に注意を促すが、ペトロジアンはそっぽを向いて、窓の外を眺めるばかりだ。

窓枠で仕切られた牧場では牝牛が一頭しきりに口をもぐもぐさせていた。

「エレバンでアルカーディに会ったらよろしく。あんたの主張はばかげている、と言ってやってくれたまえ」

僕は資料をかき集めて立ち上がり、ペトロジアンに別れを告げた。アゼルバイジャンとの戦争が終わって五年経った一九九九年になって、彼がなぜまたアルメニアを去ることになったのか、結局聞かなかったことに気がついた。

エチミアジンの母なる教会の内部は崇高な佇まいだった。このアルメニア使徒教会の最重要の大聖堂にはけばけばしい装飾はない。むしろ慎ましいほどだ。飾りと言えるのは、おもに秋の紅葉を思わせる色合いのフレスコ画で、それぞれ聖書にあるよく知られた劇的なシーンを描いている。ヨルダン川でのイエスの洗礼、最後の晩餐、昇天するイエスの足が雲間に隠れようとしている光景。

いすひとつない堂内には溶けた蠟の匂いがこもっている。今にもなにかが始まりそうな雰囲気で、僧たちがしきりに行き来する。なかには先の垂れ下がったとんがり帽を被った僧もかなりいる。その先っぽは腰辺りまでぶら下がっている。この日、日曜日朝の最初の拝観者十数人は軽くしわぶきながら足音も立てず歩き回っている。

ジュンと僕は、ほかの人たちを真似て蠟燭をひと束買い求め、側廊にある砂の入った容器にそれを立てた。その間も祭壇右脇のドアから目を離さない。それが聖遺物を収める小部屋に通じるドアなのだ。

見ていると、黒い衣を着た僧が入って行ってはすぐに赤か青の衣に着替えて出てくる。

赤い衣姿のひとりに声をかけた。

「ホヴァンネスといいます」と自己紹介したその僧は、うっすらと髭を生やした若者で、真ん丸の顔にバラ色の頰の彼はアメリカ人風の英語を話す。

ホヴァンネスが小声で説明してくれた。修練士で神学校にあと一年いると助祭になるのだそうだ。

「あそこにいる青い衣の人はもう助祭で、今日アペガになる叙品を受けるのです」

聞いてみて分かった。アペガとは独身を守る司祭のことだ。つまりあの青い衣をまとった四人の男性はこれから純潔の誓いをたてようとしているわけだ。僕らが頼むと、ホヴァンネスは大聖堂を案内してくれた。

エチ　ミア　ジンとは「御ひとり子の光」の意味なのだそうだ。この光が紀元三〇一年にこの場所で地上に降りてきた。聖グレゴリウスがアルメニア国王トリダテス三世をキリスト教に帰依させた年だ。

修練士はジュンと僕の肘をそっと押して下に降りる階段へと導いた。大聖堂の地下にある人工洞窟への入り口だ。彼が蛍光灯の明かりを点けると、そこには異教徒の火の神殿の廃墟があった。低い壁の背後、破片のうずたかく積まれた上に土器がひとつ見える。母なる教会がこの残骸の上に聳え立つことで、前史時代の神々は聖書の唯一の真理によって駆逐されたのだという。彼の奨めるままに、十七世紀前にここにすえられた花崗岩の土台に手を当ててみた。それはホヴァンネスの言葉では「現世のキリスト教会の基礎」なのだ。

修練士の説明はさらに続いた。アルメニア人の祖はノアの息子ヤペテであり、ヤペテの一族はバベルの塔の建造が失敗に終わった後アラス川流域に定着したのだという。ホヴァンネスがこう語るのを聞いていると、ここアララト山の麓でキリスト教が歴史上最初に国教として認められたのは、なるほどこれほど旧約聖書の影が色濃く残っているここだからこそだったかと、頷きたくなる。彼はエチミアジンがアララト山の周囲一帯に広がる大アルメニア王国の首都として栄えた四世紀以降の歴史を語ってくれた。その間にホヴァンネスの言う最も記念すべき「英雄的行為」があった。それは敵をさんざんに撃破した会戦などではなく、四〇五年アルメニア語固有の文字の創出だった。エチミアジンの司教、メスロプ大司教が数年を費やして工夫をこらし、それぞれ九文字を含む四列計三十六文字からなるアルファベットを考案した。なんだか聖杯と燭台に似ているなと感想を漏らすと、その連想は意味がありません、とホヴァンネスにあっさりと退けられた。アルファベット最初の文字Աは神を表す単語の頭文字、アルファベット最後の文字Քはキリストの頭文字なのだそうだ。

「父なる神とその子がアルファベットの最初と最後を守る守護者ということなのです」と、彼は誇らしげに語った。

信仰と言語、文字と聖書との密接な関連については読んだことがある。十七世紀のアムステルダムに定住したアルメニア人集団はまず印刷機を組み立て、一六六八年にはアルメニア語聖書を印刷した。自分たちの言語による聖書は彼らにとってはパンのように日常不可欠のものだった。今日でも離散のアルメニア人（アルメニア在住の三〇〇万人よりも多い）はアルメニア使徒教会とアルメニア文字を自分たちのアイデンティティの砦と見なしている。自分自身がそうだとホヴァンネスは語った。ロサンゼルス生まれの彼は数年前に一九歳で帰国したばかりで、人種の坩堝と呼ばれるアメリカについに同化しなかったのは両親の信仰と言語のおかげだと言う。

で、おふたりはなぜまたエチミアジンまで足を運ばれたのですか。「ひょっとして洗礼をお受けになりたいのでは？」

いきなりずばりと聞かれた。後ろにそっくり返って聞いてきたところを見ると、まともに答える必要はないよと言っている風にもとれるのだが、黙って返事を待っているようなので、思わず言ってしまった。

「洗礼はもうすませました」

「私も。じつはバプテストなんです」とジュンが答える。

ホヴァンネスは渋い顔で微笑み、僕らは上へ戻った。

かなり混み合ってきていた。緑と白のスカーフをつけた女性合唱隊がアルコーブに陣取っていた。僕はさっきの逃げをうつような物言い、「洗礼はもうすませました」に後味の悪い思いをしていた。あれは卑怯だった。自分ではそんなこと、大切なこととも思っていないくせに。ホヴァンネスは仕事があるのでこれで失礼しますと言った。握手しようとしたら、ジュンが割り込んできた。右後ろの例のドアを指差しながら、聖遺物の部屋へ入ることができないだろうかと聞く。「司祭の叙品のあとなら可能かも。あの部屋は着替えに使われているのです」とのこと。

二時間待たされることになったのだが、苦痛ではなかった。礼拝にでるのは何年ぶりのことか、一五年、いや二〇年ぶりか。女性コーラスは優しく一糸の乱れもなく響き、まるで絹で網を織るようだ。続いて前唱者の深いバスの歌声にからめとられたかと思ったら、僧たちが登場してきた。香炉を振りながら歩むホヴァンネスは、ほんのりと赤らんだ頰でよく目に付く。年老いた司祭が歌うように語りかけて青い衣を着た四人の助祭を前へ呼び出す。言葉が分からないのでかえってよかったのかもしれない。立っているのは座っているよりいいことに気がついた。そっと左右の足を踏み替えながら立ち尽くしていると、ここでいったいなにをしているのだろうとふと思ってしまう。そう、ホヴァンネスにも聞かれたっけ、なぜまたここまで足を運んだのか。

方舟の木片見たさにではない。あれはせいぜい口実に過ぎない。アララト山の周りを回ることでなにかを知りたいと思っているだけではないことは分かっていた。メモ帳には、「裏返しのヨブ」となって一種の実験をやってみたいと書いてある。聖書のヨブは信心深くて裕福、神とサタンとの賭けの被験者にされてしまう。「サタンは主の前から出て行って、ヨブを撃ち、その足の裏から頭の頂まで、いやな腫物をもって彼を悩ました」（最後にはヨブは陶器の破片で身を搔きむしる）のだが、それもこれも、ただヨブがいつかは神を呪うようになるかどうかを確かめるためだった。それで「裏返しのヨブ」とはどういうことか。僕が信仰を持たない者としてどこまで頑張ることができるか、試してみようというわけだ。こういう場所をこういう時にわざわざ訪れてみて、信仰が僕の心の琴線に触れるかどうか試してみようというのだ。今ここに（片手で肘をささえ、こぶしを口に当てて）立っていて、自分の思いつきの素朴さに笑わずにいられなかった。まるで実験になっていない。僕はただ馴染み深い環境に身を置いただけの話ではないか。もちろんこのような礼拝でうろたえたりしない。自分が「クリーン」だと考えること自体がナンセンスだった。育ちがしっかりと成果を実らせている。僕は身も心もキリスト教にどっぷりと浸かっていたのだ。

僕の出版社の社主と「ヘメルセ・モッダー」つまり「天上のぬかるみ」という名前のレストランで食事をした晩のことを思い出していた。ワインがたっぷり入って、神の話になった。無神論者の彼が、いきなり神のいない彼の世界をほんの一ミリほど明け渡しそうになった。「めったにないことなんだが、自分より大きいなにかに感謝したい衝動に駆られる瞬間がないわけではない。そういう気分になるのはいつもきまって僕が幸せなときなんだがね」

僕がというよりワインが、そうだ、その通り、と僕に言わせた。「僕にもそういうことがある。言ってみれば、それは永遠感だな」。どんな状況でこの永遠感に捉われるかと言えば、ひとりのとき、うちから遠く離れたとき、おもに一定の速度で未知の風景のなかを移動するときだ。フランスをヒッチハイク中にトラックの高い運転席に座っていたとき、またのちにヘリコプターで千島列島の噴火中の火山の上を飛んだとき、そんなとき僕は至福の境地に入る。その瞬間にはすべてがいい。「だから旅行が好きなんだ。うちにいるときより感じ方が繊細になるからな」と社主が補った。今僕は旅行中だ。母なる教会の丸天井の下に立ち、香の匂いを嗅ぎながら、まだ消え去っていなかった宗教的感覚が刺激されるのを感じていた。

だがそれだけのことだった。それは持続しない。長続きしないというか、それには生き延びるチャンスはない。逆に、青い衣を着た男たちがひざまずいた瞬間、嫌悪感が心の底から湧き上がった。四人は司祭に頭を撫でてもらっている。献身というとなぜすぐに屈服になるんだ。いや、それどころかへりくだりではないか。礼拝つまり「神への奉仕」という言葉からして、僕に言わせれば、ろくでもない。ひとりの神から発して、ひとたびその神を認めると、否応なしに奉仕ということになる。苦悩に歪んだ顔をして祭壇の周りを蛇のように卑屈に這いずり回る。ジュンの反応を探りたくなって彼の顔を見た。だが彼は両腕をいっぱいに伸ばしてカメラを構え、写真を撮るだけだった。

儀式が終わると、ホヴァンネスの案内で財宝室に入れることになった。靴がずらりと並んだその奥に教会の宝物を収めたガラス・ケースがあった。ちょうど胸の高さに菱形をした鍛鉄製の武器がある。十字架のキリストを傷つけた槍の刃だ（「……兵士の一人がイエスの脇腹を槍で刺した。すると、すぐ血と水が流れ出た」。ヨハネによる福音書一九・三四）。ジュンも僕もノアの方舟の木片はどこだとあわてて目をあちこちめぐらせるのだが、ホヴァンネスは槍の前から離れようとしない。一歩下がって聖遺物に頭を下げた。ようやく聖ヤコブの銀製の手形を収めたショーケースに連れて行ってくれた。ノアの方舟の残骸を捜し求めてついに発見できなかったというあの僧だ。ところが、神の天使が哀れんで彼が眠っている間に授けてくれた筈の木片はない。アクリル製のケースも説明書もそこにある。だが肝心の本体は……「貸し出し中」だった。

「貸し出し中ですか?」とジュンが聞く。

ホヴァンネスは肩をすくめて弁解する。「そう、エルミタージュに貸し出し中」

アララト山は、僕がアルメニアにいる間ずっと姿を見せなかった。アララト山の姿がすっかり馴染みになっていただけに、奇妙な感じだった。うちではアルメニア電話会社の「アララト山ウェブカメラ」できっと日に三回は眺めていた。晴れていれば、エレバンの高層ビルに設置されたカメラで、日の出とともに山頂がブルーからバラ色に染まるのが見える。日中になってスモッグが出ると、大アララト山の雪の頂は地上から切り離されて、まるでマルグリットの絵のように、宙に浮かんで見えるのだった。

www.ourararat.comというアドレスのウェブサイトでは、普通のアルメニア人がアララト山への熱い思いを吐露している。

友よ、私はアルメニア人であることを誇りとしている者で、イランに住むアルメニア人を代表してここに約束する。われわれは決してあきらめない。われわれはいつの日にか必ずやわれらがアララト山を奪還するであろう。ララ、テヘラン

アルメニアの兄弟姉妹たちよ、がんばれ！　近い将来にトルコ・アルメニア国境は開かれ、すべてのアルメニア人がアララト山をその腕に抱きしめることができるであろう。アララト山はこれまでつねにわれわれのものだった。今後もわれわれのものであり続けるだろう。アルメニア人大量殺戮のすべての犠牲者の魂に挨拶を送る。ハゴプ、ヴァンクーバー

僕にとってはアララト山はすなわちアルメニアだ。僕はアララト山が大好きだ。僕は毎日見て、毎日この腕に抱きしめたくなるが、それは叶わぬ夢……。トルコが憎い！　アララト山は僕のものだ。なんぴともこれを僕らから切り離すことはできない！　セダ、エレバン

アルメニア人の目には、アララト山はノアの山以上のものなのだ。ノアの山といえば、普通、文明の揺籃とか、新たな始まりとか、神と人類との契約とかいうことになるのだが、アルメニア人からすると、それとは無関係に、もっとさし迫った側面が加わる。一世紀近くも前からアララト山は、アルメニア人にとってはまずなによりも約束の地だった。

フリードリヒ・パロトがかつてエチミアジンから辿った道は、すでに九十年も前から国境で行き止まりになっている。トルコの町カルスへと通じる鉄道と道路は有刺鉄線で閉ざされ、そこにおかれた関税事務所には今でもロシア人国境警備兵が詰めている。ソ連邦時代にはレニナカン近郊の国境通過点が、鉄のカーテンが外に開かれる数少ない地点のひとつで、特権階級の連中がここを通るドゥーオ・エクスプレス（東方特急）でエレバンからイスタンブルへと旅したものだった。だが九〇年代初頭以降アルメニア・トルコ間のこの東西間の出入り口、かつての東西ベルリン間のチェックポイント・チャーリーのような通過点も封鎖されたままだ。麦畑のそこここに立つ哨戒塔は流れていく霧の上に浮かんでいるように見える。道端にはケシの花が風に揺れていた。

平原に聳えるあの双頭の火山はこれほど近くにありながら、それでいて手の届かぬところにある。それだけにアルメニア人には、あれは蜃気楼なのか、それともトルコ人が天高く掲げる映画用スクリーンなのか、どちらとも見分けがたいということになる。

アルメニアのある新聞の社説によれば、トルコとの国境を越える唯一正統な形態は、武装してこれを突破しアララト山を奪還することだという。新聞論調がアルメニアの孤立を「われわれが担わなければならない十字架」であると美化するものだから、不倶戴天の敵に占拠された自分たちの山を来る日も来る日もただ眺めているだけでは、アルメニアの悲劇の現状を変えることにはならない。アララト山への憧憬は、二十世紀初頭に東トルコ（アルメニア人から見ると「西アルメニア」）からアルメニア民族が放逐された運命的な出来事をつねに記憶にとどめておくための儀式なのではないだろうか。アルメニア人がアララト山と叫ぶと、それは「アルメニア人大量殺戮」を忘れるなということなのだ。

身の毛もよだつような事件でありながら、十分に記録が行き届いておらず、そうだ！　いや違う！　と争いの絶えない悲劇に、僕は深入りするつもりはなかったのだが、やはりここから逃れるわけにはいかなくなった。「アルメニア人問題」は、僕がアララト山に向かって近付くごとに後ろからついてきた。登山ビザの件にしても、まだ「アンカラ」で検討中ということで、はたしてもらえるかどうか。これもアルメニア人問題と無関係ではなさそうだ。トルコのEU加入問題をきっかけに、トルコ国内でもEU内部でも反対論が起こり、その関連でも一世紀前のこの犯罪があらためて議論の的になりつつあった。

ドイツの新聞がちょうど一〇〇年前のある講演を一ページ全面を割いて掲載した。「ヨーロッパの良心に訴える」と題するこの講演を、僕は苦労して読み通した。そして読んだ以上もう後戻りはできなくなった。一九〇三年ベルリンでデンマークの文芸評論家ゲーオア・ブランデスが、瓦解寸前のオスマントルコ帝国でのアルメニア人迫害について情熱をこめて語ったものだった。スルタンの兵は一八九〇年から一九〇〇年にかけて三〇万人のアルメニア人を殺害したと、彼は聴衆に訴えた。

「暴行と、また一部は飢餓と寒さのために三〇万の生命が失われたと聞いても、さほど強い印象はうけないものです。想像力を働かせるには十分でないからです」

ブランデスは、消えがたい印象を植え付けようとするならば、ひとりひとりの痛みに立ち入らなければならないと前置きして、それを実行している。

「女性がひざまずいて、ひとりではなく、じつはふたりの命なのです、どうかお助けください、と兵士たちに懇願した。

〈男か女か、どっちだ〉と兵士たちは叫んだ。男の子だ、メジディエ銀貨を七枚賭けるぞ。〈さあ、どっちかな、見てみよう〉女の腹は切り裂かれた」

このあとも残虐行為の数々が並べ立てられる。抉り出された目玉、切り落とされた耳、十字架に打ち付けられた聖職者、そして教会に閉じ込められ生きながらに焼き殺された母親と幼子たち。とても最後まで読めたものではない。人の子の親になってからというもの、僕は子どもが苦しむ描写には耐えられなくなっていた。

「私は十分に承知しているし、感じ取りもしました。皆さんは嫌々耳を傾けておられる。〈もうたくさんだ。やめてくれ〉と叫び出したいのをじっと我慢していらしゃる。ご婦人方が多く会場を去られたことにも気がついています。［それでもなおかつお願いしたい］アルメニア人はこれに何十万回も耐えていることをお忘れにならないでください。これは現代の、過去一〇年間の、しかもここから旅程にして四、五日しか離れていない国での出来事であるのに、私たちは手をこまねいていた。防ぐ手立てをまるでとらなかったのです」

この訴えは今から振り返ると痛恨の極みといわなければならない。この数年後に「二十世紀最初の民族殺戮」が起こることになるのだから。

一九〇八年三人の若い将校エンウェル、タラート、ジェマルがスルタンの放逐に成功し、トルコ国内に住むアルメニア人は当初これを歓迎した。だが第一次世界大戦勃発後一年もしないうちに雲行きが怪しくなった。ドイツと同盟関係にあったトルコはツァリズム・ロシアのだまし討ちに遭った。イスラムの領主に抑圧されていたキリスト教徒アルメニア人は同じキリスト教正教会のロシア人を救い主と見なし、なかにはロシア人に加担するアルメニア人も現れた。トルコ三頭政治体制にとっては、アルメニア人住民は第五列、獅子身中の虫、つまりスパイだった。一九一五年四月二十四日、軍事政権は約八百人のアルメニア人名士を敵国との協力のかどで告発し、イスタンブル市内の広場で絞首刑に処した。同時にタラート・パシャ内相は国内のすべてのアルメニア人の国外への移送を命じた。一九一五年夏、数十万のアルメニア人（百万人以上とも言われる）が、クルド人盗賊集団とろくに給料ももらえないトルコ人兵士に「付き添われて」、シリアとイラクの砂漠のなかの収容所、というより集団墓場へ向かって強行軍する途中、飢餓と絶望のあまり死んでいった。

新設されたばかりの国際連盟が生き残った人びとを保護のもとに置こうとしたが、それが実行に移される前に、一九二〇年、現在のアルメニアにソヴィエト政権が生まれ、アララト山はその外に取り残された。

「ツヴァト・ダネム」とアルメニア人は今日でも互いに挨拶する。痛みを分かち合おうという意味だ。エチミアジンを去ろうというときになって、僕は、ホヴァンネスのようなアルメニア人にとっては、神の脇腹を貫いた槍の穂先のほうが、方舟の木片より重要な意味を持つに違いないことにようやく気がついたのだった。

アルカーディ・カラハニアンが、コーヒーはアルメニア風かアメリカンか、どっちにする？　と聞いた。アルメニア風だとコーヒー滓が底に残る。脇のテーブルを空けて、コードレスのラップトップを開いて見せた。彼の部下たちはそれぞれのデスクでさも忙しそうにしている。アルカーディだけが気楽なポロシャツ姿でフォックステリアまで連れてきているところを見ると、どうやら彼がここのチーフらしい。地質関係の調査専門会社ゲオリスク社は、アルメニア国会議事堂の見えるスターリン様式のばかでかい建物にりっぱな部屋を三つ四つ持っている。科学アカデミーと地震予知サービスセンターからトップクラスの地質学者、地震学者を一〇人引っこ抜いてこの会社を立ち上げたのだそうだ。

「僕自身も最初は地震予知サービスセンターにいたんだ」

「ペトロジアンの部下だった？」

「部下というわけではないな。歳は向こうが上だけど、地位が上というのではなかった」

元同僚ペトロジアンがよろしくとのことだったとは伝えたが、アララト山に関する彼の説はばかげていると言ったことは伏せた。僕がここへ来たのは、そのばかげたことのためだったのだから。

アルカーディは、ペトロジアン一家の消息を一応は尋ねたが、それが儀礼上のことなのか、本当に関心があるのかは量りかねた。「私が知る限り彼の最新の業績といえば、過去の地震に関する例の目録だな。どうして彼が国を出たのか、正直言ってよく分からないよ」

ペトロジアン夫妻には徴兵適齢期の息子がふたりいるとのことだと僕は補足した。

「アルメンの奥さんはアゼリー人なんですよ」と部下のひとりが口を挟んだ。「息子たちはアルメニア人とアゼリー人のハーフというわけです。苦労したと思いますよ」

「それは知らなかったな」とアルカーディ。話は途絶えた。テリアはテーブルの脚をぐるりと回って向こう向きに寝そべった。

所長は立ち上がってアルメニア風コーヒーを二杯カップに注いだ。いすに座ると、ラップトップを四五度ずらして僕にも見えるようにしてくれた。雪を被った火山の写真がモニタいっぱいに輝いていた。山の姿はアララト山に似て、同じように円錐形だったが、一方の壁が吹き飛んでいて、火口の谷が水平に見えた。

「セント・ヘレンズ山だ」

アルカーディがクリックすると、今度は大アララト山の写真に変わる。同じようにアルグリ渓谷をもっと近くから見た写真だ。

「びっくりだろ」

僕がここまで足を運んだのはアララト山の地質学的特性をもっとよく理解するためだったのだが、その甲斐があったというものだ。外見上似ているといっても、それで終わりというわけにはいかない。火山というのはモデルの女の子と一緒で、外から眺めているだけでは中の様子は分からないのだそうだ。だからアルカーディ・チームは衛星写真を解析し、アルグリを地図上から抹殺した泥流の記録を調べた。フリードリヒ・パロトら自然科学者の報告はもちろんだが、アルメニア使徒教会の年代記に出てくる目撃者の報告も参考にした。

アルカーディはうずたかく積まれた資料のなかからアルグリのアルメニア人農夫の報告を引っ張り出して、読み上げてくれた。「私は妻や子どもたちと一緒に畑で仕事をしていました。アルグリより二、三ヴェルストほど下のほうでした。ちょうど家へ帰ろうとしたとき、恐ろしいごろごろという音が響きました。地面が激しく揺れて、私たちは倒れてしまいました。すっかりあわてふためいていると、そこに嵐がやって来ました」

「ほら、嵐だってさ。興味深い情報なんだ」と分析してみせる。

アルカーディは噴火の兆候と思われる資料を揃えることができた。最初の地震の直後にアルグリ渓谷のうえに煙が立ち昇るのが見えたという。羊飼いたちはもうもうと膨れあがる煙のなかで赤い光と青い光が迸るのを見た。腐った卵の臭いがして「大砲の音」も聞こえた。石が空中高く吹き飛ばされるのを見た（火山弾と火山学者は言う。ここでは重さ五〇〇キログラムの石が三、四キロメートル下方まで吹き飛ばされた）。煙の柱はアララト山頂上にまで達し、その晩のうちに平原を覆う雲となって豪雨を降らせた。水溜りは青く染まり、硫黄の池と化し、エチミアジンの僧たちもその臭いを嗅いだ。

アルカーディがさらに続けて証拠を挙げていくのを聞いているうちに、アララト山がそのような山であるならば、神と人類との契約の山と言われる姿とはまるで違うではないかと思い始めた。信者はノアのいい香りのする燔祭のうえにかかる虹を見て、これは創造主が人を二度と再び大洪水などで厳しく罰することのないとの証しだと考えた。それを信じるか信じないかはおいて、科学が記録するところはまさにその逆ではないか。ノアが祭壇を築いたとされている場所が暴虐で冷淡な自然の暴力で敬虔な僧もろとも一掃されてしまった。このことを説明できる神学者はいるのだろうか。

アルカーディ・チームは、あらゆる資料を検討したうえで、次のような仮説に達した。一八四〇年七月二日午後MSK震度階級で震度七・四の地震が発生した（ここまでは彼の想定はペトロジアンの目録と一致している）。この地震で土石流が起こり、火山噴火が誘発された。泥流はアラス川流域のロシア軍の駐屯地にまで達したが、その上方の渓谷では火山性のラハールが泥流のうえを滑り落ちた。このラハールは現在でも衛星写真で確認でき、その容積は三億立方メートルと推定される。

アララト山の噴火は、一八八八年に起こった磐梯山の爆発にちなんで名づけられたバンダイ型噴火だった。

この調査結果を引っさげてスミソニアン研究所とわたりあい、権威ある『世界の火山』の最新版では、ナンバー0103-04(アララト山)の項に次のような記述が付け加えられることになった。

「最新の既知の噴火　一八四〇年(カラハニアンほか)」

なにも知らないものでうっかり聞いてしまった。「これでもう決まりというわけですね」

「いやいや、僕らはラハールだと思ってるんだが、あれはモレーンだと言い張る年配の学者が何人かいてね」

ペトロジアンのことだと分かった。アルカーディはなぜか彼の名前を出したくないようだった。

アルカーディがクリックすると、また新しい写真が現れた。十九世紀の地図に投影された衛星写真だった。「ここのこの舌状の突起が問題なんだ」と、彼はアルグリ渓谷の基底部に見える薄緑色のちょっとした帯状の部分(長さ四キロメートルほど)を鉛筆の頭でつついた。それはいわゆるアービッヒ氷河の延長上にあり、土石に埋まった聖ヤコブ僧院跡の数百メートル下方まで延びている。アルカーディに反対する人びとは、彼の仮説はまるで見当違いだと言い、次のように主張する。一八四〇年に地震が起こり、そのためにアルグリ村と僧院が破壊された。渓谷の上方に見える灰色の舌状の帯は噴火口から放出された物ではなく、アービッヒ氷河の下にあった堆積物が、氷が融けたために表面に現れたという。要するにこれはモレーンだというわけだ。彼らの主張ではアービッヒ氷河は一世紀半の間に四キロメートル後退した。この帯はその意味で地球温暖化と海面上昇の速さを警告する物差しである、というのが彼らの言いたいことなのだ。

「さし迫った話題が絡んできているというわけさ」とアルカーディ。「君たちオランダ人にとっては海面の上昇はゆるがせにできない問題だろ」

それはそうさと頷きながら、この学問的な論争のおかげで謎の山アララト山にまたひとつ新たな謎が加わったとは、なんたる皮肉かと思った。確実なことにはどうやら希少価値があるようだ。それは地学の分野でも変わりないということか。

つまり、こう理解していいのですかと、僕はアルカーディに確かめた。アルグリ渓谷の底部にある岩石の塊は、アララト山が活火山であるという兆候なのか、それとも世界中の海岸地帯がやがて水浸しになる、いわば分割払いの大洪水を警告するものなのか、そのどちらかだということなんですね。

「うん、そう言えないことはないな」

「それでどうなんです？」

「『ジャーナル・オブ・ヴォルカノロジー・アンド・ジオサーマル・リサーチ』誌から双方に、それぞれ自説を補強する証拠を提出するよう要請が出されているのだよ」

なるほどそれが現況というわけか。

それにしても、地質学の専門家ともあろう者がモレーンとラハールの区別ができないとはいったいどういうことだ、不可解な話だと思った僕だったが、やっと気がついた。そうか、彼は現地へ行けないんだ。アララト山の専門家なのに、アララト山に行ったことがないんだ。反対陣営も同じこと。彼らがトルコから研究ビザをもらえる可能性はゼロなのだ。

問題はそこにあるのか?

アルカーディはそうだと言う代わりに手をさっと広げて見せた。「そういうこと」

「それでね、あそこへ行く計画があるのなら、アルグリ渓谷の写真を撮ってきてもらえると、大いにありがたいんだがな」

第七章　ホモ・ディルヴィイ・テスティス

「デン・ハーグ　二〇〇五年六月十日

あなたが提出されたアール・ダー登山の申請書は遅滞なくアンカラの関係当局に送付されたことをここにお知らせします。しかしながらわが国の関係機関より大使館に入った連絡によれば、あなたの申請期間はより適切なものに改める必要があるとのことです。登山期間は通常五ないし一〇日間であります（あなたは三カ月としておられる）。

どの時点でアール・ダーに登る予定であるのか、折り返し大使館にご連絡いただければ幸いです。

敬具

ベリーズ・セラシン

トルコ共和国大使館三等書記官」

発送済み手紙のファイルを取り出して、ビザ申請書のコピーを眺めた。ほんとだ、質問一六（「旅行の予定期間」）の項に「二〇〇五年七月一日から同年九月十五日までの間」と記入している。これは登山可能期間全部だ。僕としては可能な限り柔軟に対応できるようにと思ってのことだったが、それが裏目に出たというわけだ。あらかじめベリーズからは毎週電話するなんてことはやめてくれと注意を受けていた。大使館はただ仲介するだけなんだから。「申請の処理には二、三カ月かかる」と、最初ひどくつっけんどんに言われたものだった。「申請許可の返事が来次第、ビザを発給するよう領事館に連絡する。それだけのことですから」。

「それで、もし申請を却下するという連絡がきたらどうなんです?」

「なぜまた却下されるなんて思うんですか?」。彼女の声が裏返りそうなのは、怒りのためかそれとも猜疑心からか。

そのあげくのはてにこれだ。

頭のなかを整理するために、ジョギングに出かけた。厳しいトレーニングプログラムをこなすようになってから、呼吸に合わせて考える癖がついた。アムステルダムのフォンデル公園を走りながら体と頭が同調することに気がついたのは、まさに啓示だった。体を使って全力を振り絞れば振り絞るほど、頭脳はすらすらと問題を解決する。

考える材料はいくらでもある。例えば公園へ行く途中の道端にあったごみ収納容器には毒々しい緑色で「聖書を読むのをやめろ!」と書いてある。僕が今ちょうど始めたばかりのことではないか。二町ほど先では、今度は壁に「アラー、くそ食らえ!」とスプレーの落書きだ。走るリズムに合わせて、自分のなかでこういう文句と折り合いをつけていくのだが、体がエンドルフィンを大量に分泌すればするほど、それだけ処理が楽になる。それは頭をマッサージして自己陶酔へと導き、途方もない力が湧いてくるように感じてしまう（世界記録、観客の熱狂的な拍手）。量が増えると最後には快感だけが残る。そのあと自転車で家路につくと、脳の底に沈殿していた洞察や決意がポカリと浮かび上がってきたりする。

今回は走りながら計算した。今日は六月十日。ビザンチンの、つまりトルコのお役人の書類処理にもう二カ月を足してやると、八月半ばということになる。申請できる日数は一〇日として、この期間をできるだけ遅く設定することにしたい。登山の時点を遅くすると、雪線が後退して四千メートル以上にまで上がるという利点がある。不利な点は時間的余裕がなくなることだ。九月第二、第三週に天候が急変することも稀ではない。そうなれば登山シーズンは終わりだ。

家についてシャワーを浴びる前に、ベリーズにメールした。「ご連絡ありがとうございました。アール・ダー登山の時期を二〇〇五年九月一日から同月十日までの間としたく思います」

保育園に行かない日を選んで、娘をハールレムのテイラー博物館へ連れて行った。

「さあ、貝の博物館へ行こう」。ちょうどその週の初めにひと駅先の海岸まで行って貝を集めたのだ。

「博物館には特別の石もあるんだよ。化石って言うんだ」

もうすぐ三歳半になるフェラは初めて聞いた単語を噛みしめるようにして尋ねる。「それなに、化石って？」

駅から刑務所の丸天井の建物を眺めながらスパールネ川に沿って歩いた。フェラは僕の肩の上に鎮座ましましている。もうこれで三度目だ。「パパの目をふさがないで」。するとフェラはクスクス笑いながら、ヘルメットの紐のように手を僕のあごの下に回す。

僕が見たかったのは、二世紀も前からここテイラー博物館に展示されている化石だった。この展示物はホモ・ディルヴィイ・テスティスの名で世界中に知られている。大洪水で溺死した人の骨格とされ、一七二五年にスイス人ヨーハン・ヤーコプ・ショイヒツァによって発見された。

化石というのはね、植物や動物が石に残した跡なんだよ、「ほら、砂に足跡が残るだろう、それと同じさ」と僕がもっともらしく説明している。次々に新しい質問を誘発して当然の言葉だったが、さしあたりそれはなかった。「大洪水人間」は、厳密に言うと、痕跡ではなく、石化した骨格だった。発見者ショイヒツァはチューリヒの医者だ。化石とは？　と聞かれたら、彼ならこう答えたことだろう。それは全能なる神の印であると。それとももっと具体的に、大洪水によって崖に刻み込まれた残存物であると答えたかもしれない。ユングフラウやマッターホルンの岩壁に貝やアンモナイトや淡水にすむカニのたぐいが見つかるのは、まさしくその証拠ではないか。

歯医者の息子に生まれたショイヒツァは十七世紀プロテスタントの環境で育った。ダンスも芝居も悪魔が崇める業だとする世界だ。彼が学んだニュルンベルク大学はそれほど窮屈ではなく、当時論争の的となっていたオランダの哲学者スピノザの考え方にも触れる機会があった。スピノザによれば、神は意識して行動する治安判事ではなく、創造とともに生まれた実体である。神は自然のなかに現れる。神は自然そのものであるというのがスピノザの考えだ。そんな近代的な見方を頭から拒否するショイヒツァにとっては、自然の探求はすべて聖書の神を知り、受け入れるためであり、神を認めることが学問の目標だった。そんな信条の持ち主である彼は、一六九四年ユトレヒト大学に医学教授として招かれるのだが、この地に馴染むことができず、すぐにまたアルプス地方へ帰ってしまったのだった。

神に仕える自然探求者の名に恥じず、彼は聖書に現れる自然現象――ノアの大洪水がその頂点をなす――を系統的に説明することを生涯を通じての事業とした。当時、大洪水を証明する一連の証拠のなかでまだ見つかっていないものがひとつだけあった。それは人間の骨格の化石である。これまで洞窟や岩壁で溺死した人間の化石が見つかったためしがない。神学者の説明だと、神は罪ある者たちには化石となって残ることさえもお赦しにならなかったのだというのだが、ショイヒツァはこれには納得できなかった。溺れて死んだ人間の死体が泥に埋もれて折り重なっている地層がどこかに必ずあるはずだと考えた彼は、次々に野外調査を行い、ついにボーデン湖畔の粘板岩孔で、彼の言うホモ・ディルヴィイ・テスティス、つまり大洪水の証人を発見したのだった。今にも崩れそうなその骨格を、ショイヒツァはこれぞ紛れもなく大洪水の証拠であるとうやうやしく呈示し、世間もまたそれを疑いもせず受け入れた。

彼畢生の大著『フュジカ・サクレ　聖なる自然学』には次のような一文がある。この粘板岩に人の骨格の半分――少なくとも半分近く――が含まれており、また骨以外の肉とさらに柔らかい体の部分がこの岩に融け込んでいることに間違いない。要するに、この岩は、水に埋もれてしまった呪われた人種の希少な遺物なのである。

フェラを連れて、オランダ最古のこの博物館の門をくぐり、床板を踏み鳴らしながら第一化石展示室から第二へと進んだ。フェラを抱き上げて巨大なアンモナイトを見せてやった。ガラスケースにすばらしい貝と結晶がずらりと並んでいるが、フェラの目にはヨーロッパヌマガメの化石しか入らない。この子はカメが大好きなのだ。動物園でも見るのはカメ、うちでは頭をもたげ両肘でカメのように這い回って喜んでいる。

「このカメさんはもう死んじゃってるの?」

石に残された痕跡うんぬんの話はここではなしにした。そう、死んでるよ、でもきっと百歳は生きてただろうよ。百歳はフェラにも分かる。おじいちゃんとおばあちゃんがなる歳だ。

次に来る質問、それは予想した通りだった。動物たちも天国へ行くの?

つい最近天国の話が出たばかりだった。こちらから持ち出したわけではなく、友達のおじいちゃんが天国へ行ったと聞かされてきたのだった。

動物も天国に入れるよ、と僕は勝手にそう決めた。

フェラはごくあっさりと、天国ってなんだか知ってると言う。「天国ではもう生きていけないの」

「ふーん、そうなんだ。それで生きていけないとはどういうことなの?」

「もう動くことができないのよ。ほら、こうでしょ……」。両足を踏んばってぐるりと回り、両腕をぶらぶらさせて上半身を揺さぶる。「生きてるって、動くってことなの」

第二化石展示室の左奥にショイヒツァの「大洪水で溺死した人の骨格」を見つけた。展示物第八四三二号は黄色っぽい骨の付いた海緑色の石だった。背骨は頭蓋骨に繋がり、巨大な眼窩とぶらりと垂れ下がる腕が目に付く。

「採取地　ウニンゲン
取得　大きな障碍を乗り越えて一八〇二年にファン・マルム教授より一四ルイ金貨にて購入。

ショイヒツァの当初の記述　「大洪水に際して溺死した人の悲しい骨格」

器具展示室へ行っていたフェラがまた戻ってきて、僕がなにを見ているのか知りたがった。

「オオサンショウウオだよ」と腰にのせて見せてやった。「ほら、前足を見てごらん、あれで地面を這い回るんだよ」

九十年近くの間、正確に言うと一八一一年まで、この「大洪水人間」は人間と見なされていた。ショイヒツァの死後ようやく、おずおずと疑問の声をあげる者が出てきた。この骨格はナマズに似てはいないか。いやオオトカゲではないだろうか。結局この大洪水人間の正体を公衆の面前で暴くことになったのは、解剖の名手ジョルジュ・キュヴィエだった。このフランス人天才は、信仰の深さではショイヒツァに決してひけをとらないプロテスタントだったのだが、パリでの講演で、彼はシベリアのツンドラの氷のなかから発見された毛深い「象」が、大洪水で押し流された象ではなく、死滅した別種すなわちマンモスであることを明らかにした。ハールレムのテイラー博物館を訪問すると、ここでもまた世間をあっと言わせる発見をしてみせた。彼はオオサンショウウオのスケッチを持ってきていて、並みいる人びとに向かい、どの部位から前脚が出ているかを実物を見る前にずばり言い当てたのだった。

ほら、言った通りでしょう、というわけで、以後この化石のぽかりと空いた眼窩を見るにつけ、人びとは宗教によって惑わされた者の誤りの実例を思い起こすことになる。なにしろ、ヨーハン・ヤーコプ・ショイヒツァともあろう学者が神を信じるあまり両生類をヒトと見誤ったのだから。

博物館のレストランでは、ガラスの容器のなかに薄いマルチパンをかぶせたフルーツケーキがあった。フェラはラズベリーにすると言った。窓際の席についた。リンゴジュースを三口吸ったその口で質問してくる。「パパ、幸せってなんだか知ってる？」

カプチーノの泡をすすりこんだ僕は、この瞬間がそうだと言いかけて思いとどまる。「それで？」ストローをグラスから引き抜いて振り回すものだからジュースがあたりに飛び散るが、一向に気が付かない。「幸せというのはね……保育園にいるでしょ……それでね、ピンクのコップがほしいなと思って、それがもらえたときなのよ！」

妻と一緒にアララト山に登るなんて、そんなわけにはいかない。それははっきりしている。古本屋に注文するのに、『女房子供連れでアララト山へ』という題の本を見つけて思わずにやりとした。それは論外だ。うちの場合、男に使命があって女房子どもはそれについて行くというのでは、お互いぎくしゃくするに決まっている。アルメニアやトルコへの旅は僕ひとりで行くことになるのだが、妻はそれ以外はいつも一緒でなければ嫌だという。

「原稿を読ませてね。あなたが何について書くのか、知っておきたいの」

それは分かる。だが干潟歩きも一緒にやると宣言するとなると、これはいったいどういう心境なんだと首を傾げてしまう。

干潟の先の島まで泥の中を歩いてみようと思い立ったのは、トレーニングのつもりだった。干潟歩きは水平面上の登山なのだ。海底の沈殿物は、重力に抗して足を上げるのと同じぐらいの力で足をとる。泥のなかを進むのも雪を踏んで登るのも、どちらも同じぐらい力を振り絞らなければならない。

「ジョギングは一緒にやりたいって言わないじゃないか」

彼女は水が嫌い、強い風も嫌い、臭い泥土も嫌い。そのくせ、どうしてもやると言って聞かない。

「分かった、いいよ、だけど……」

だけどの「だ……」も言う暇がなかった。「絶対に弱音は吐かないから。寒いだの、辛いだの、泣き言は言わない」

「うん、じゃ、行先はロットゥメローフ島にしよう」と僕はできるだけなんでもないように言った。

「海岸からの距離は一三キロメートル。朝七時一五分に堤防を出発」。コンピュータで干潟歩きがどんなものか読ませてやった。恐れをなして止めると言い出してくれはすまいかとひそかに期待したのだ。「埋立て地の終わりから本来の干潟に足を踏み入れる。二キロメートル先まで泥の多い地帯が続き、ラーを水に浸かって通り抜けなければならない。ラーとは船の水路のことでポールで標示してある……水深は東風のときは膝まで、西風では胸までと状況によって大きな差がある」

「なにを知りたいわけ？　気持ち悪いと思ってほしいんでしょ。そりゃ気持ち悪いわよ」

「違うよ。どうしてそこまで一緒に行くと言い張るのか、それを知りたいね」

よく聞いてみれば、要するにこういうことだった。彼女としては僕と心を通わせていたいし、僕のなかでなにがどうなっているのか知っておきたい。そうでもしなければ、僕の心が勝手にひとりでどこかへ行ってしまって、取り返しのつかないことになるのではないかと不安なのだ。

僕がなぜ干潟歩きをしたいか、それはトレーニングのためというだけではないことを、彼女に見抜かれていた。「あなたは象徴を求めているのよ」。確かにそうかもしれない。「水を挑発しようとしている。あなた自身の物語のために」

僕を熟知しているだけに、彼女は、僕が干潟歩きをイスラエルの民が葦の海を渡った聖書の記述と結びつけて考えていることを先刻ご承知だった。出エジプト記にまつわるエピソードを僕はいやというほど彼女に話して聞かせていた。学校での宗教の時間にまつわる思い出話だ。

先生たちのなかで、ファン・ヴェーアコム師ほど担当教科にふさわしい風貌（銀髪、日焼けした手）の人はいなかった。先生が、世界最大のイスラム国インドネシアから放逐された身であることは、学校中に知れ渡っていた。背中の曲がった姿勢で、先生は授業時間の初めにいつもまず旧約聖書の世界の地図を黒板に描くのだった。中央にパレスティナ、イスラエル、その東にティグリス・ユーフラテス川のメソポタミア地方、そして西にはシナイ砂漠、エジプト、ナイル川。

彼の十八番のひとつが、聖書はコーランと違って命令ではないという解説だった。命令であれば一語一句、コンマやピリオドのひとつにいたるまでゆるがせにできない。そこには解釈の余地はない。だが聖書はエッセーであり、人生の教訓の書なのだ。だからこれを文字通り読もうとしてはならない。それこそとんでもない誤りだ。例えば、「金持ちが神の国に入るよりは、ラクダが針の穴を通るほうがもっとやさしい」という言葉を文字通りにとったとしたら、天国へ行ける者などひとりもいないということになりはしないか、と言いつつ、先生はエリコやイエルサレムのような町の城壁に門を、そしてその脇に小さな扉を描く。この小さな扉、これは夜間用通行の扉であり、かつては「針の穴」と呼ばれていた。

これならばラクダも膝を折れば通れる、というのが先生の講釈だった。

聖書とはこういうものだというのが、先生の持論だった。そこで語られていることは真実であるのだが、背景を知らなければそのことが分からない。ある日、先生は、イスラエルの民がエジプト捕囚から脱出した経路を点線で示した。イスラエルの人びとが列をつくって進んで行くと、地平線に砂埃があがり、エジプト王パオの戦車が近付いてきた。イスラエルびとはどうやってこれを逃れたか。ヴェーアコム師は、モーゼが人びとを「紅海」へと導いたわけではないと言う。これは翻訳の誤りであって、正しくは紅海ではなく「葦の海」だったのだ。今の教科書ではそうなっている。それで正しいのだ。葦は諸君、知っているね。そう、この場合は刈られた葦だ。そして大切な点は、葦が生えている箇所では海は浅いということだ。英語訳の聖書ではかつては紅海red seaだったのが、今では葦の海reed seaとなっている。たった一字増えただけだが、僕の子どもの頃の絵入り聖書に描かれていたあの恐ろしい光景、両側にそそり立つ水の壁、その水の壁の間の海底を行くというあの光景はじつはなかったことになる。そしてモーゼが腕を伸ばすと、水の壁が追跡する軍勢の上に崩れ落ちてくるという話もなし。となるとこれは「干潟歩きと比べてみてもいいのかもしれない」。先生は得意満面で言ったものだ、モーゼは歴史上最初の干潟歩きのガイドだったのだと。潮の変わり目に海に入ると水に呑み込まれてしまう。パオの軍勢がそうだった。

「ドイツじゃ、戦前から馬と馬車で干潟を渡ったんだってさ」。妻は干潟歩きの先駆者についての小冊子の一節を読み上げてくれた。「北海海水浴場ククスハーフェンとノイヴェルク島の間の浮標で示された一二キロメートルのルートを歩いたり、馬を走らせたりした……」

僕らの泊まったホテル、ヘト・ゲメーンテハウスは、翌朝、海に向かって出発する堤防からさほど離れていなかった。僕はもう一度携行品を点検した。安物のバスケットシューズとスポーツ用ズボン、セーター、防風ジャケット、帽子とサングラス、甘い紅茶の入った保温ボトル、ミュースリとチョコバー、それに乾いた衣服一式を入れたごみ袋。これは帰りの船の中で着る。

「アーメラント島の牧師も歩いたそうよ」。屋根窓の下のベッドから声が聞こえた。そしてすぐその後、「海面が一番低い時と嵐の満潮時の海面とでは七メートルの差があるって、知ってた?」

ふたり分の荷をリュックサックに詰めている間、妻は僕が集めた干潟歩きに関する新聞の切り抜きや冊子類を漁っていた。なかには僕が感嘆符をつけておいた記事もある。例えばロットゥメローフ島の海岸管理人が、一九三九年に島まで歩いてやって来た三人の学生を迎えた言葉がそうだ。「やあやあ、まるで紅海を渡ったイスラエルびとではないか」。「潮が満ちて溢れる」という動詞、それに干潟歩きの秘策を説明したくだりにも線が引いてある。潮が満ちてくると、小型のゴムボートを膨らませ、これを四本の測深棒に固定する。そしてそのボートの中で――まるでノアのように――再び潮が引くのを待つ。初期の頃の干潟歩きのガイドが、干潟歩きをマロリーとアーヴィンのエベレスト登山になぞらえて言った言葉にも僕は印をつけた。このふたりのイギリス人登山家は一九二四年高度八〇〇〇メートルで行方不明になったのだが、彼らの死もこの言葉で多少は救いになるか。「心を揺さぶる探索やより高度な冒険への内なる憧れを押し殺す者は無駄な生きざまをさらしているに過ぎない。このような者はついに自然と精神の砦を突き破ることはない」

新聞切り抜きの一部はあえて家に置いてきた。「干潟歩き、満潮に不意打ちを食う」とか「強風と高潮が災いを呼ぶ」とか「天候急変後にわなにはまる」とかの見出しの躍る記事だ。一九八〇年第三世界からの留学生一〇人あまりが参加した干潟歩きで起きた悲劇に関する記事だった。彼らの経験はどこか大洪水に似たところがあると思って、僕はとくに興味を惹かれた。

参加者は、アフリカ、アジア、中東から応用地理学の講習を受けるためにオランダへやって来た学生だった。干潟歩きの準備として、彼らはまず最初に干潟の成立について学んだ。この浅海はごく最近に生まれたものだ。最後の氷河期が終わり、世界中で海面が上昇し、北海は風呂桶のように水が溢れた。約七千年前に水の力でひとつながりの砂丘の島と砂州が形成された。これがいわば柵になって、その内側に塩水の浅い溜まり場ができた。それが干潟である。

砂丘の島へ渡るには大抵は船を使うのだが、夏の間は歩いて行くこともできる。太陽と月の引力が寸分の狂いもなく規則的に水をこの内海に満ちさせ、また引かせる、その間を掻い潜って用意周到に海を渡るのだ。

講習会の受講者間の親睦を深めるために、この干潟歩きが計画された。「泳ぐような場所はどこにもない」し、困難なところも危険な箇所もない。女王の夫君もやったことがある。絶対に心配はありませんと主催者は断言した。

外側の堤防の土手に集まった参加者に向かって、身を切るような風の吹きすさぶなかガイドは再度説明した。「泳ぐ必要はない」。目標地点のアーメラント島は見えなかった。目の前に広がる海面上には、短く白い波頭が眼の届くかぎり逆巻いていた。

熟練の水球選手だったふたり目のガイドは、干潮満潮の時刻を間違えたなどということあり得ない、とのちの証言で断言している。「当然のことながら、出発したのは干潮の時刻で、本来なら水が引き、しばらくの間乾いた地面が現れるはずだった。ところがその日に限ってそうはならなくて、われわれは水を蹴立てて歩いた」。道路・水路建設局の作業チームが、仕事の手を休めて、通り過ぎる一団をじっと見守っていたのを、あとで思い出すことになる。

最初の水路を通過した頃、中国人のタン君が疲れ果ててしまった。どうせ体重のひどく軽い人だったので、ガイドたちが交代で背負うことになった。貝の集落が海面から飛び出ているような箇所には相変わらず出くわさなかったが、チームは先へ先へと進んだ。数時間後、寒さに体がすっかりこわばってしまっていたところに、最大の難所が待っていた。ふだんは水深がせいぜい膝までほどの水路なのだが、ガイドが長さ二メートルの測深棒で底をさぐってもまるで届かない。北西からの風が風力七にまで強まって、北海の水を干潮の流れに抗して干潟に吹き寄せていたのだ。これはかなわんとばかりさっさと引き返そうとする者もいれば、震え上がってしまい歯をガチガチ言わせている者もいる。ガイドは目の前の砂丘を指さし、あそこまで行けば大丈夫、とっくに視界から消えてしまった岸の堤防へ戻ろうとしても無駄だと、引き返そうとする者たちを、溺れ死にたいのかと怒鳴りつける。だが彼らは彼らで、自分たちは泳げないから無理だと言い返す。

「集団がばらけてしまいそうになるのを辛うじて防いだ」と水球選手のガイドは述懐している。タン君を担いだまま、彼は真っ先に水に飛び込み、力強く二十回水を掻いて向こう岸に着いた。「何回となく行き来して泳いだよ。最初にジンバブエ出身の女性ヒルダを引っ張って泳いだ。次はオランダ人学生のロルフ、彼は文字通りふらふらになって歩いていたんだ。あとはもういちいち振り返って見もしなかったが、最後に残った学生を引っ張って泳いでいたら、彼が言うじゃないか。〈ムスタファの手を離してしまった。支えきれなかった！〉」

ムスタファは二八歳のイラク人で、砂漠のど真ん中の町の出身だった。水が乏しくて細いビニールホースでナツメヤシに水をやっているような町だとのことだった。

ガイドたちは超短波無線機も照明弾も持っていなかった。水路はなんとか越えたが、ガイドたち自身が絶望に捕らわれた。水球選手が脚に痙攣を起こし、いくら軽いと言ってもタンを担ぐことができなくなり、彼を肩から下ろした。その瞬間にヒルダも崩れ落ちた。真っ青な唇で彼女は祈りの一言二言を呟いた。「あんたたちは行って」と何度か繰り返した。「私をここに置いて行って」。水球選手は彼女の声に混じるあきらめきった調子にぞっとなった。「さあ、もうちょっとだ。もうすぐだよ」と話しかけながらも、犠牲者はムスタファひとりに留まらなくなりそうだと、彼は覚悟した。チームは海の真っ只中に立ち往生していた。水は足元からやがてへそまで這い上がってきた。

「見ろ！　船だ！」誰かが突然叫び声をあげる。みんなカワウのように首を伸ばすが、砂丘のくぼみから、遠くになにか三角形の物が波間で左右に揺れているのが見えるだけだった。なんだ、浮標じゃないか、くそったれめ、水平線に浮かぶブイだ。ところが驚いたことにそのブイらしき物体は次第に近付いてくるではないか。「道路・水路建設局の救命艇だった。今朝方僕らが出発していくのを見送っていたあの作業チームだった」

次々に船に引き揚げられた。みな震えながら船室に潜り込んだ。タン君だけが甲板に横になったままだった。操舵室に担ぎ込まれたが、その一〇分後にはもう、心臓マッサージにもマウス・トゥ・マウスの応急措置にも反応しなくなった。

そこはさすがにオランダだけあって、直ちに国の委員会が設置され、これ以後は干潟歩きは条例による認可制になった。僕は、潮干表によって国が定めた「干潟歩きの最終出発時刻」が載っているページをプリントアウトしておいた。

「ロットゥメローフに向けて出発するときは、最低水位時の遅くとも一時間五〇分前でなければならない、って知ってた？」

僕はちょうど口をゆすいでいた。「うん、知ってるよ。一時間歩くと、その先はもうあとへは引き返せなくなるんだ」

妻は目をすぼめるようにして僕を見つめる。絶対に引き返したりしないから、よく覚えておいてね、と言わんばかりの顔つきだ。

翌朝六時、僕らは黙りこくって朝食をとっていた。ホテルの食堂は満員で、どのテーブルも深いスポーツシューズを履いた人で埋まっている。年配の夫婦、ドイツから来た元ボーイスカウト、子ども連れ（一二歳以上）の家族、それに僕らふたり。

ガイドが五人、髭面の男たちで赤白の棒を持っている。そのガイドと一緒にバスに乗り込んでもみんなまだ黙りこくっている。

堤防の風の当たらない斜面に集まると、ガイド主任が自己紹介する。ヤンネスというその人は恐ろしく背が高く、ナビゲーションと緊急時のために用意した手持ちの装備一式、照明弾からＧＰＳ携帯端末まで取り出してみせる。ヴァンタイつまり最も遅くまで水に浸からない帯状の地帯にコースをとる。午後遅くには、ロットゥメローフ島を巻いて西と東から来る潮の波が合流する地点なのだそうだ。棒を携えた守護者たちに囲まれて、僕らは海に入っていく。堤防では羊の群れがわれ関せずと草を食んでいた。

視界はすばらしく、島の砂丘が陽光に白く輝くのが目に映え、エムデン港外に停泊するコンテナ船やドイツ領ボルクム島の灯台も見える。

最初のうちはまだ堤防から続く陸の上を歩く。僕はふと子どもの頃、夢のなかで水の上を歩いたことを思い出していた。心の底から信じれば、ティベリアス湖のイエスのように本当に水上を歩けるのだと思っていた。アッセンのフレーデフェルセ通り脇にある池で試してみた。結果は、僕の信仰心がまだ十分でないことが判明しただけだった。

「ピーテルブーレンからも歩いてる」。誰かが発した今日最初の言葉がこれだった。西の方、堤防が二、三回折れ曲がった向こう、蜃気楼のように揺れる干潟にゴマ粒のような人影が現れた。

「こちらと同じ頃に着くはずだ。午後は同じ船で帰って来るんですよ」とヤンネスが言う。

八月の空に雲が流れ、雲が日差しをさえぎるたびに風が強まり、気温が下がるのを感じる。シェトランド諸島方面から気圧の谷が接近中なのだ。もっとも、この干潟に到達するのは夕刻のはずだ。

歩くというより泥をこねくり回している。芝材で作られた堤防に沿った泥道では一歩ごとにふくらはぎまで沈み、泥を掻き回すものだから、ザル貝だのミミズだの海草だのが表面に出てくるだけでなく、堪らない腐敗臭が鼻をつく。よく目立つ棒を抱えるガイドの五人は、気がついてみると、全員脚はむき出しだ。それにひきかえ僕ら三〇人は揃って長ズボン姿、こっちのほうが暖かいが、それだけ重くなる。

四五分後ラー、つまり水路に着いた。二、三個の浮標が浮いている。あたり一面水があるものだから、浮標がないとどこが深くてどこが浅いか見当もつかない。全員が集合したところで、先頭を切ってガイドがふたり水に飛び込むと、腰まで沈んだ。よろけながら歩いて、二、三分後には向こう岸に辿り着いた。相変わらずみんな黙りこくっている。妻と手をとりあって、このなんとも知れぬ穴に足を踏み入れる。足が滑って、僕の上体は後ろへ流れ、ようやく足を踏んばれたときには、着ている衣服が冷たい海水でびしょ濡れになっていた。その間、僕は向こう岸に立つガイドのひとりをじっと見つめていた。ガイドの表情が突然変わった。妻を見ると、顔に獣じみた恐怖の表情が浮かんでいる。海水を呑んで、叫ぼうとするのだが声が出ないのだ。

海底だが乾いたところがあり、そこで最初の休憩をとる。ヤンネスが尋ねる。「誰か戻りたい人はいますか？」

「もう一度あの水路を通るなんてご免だわ。絶対嫌よ！」と妻が言うのを僕は黙って聞いていた。

これまでに一時間一五分歩き、この先まだ二時間半から三時間歩かなければならない。引き返すという人はいなかった。干潟は乾いた砂地になり足元は硬くなった。そこからは大体が砂丘で、ところどころ柔らかい泥土があって、貝が泥水からプランクトンを吸い上げている。列がばらけて、長くなってきた。僕らは後ろのほうを歩いていたが、だんだん下がって結局しんがりを行くようになった。

妻との申し合わせはこうだった。最後までふたりで助け合うこと、泣き言を言わないこと、僕は文句を言わずに彼女のテンポに合わせること。しばらくの間、グループの最後を固めるサブリーダーと並んで歩いた。

僕の質問責めが始まった。どうして干潟歩きのガイドになったの？　なかには引き返す人もいる？これまでどんな経験をした？

干潟歩きの経験については喜んでいろいろ語ってくれるのだが、そのうち気がついた。どうやら事故ないし事故に近い事件については口を閉ざすことになっているらしい。語るのは建前だけだ。

「悪天候のときに干潟に出るのはどんなことがあってもご免だな。そういうときは、どうしたって、一番背の高い奴のほうに目が行くものな……」

天候が急変して恐い目に遭ったことはないのか、と尋ねると、

「さあね……」

質問の仕方を変えてみた。干潟を渡っていて半分ぐらい来たところで困難にぶち当たったことはないのか？

「ないね、でもな、一度だけ一九八一年に……」

一九八〇年の第三世界の留学生の件なら知っているが、と言うと、

「一九八一年は高校生だった」。ガイドの責任者がボルクム灯台とロットゥム島の鳥小屋とを見間違えたため、コースを外れてしまい、気がついたときは手遅れだったのだが、たまたまエムズ川を航行していた教会病院船に助けられて、一五〇人全員が命拾いしたという。

「えっ、教会病院船だって?」僕は思わず口を挟んだ。

「後で知ったことなんだが、ニシン漁をする漁船について一緒に北海に出るんだそうだ。日曜日には海上で礼拝をやるんだって。船団の周波数で放送するらしいよ」

偶然が摂理のかたちで働いたというわけか。「高校生たちは浮かぶ教会に救われ、そこでひざまずいたことだろうな」

ガイドは肩をすくめ、ダイバー用時計に眼をやった。

僕は足元の砂紋から眼を上げた。四方八方どっちを見ても同じようになにもない。僕は、考えられるかぎり最大の広がりを持つ視界の中心に立っている。航行する教会の話を聞いて、ある牧師の言葉を思い出していた。彼はいつも、教会はノアの方舟のようなものだと思いなさいと言うのだった。教会に入る者は救われ、外に留まる者は溺れ死ぬ。教会の建物はいつも手を差し伸べてくれる救命艇なのだよと言い聞かされた。

何年も前にその船を後にした僕は、今のところは乾いている海底を、気象予報とヤンネスのGPS端末を信頼して歩いている。これは傲慢なのか、分別なのか。

振り返って見て、妻がまるでロボットのように歩いているのに気がついた。背中を丸めて縮こまり、すっかり自分の中に閉じこもっている。僕が「なにか食べなさい」と懸命に話しかけると、サングラスを下ろしてしまう。

ガイドも様子のおかしいことに気づき、彼女の前に立ちふさがって、「いいですか、ほんの少しでいいから食べてください」と声をかける。

ぼんやりと、なげやりな風でチョコレートを少しかじる。同じように機械的に紅茶を二口三口飲む。僕らが五分間休憩しようと言うと、逆に歩調を速める。これはまずい。僕はトレーニングを積んでいるが、彼女は違う。追いついて手を彼女の腕にかけると、それを振り払う。

「私にはもうほんのちょっとのエネルギーしか残ってないのよ。今休んだら、その残りを使い果たしてしまう」

「それならもう少しゆっくり歩いた方がいいんじゃないか」

この言葉に反応して、彼女は、僕を振り切ろうとするように、歩くテンポを全力を振り絞ってあげる。

助けを求めてガイドを振り返ると、「もうなにも言わずに傍についていること」が、彼の助言だった。「血糖値かもしれない。すぐまたよくなるよ」

僕らは彼女の後について、泥をこねくり回しながらせっせと行進する。彼女がいつ倒れこんでも不思議ないと思い、泥の中から引っ張り上げる覚悟をした。ガイドに、消防士がやるように頭を下に担いでもらうほかない。ちょうどタン君のように。

一五分もすると顔色がよくなってきた。歩きが遅くなり、突然僕が分かるようになった。

「ご免なさい。でも世界がさっきまでうんと狭くなっていたの」

高校生たちの話のせいかと尋ねると、

「高校生って、なんのこと?」。さっきの話を彼女はまるで聞いていなかった。感覚器官がしばらくの間、すっかり停止していたのだ。トンネルを潜り抜けたような気分だと言うのだった。

半時間後僕らはロットゥメローフ島の砂州に到着した。島そのものに立ち入ることは許されない。抱卵期の鳥に島の独占権がある。桟橋も港もない。長く続く砂洲が、北海と干潟とが合流するところまで延びていて、これに沿って僕らは歩いた。半月形の砂州の端がツアーの終点だった。ノールトポルデルザイルの平底船がもうしばらく前から合流点で待っていて、僕らを収容する手筈になっていた。僕らはリュックサックの取っ手をつかんで地面に放り投げ、靴紐をほどいて、満足感に浸りながら、狭い砂の壁に寄りかかった。惰眠を貪るアザラシの一団よろしく、身を投げ出して北海の打ち寄せる波を眺めるのだった。

波は砂の上に扇状に広がるのだが、引く気配がない。それどころか、波が重なり合って次々に押し寄せるものだから、波打ち際がどんどん迫って来る。心地よい休息を楽しむ間もあらばこそ、下ろした腰をまた持ち上げる。靴やリュックサックもそのままにしておいたのでは、波にさらわれてしまう。みんな本能的にますます狭くなる砂洲の上で身を寄せ合うのだが、たちまち最初の白い波頭が襟のようにリーフの上に砕ける。身の回りの物を手に、僕らは立ちすくみ、水がくるぶしの周りで渦巻くのをただ呆然と見ているばかり。水は瞬く間にすねを浸し膝まで這い上がってきた。

「これからの数時間で四十億立方メートルの海水が干潟湖に流れ込んで来るのです」とガイドのひとりが解説する。

潮が十分に満ちてこないと、待機中の平底船も浮かび上がって近くまでやって来れないとのこと。ロットゥメローフ島の砂丘は一キロ半先にあって、そこまで泳いで行くのは無理とのこと。溺れ死にそうになりながら救助を待つなんて話は聞いていなかったぞと言いたくなる。ノールトポルデルザイルの船がようやく砂洲の近くまで辿り着けそうな具合になったようだ。エンジン音を響かせながら船は数メートルずつ穴をうがつように突っ込んでくるのだが、船尾は不機嫌そうに左右に振れている。

やっと十分な水深となり、船は揺れながら滑るように近付く。船長のおかみさんが前甲板に出てくる。お下げの先が風に煽られて顔に当たる。彼女は船首に歩み寄り、手すりにアルミのはしごをはめ込んだ。

第八章　第十一の書板

トルコの旅行ガイドブックには必ずアール・ダーの写真がある。カメラマンはいつも決まった地点に立つことになっているのか、トルコのアララト山の写真はどれを見てもよく似ている。北側からのアルメニアの標準的なアララト山写真と並べてみると、この山には裏と表しかないのかと思ってしまう。横から見た写真というものがどこにもない。コイントスのように、表か裏かなのだ。

七月末になってもビザがどうなるか知らせがないもので、じっとしていられなくなった僕は、週末限定の格安航空券でイスタンブルへ飛んだ。トルコ人がアララト山をどう見ているか、国の最高峰に彼らがどんな意味付けをしているか、どんな象徴を見出しているか、探ってみようと思い立ったのだ。

ホテルにチェックインしてすぐに、ブティックや喫茶店の立ち並ぶイスティクラル通り（独立通り）をぶらついた。町並みはウィーンかブリュッセルにあっても不思議ではないほどだ。おへその見える格好の若いトルコ人女性にまじって、僕は「ロビンソン・クルーソー」はどこだとあたりを見回す。英文図書の品揃えがいいと評判の本屋なのだ。店に入って、子ども向けの絵本シリーズ『コーランによるグッドナイトストーリー』を探した。レジの向かい側の回転式スタンドにそろっていた。『アッラーの一番のお友達』『両親を愛しなさい』などなど。『ある魚の物語』の表紙には潮を吹くクジラの絵が描いてある。たぶん預言者ヨナを吐き出してほっとしているところなんだろう。お目当ての『ヌーフの方舟』もあった。早速手にとり、ページをめくる。この本でもやはり動物たち、象、キリン、サル、蛇、カバがひとつがいずつそろっている。クジラの絵本にヨナの姿はなかった。同様に、この方舟の甲板にもヌーフはいない。どのページにも、ヌーフも彼の息子たちの姿もない。この絵本通りだったとすると、舟は人間の手を借りずに造られたことになる。

『ヌーフの方舟』を見ていると、フェラの持っている飛び出す絵本『ノアの方舟』を思い出した。本を開くと方舟がさっと飛び出す。附属の袋には、折りたたみ式の動物たちがひとつがいずつと人間も八人そろっている。ノア夫妻と三人の息子とその妻たちだ。イスラムの習慣では人間を絵に描いてはならないことになっている。それ以外は同じらしい。僕は『ヌーフの方舟』をフェラと僕自身のために買った。さて、ノアの姿がないことにフェラは気がつくだろうか?

アララト山がふたつの顔を持つ山だとすれば、ノアは北壁、ヌーフは南壁ということになる。だが、それでなにか違いがあるのだろうか。旧約聖書(そしてユダヤ教聖典トーラー)の方舟は、コーランの舟と同じように堅固に造られていたに違いない。イスラムの洪水物語は、創世記と比べると、いくらか短くて、ややまとまりに欠けるというだけだ。アッラーも、行ない正しいヌーフに家族と動物たちのための舟を造るよう指示する。「(舟の)中にあらゆる(生き)ものを一番《ひとつがい》ずつ入れるがよい。それから汝の家族をも」。ほかの生き物の運命についてはコーランの記述は簡潔だ。「いずれにしてもあの者どもは溺れ死んでいくさだめじゃ」。ノアの場合とは違って、ヌーフの息子のひとりが舟に乗るのを拒む劇的な一幕がある。スーラ十一はこう描いている。

かくて舟は一同を乗せ、山なす波浪の中を行く。ヌーフはいつまでも離れて立っている息子に呼びかけた。「おおい、早くお前もわしらと一緒にお乗り。罰当たりなまねをするでないぞ」と。すると「おれは山に逃げる。あそこなら水もこわくない」と言う。……と言っているうちにも大波が二人の間を裂き、(息子は) とうとう溺死してしまった。

くらべながら読んでいくと、コーランは細かい点にこだわらず、聖書よりもあっさりすませているようだ。

やがて、声あって曰く、「大地よ、汝の水を呑みほせ。大地よ、鎮まれ」と。すると洪水は引き、事件は完全に了って、舟はジューディー山の上に止まった。

(井筒俊彦訳『コーラン』中、一四ページ ワイド版岩波文庫２４０、岩波書店、二〇〇四年)

方舟がどこに到着したか、各種聖典の伝えるところは、必ずしも明白でない。アル・ジューディーとはアラビア語で「高み」の意味なので、アララト山でも、それ以外のどの山でもいいことになる。

創世記はたしかに、「アララテの山」と言ってはいるが、アララテとはウラルトゥからきた語で、これはもともとはアッシリア語でアルメニアを指す。そして古代アルメニア国は現在のトルコの南東部全域に及んでいた。

コーラン学者は、預言者ヌーフの舟が陸に上がった場所として最も確かなのは東トルコであろうと言う。イラク、イランそしてサウジアラビアのムスリムはそれぞれ地元にアル・ジューディーと呼ばれる山を持っているが、北にアララト山、南にジューディー山を控える東トルコこそが最も有望な地だとは、スンニー派もシーア派もともに認めるところなのだ。

トルコ当局とくに軍部としては、もっと当たり障りのない場所のほうが嬉しかったのではなかろうか。アララト山といい、藪に蔽われたジューディー山といい、トルコ、シリア、イラク三国で形成される三角地帯のなかで、どれも戦略上重要な地位を占めているからだ。

ジューディー山の岩っぽい頂上はティグリス川を見下ろす絶好の位置にある。ティグリス川はやがてトルコ領を出て、百キロメートル先のニネヴェの廃墟に向かって流れていく。高さ（標高二一一四メートル）からするとどうと言うこともないこの山には特別の意味がある。このあたり一帯に住むムスリムとキリスト教徒が、毎年、共同で大洪水を偲ぶ儀式をこの山の頂上で執り行う伝統があったのだ。

数世紀も前からジューディー山頂にはささやかな祈禱所があり、これはサビナート・ナビ・ヌーフ（預言者ヌーフの舟）と呼ばれていた。この聖なる建物の姿を伝えるものとしては、イギリス人考古学者ガートルード・ベルが一九〇九年に撮った写真が一枚残っているだけだ。見ると、羊飼いが建てる避難小屋に似ている。石造りの壁に屋根は角材と木の枝が載せてあるだけだ。チューリップの咲き乱れる草原で、ジューディー山麓の村々に住むアッシリア人キリスト教徒とトルコ人、クルド人のムスリムとが、手を取り合って「夏のある決まった日に」ノアあるいはヌーフに生贄を捧げるのが習わしなのだと、ベルは報告している。

預言者ヌーフ祭を祝うしきたりは、トルコ、イラン、イラクで、また西欧に住むトルコ人、クルド人の間で今もひろくまもられている。ヌーフとその末裔を通じてアッラーの恵みに思いをいたしつつ、彼らは年に一度アシュレ——くるみ、ざくろ、蜂蜜、アーモンド、杏など一二種類を取り合わせた甘いデザート——を用意し、隣人同士で分かち合う。

ジューディー山頂のチューリップ畑で年ごとにともにアシュレを配り、ともに食べる儀式には特別の重みがあったのだが、この伝統は一九一五年、突然終焉を迎えることになった。アッシリア人(アッシリア・ネストリウス派キリスト教徒)もキリスト教徒アルメニア人と同じ運命に見舞われ、迫害と死の移送の犠牲になったのだった。生き残った人びとはひと握りの村々に引きこもって暮らしていたが、彼らもまた二十世紀も末の一九九三年に「保安上の理由で」村を追い立てられることになる。トルコ軍が彼らの家々を爆破し、クルド人分離主義者の出撃基地として利用されることのないようにした。こうして、アッシリア人キリスト教徒はふるさとを追われ、ベルギーのメッヘレンへ集団移住させられたのだが、ジューディー山がそれで「空っぽ」になったわけではなかった。

絶好の哨戒基地であるジューディー山を首尾よく手に入れたトルコ軍ではあったが、その後も方舟の残骸を探しに世界中から集まって来る巡礼やら、宗教がかった考古学者やらに悩まされ続けた。アララト山のほうも同じ問題を抱えていたので、トルコ政府は、宗教にはいっさい関わらないという世俗原理にこのときだけは眼をつぶり、難問の解決を図ることにした。政府は第三のもっと無難な場所を、これこそがノアあるいはヌーフの方舟の安着した聖地だと「公式に」宣言したのだ。

その出発点となったのはアール・ダーにほど近いある丘の上に残る船の形をした地形だった。この丘がジューディー山と名づけられ、アララト山にも近いことから、聖典との整合性がこれで確保されることになった。たしかによく眼を凝らすと、その場の地形に一艘の舟を見分けることができなくはない。トルコ空軍の大佐が一九五九年に空中写真を精査していて発見したものだった。つまり発見者はトルコ人、これがなによりの決め手となって、九〇年代半ばトルコ当局はこの漂石粘土累層を「方舟の化石印象」であると認め、そこに小屋を建て、「ノアの方舟ビジター・センター」という英語の看板を掲げた。

言わんとするところは明らかだった。これが方舟の影なんだから、もう探すのは止めてね。

イスタンブルの朝のラッシュアワーに、僕はフェリーでボスポラス海峡を渡っていた。ほかの大半の船客と同様、僕も船尾に立って航跡を見つめていた。両岸の間でフェリーはV字形のみなわを引いている。すぐ後ろを、セヴァストポリ港に帰るウクライナの貨物船が荷物を満載して高速で通過していった。ウミネコたちはすっかり混乱して、さてどちらの航跡を追ったものか戸惑っている。埠頭はたちまち遠ざかり、ヨーロッパ側イスタンブルが眼前に広がり、連なる丘のいたるところにミナレットの尖塔が聳えるあの有名なスカイラインが視野いっぱいに浮かび上がる。

イスタンブルのアジア側へと向かう僕は、通勤客にまじる異邦人だった。毎日数万人のイスタンブル市民が、ハッハッと息を弾ませるようなエンジン音を響かせる船に乗ってボスポラス海峡を行き来する。オルハン・パムクの描くところでは、船の煙突から立ち上る煙が、ある決まった微風に乗ると「アラビア文字のように」水上に漂うのだそうだ。手すりに寄りかかりながら、通りかかった給仕から塩辛いヨーグルトを買った。給仕は盆を頭上に掲げて甲板を歩き回り、ヨーグルトが売り切れるとすぐにまた新しい盆をカウンタから持って来る。板張りの壁にかかる肖像画のアタテュルクが僕らを見下ろしている。その気難しげな眼差しとわし鼻も、見慣れると次第に親しみが湧いてくる。なにしろ博物館、レストラン、どこへ行こうが、この肖像画にお目にかからないためしはない。この建国の父の肖像画も、アララト山の写真と同様、出回っているのは皆同じであることに気が付いた。これは偶然ではなく、なんらか政治的な意図が働いているに違いない。両方ともトルコ人アイデンティティのイコンとして大切にされているのだ。

僕の泊まっているホテルのアタテュルク肖像だけは例外だった。だがこれも考えてみれば当たり前で、なにしろ、このペラ・パラス・ホテルにはアタテュルクのミニ博物館があるのだから。十九世紀末にオリエント急行の終着駅として建造されたこのホテルは（訳注・駅舎としてではなくオリエント急行の乗客の宿泊用にホテルがオープンした）、現在、フランス風の豪華さに懐古趣味をプラスした建物の代名詞になっている。廊下の絨毯はそこここで擦り切れていたりするが、歴史の名残が感じられる場所が好きなんだから、それは我慢するほかない。第一次世界大戦後の数年間、のちにアタテュルクの名前を自分専用にすることになるムスタファ・ケマル（＝「完璧」）は、ここの一〇一号室で近代トルコ世俗国家の基礎設計を仕上げたのだ。

一〇一号室に泊まることはできない。この部屋は一種の神殿に改造されている。「ここでトルコ共和国国家が芽生えた」と説明板にあった。

ナイフ、フォーク、スプーン、ひしゃげたコップ、歯ブラシと歯磨き粉、軍用双眼鏡それに読書用眼鏡が並んでいる。若き将軍だった頃のムスタファ・ケマルの「私物三六点」だ。レーニンが「この世の神の代理人」であるツァーリと対決して、ソビエト帝国全土の信者を科学的無神論者に宗旨替えさせようと奮闘していた、ちょうどその頃、アタテュルクもまた反宗教キャンペーンを展開していたのだと思うと、なんだかぞくぞくしてくる。

ソ連邦と同じようにトルコもまた強力な手で世俗化された。一九二二年、アタテュルクはついに「この世の神の影」であるスルタンを放逐することに成功した。レーニンがキリスト教を貶めている間に、アタテュルクはイスラムを屈服させた。一九二三年、彼は五世紀にわたり規範であり続けた宗教上の権威、カリフ制を廃止した。彼の狙いは宗教を「知識と科学」と置き換えることだった。「そのことをひとりひとりの頭に叩き込んでやる！」と叫んだ彼は、トルコ帽とスカーフ（ブルカ）を宗教的後進性の象徴として目のかたきにした。トルコでは国家公務員の女性はスカーフもベールも禁止されている。トルコ帽はさらに思い切った措置にさらされた。一九二五年、トルコ臣民からすると、これは信じがたいことだったに違いない。なんとトルコ帽が禁止されてしまったのだ。畑で働く農夫が帽子を被っているのに出くわすと、大統領おんみずから帽子を頭から叩き落したという。頑固に帽子を被り続けると、死刑執行部隊が出動することになるのだった。

「私自身どんな信仰も持っていないし、宗教なんてどれもこれも海の底に沈んでしまえばいいと思う」と、アタテュルクは一九三八年、死の直前にこう語った。二〇〇五年のトルコは、どこを見ても、国の隅々にいたるまでいまだに彼のイニシアルをとどめていた。一〇一号室のように。

トルコのムスリムは社会の片隅に追いやられはしたが、目下、権力の中枢に次第に這い戻りつつある。アタテュルクの遺産が集中砲火を浴びている。共産主義の崩壊とともに宗教の復権が始まったロシアやアルメニアのような国々と同様に、トルコでも宗教が前進を遂げつつある。大統領と将軍連中は国家の世俗的性格を相変わらず守ってはいるが、現在の首相はムスリムで、その夫人はスカーフを被る（だから彼女は公式の政府晩餐会には出席できない）。

アタテュルクのトルコ観からすると到底考えられないような現象が起こっている。それはイスタンブルの導師ハールーン・ヤフヤーの人気である。アッラーの名において「科学の欺瞞」と闘っているこのコーラン釈義者の本名はアドナン・オトカル、職業はインテリアデザイナー、四〇カ国語以上による書物とDVDを出していながら、事務所というものをもたない集団を率いる。ヤフヤー導師の運動が、無料でダウンロードできるテキストや記録集を通じて広めようとつとめているメッセージは以下に尽きる。すなわち、ダーウィンは嘘つきで詐欺の名手であり、コーランだけが一言一句真実を伝えている。それは神の真理である、ということだ。ヤフヤーの著作『進化論のいかさま』は、西欧の大学で学ぶムスリムの学生までもが夢中になってこれに飛びつき、百万部以上も売り上げたという。

ヤフヤーの著作には大洪水を扱ったものもある。彼によると、地質学の教えるところに反して、大洪水は四千年から五千年前に起こったのだそうだ。またヌーフの方舟は、トルコ政府がそれと決めた場所に「化石印象」を残したりしていない。方舟は、ティグリス川とユーフラテス川の河口付近の丘の上に漂着した。イラク南部のその地方でこそ、信心深いムスリムは船の残骸を見つけることができるであろうと彼は言う。そしてその証左に、打ち上げられた方舟を描いた同時代の絵を添えている。もちろんそこにはヌーフもその家族も描かれてはいない。

子どもの頃から慣れ親しんできたノアが聖書にしか出てこない人物ではないことを知って、僕がどれほどの衝撃を受けたことか。コーランにも出てくるし、ユダヤ教の伝統の中にもしっかりと根付いている。ユダヤ教のラビは大洪水をさまざまな色合いをつけて飾り立てている。例えば、ノアの奥さんの名前はマアマという。だがこれら一神教の三大宗教以外でもノアあるいはヌーフにあたる英雄がいたのだ。神（または神々）が起こした大洪水を生き延びて太祖となる人物にはさまざまな名前がある。アトラハシスあり、クシストロスあり、ウトナピシュティムあり、ジウスドラあり、さらにケニアのマサイ族ではトゥンバイノトという。

そうした物語のひとつが、イエスとは同時代のローマの詩人オウィディウスが書いた『転身物語』にある。冒頭から大洪水のモティーフが取り上げられている。ユピテルが座長を務める神々の集まりは人類を皆殺しにすることを決め、風の神アエオルスが南風を吹き荒れさせ、（「そのひげは、雨をふくんで重く、白髪からは、水がながれおちる」　田中秀央・前田敬作訳　人文書院、一九七九年重版、一八ページ）すべてを破壊する洪水を起こす。生き残ったのはふたりだけ、デウカリオンとその妻ピュラで、このふたりが新たな人類の祖となるという物語だ。この『転身物語』は旧約聖書より数世紀後のものだから、オウィディウスの大洪水はよく知られた主題のバリエーションのひとつに過ぎない。敬虔なアフリカ人トゥンバイノトにまつわる神話も同じだ。彼は、動物ひとつがいずつのほかに、ふたりの妻も方舟に乗せることを許されている。

だが十九世紀になって、聖書より古い大洪水伝説バージョンが発見された。方舟物語の先駆が存在することが一八七二年暮れロンドンで暴露されたのは、神学にとってはいわば直撃弾で、聖書釈義者は、少なくとも僕の目には、この衝撃から二度と再び立ち直ることはなかった。

この発見に先立つ数年、大英博物館でひとりの館員が倦まず弛まず粘土板に刻まれた楔形文字の解読に取り組んでいた。もろくて、すぐにも崩れそうな板——文庫本ほどの大きさで両面に文字が刻まれている——は、一八五三年、都市国家ニネヴェの廃墟で発掘された。以来、解読できないまま、一種の時限爆弾として大英博物館に保存されてきたのだった。

皮肉なことにこの宝は、教会の祝福を受けた聖書考古学の所産だった。十九世紀中東での発掘が進むにつれ、聖書の歴史性を確認すると思われる傍証が次々にもたらされた。それはちょうど地質学が旧約聖書を基礎資料たり得ないと拒否した頃だった。とりわけ大英博物館は、ティグリス・ユーフラテス川流域の古代文明を対象とするアッシリア学を中心に成果を重ねてきていた。高肉浮彫りや装飾壺などの芸術作品に描かれた物語は、列王記第二に記された数々の戦いに合致していた。また狩人の英雄ニムロドは実在していたし、アブラハムが神のお告げを受けて離れることになったふるさとの町ウルも実在したことが分かった。

発見の洪水のなかで教会は安心しきっていた。自然科学者（とくにダーウィンを先頭に）が聖書の真理のなにがしかを否定するようなことがあろうと、他方でその道の専門家が神の言葉の権威を裏付ける研究をしてくれている。考古学こそ神の恩寵をうけるにふさわしい学問だと思い込んでいた。それがある日、ギルガメシュ叙事詩を記した第十一の書板を世に送り出してしまったのだ。

十二の歌からなるこの英雄叙事詩の現代語への翻訳書の冒頭では、楔形文字の解読にいたるまでの推理小説さながらの苦心談が語られることが多い。解読者の生涯からしてすでに古典劇の要素が整っている。主人公の名前は、平凡至極なジョージ・スミス、一八四〇年生まれ、狭苦しいチェルシー地区の労働者の息子である。一四歳で学校を終えた彼は、生活の糧を得るために、ブラッドベリ&エヴァンズ銀行券印刷所の製版工徒弟になった。ジョージは暇を見てはすぐ近くの大英博物館に通うのだった。そこではニネヴェで発掘された第一級の品々を収める棟が新たに建造中だった。ティグリス・ユーフラテスの諸都市国家の王たちは書記を雇って年代記を作製させていた。楔形文字——鍬の形の筆記用具でまだ柔らかい粘土の板に刻まれた文字——による歴史記述には、無味乾燥な無数の史実に加えて、心の琴線に触れる物語も含まれていた。そのひとつが粗野なバビロニア王ギルガメシュ、神々と同じように不老不死の身になることを望んだ男の壮大な叙事詩だった。ただしこの文学作品の存在は、「鳥の足跡」のような文字が解読されるまでは知られることのないままに終わっていた。初期の解読者たちが点と線からなるこの記号を徐々に解き明かし始めてはいたものの、破片まで入れると総数二万点以上にのぼるニネヴェ遺跡から出土した粘土板の翻訳に捧げられる熱情は、相変わらず報われることのない片想いでしかなかった。

紙幣に隠された記号を仕込むことに興味を持ち始めたジョージ・スミスは、ニネヴェ宮殿遺跡の発掘に従事したふたりの考古学者のうちのひとりに目をかけられるようになった。サー・ヘンリ・クレジク・ローリンソンの世話で、彼は館内に一部屋を与えられ、楔形文字と格闘することになる。何時間も何時間も彼はその部屋にこもり、霧の深い日など暗くて困ると文句を言うのだった。言い伝えでは、彼は文字の形を紙粘土にとり、自宅へ持ち帰って研究したという。博物館は、彼の思いがけない仕事ぶりと熱意を買って、一八六七年彼をアッシリア学部門の助手として採用した。

五年後、一八七二年のある朝、一枚の板のふたつの断片を並べてみたジョージ・スミスは、第三段に数行の詩篇が浮かび上がるのに気づき、読み始めた。動物をたくさん乗せた舟が、大きな洪水を乗り越えひとつの山に打ち上げられたとある（「ニシルの山は船をとらえて動かさなかった」）。探索のために送り出された鳩も出てくる。「休み場所が見あたらないので、帰ってきた」。これはまさしくノアの鳩ではないか。同じ理由で放たれ、同じ理由で戻ってきたあの鳩だ。「バビロニアの大洪水物語」と聖書の記述とを並べてみると、偶然とはとても思えないほど一致点が多い。

「二千年間忘れ去られていたこの詩を初めて読んだのはこの僕だ」と、ジョージ・スミスは叫んだという。さすが大英博物館だけあってふだんは軽はずみことはめったに書かない回想録によれば、ジョージ・スミスは断片の周りを踊り狂い、あげくのはてに「着ているものを脱ぎ捨て始めて居並ぶ者を驚かせた」そうだ。

その年のうちに、三二歳の独学者スミスは首相ウイリアム・グラッドストーンはじめ政府のお歴々の前で、不完全ながらギルガメシュ叙事詩の翻訳を披露する栄に浴した。もちろんそこでは、破損の激しい第十一書板から読み取れたあの衝撃的な数行が中心となった。彼の推測では、他の板というか、板の断片の文脈から見て、彼が発見した大洪水物語は、これよりさらに時代を遡って生まれたテキストに手を加えたか、あるいはそれを編集し直したかしたものであろうという。解読された英雄詩は紀元前七世紀に成立したと思われるが、そのさらに千年前にすでに書かれた史料が存在したようであり、大元の大洪水伝説の起原は紀元前千五百年から二千年にまで遡ることができるであろう。居並ぶ聴衆に向かってスミスは推論をこのように締めくくった。

このセンセーショナルな講演の後、スミスの生活は一変した。『ザ・デイリー・テレグラフ』新聞社の社主が一〇〇〇ギニーという巨額を投じて、第十一書板の欠落部分を捜索するためのチームを彼のために編成してくれた。トルコを通って旅し、さらに考古学調査をするにあたってスルタンの同意を取り付けるのに何週間も無為に過ごしたあげく、ようやくのことでニネヴェの遺跡に入ることのできた彼だったが、調査を始めて五日目の夕方には早くも『ザ・デイリー・テレグラフ』紙宛てに電報を打つことができた。「舟を造りこれを満たせ」という指示が書かれている第十一書板冒頭の部分が見つかったのだった。

「シュルッパクの人、ウバラ・トゥトゥの息子よ
家を打ちこわし、船をつくれ
持物をあきらめ、お前の命をもとめよ
……
すべての生きものの種子を船へ運びこめ」

『ギルガメシュ叙事詩』（矢島文夫訳、ちくま学芸文庫、二〇一一年、第一三刷）

ロンドンではジョージ・スミスは、学問の英雄として、また労働者の徒手空拳で英国教会の権威を揺るがせた男としてもてはやされ、「聖書に泥を引っかけた」考古学者として評判になった。時あたかも、ダーウィンが『種の起原』（一八五九年）を発表して、創世記をまた別の面から攻撃していた頃だった。ダーウィンの生物生成の見方からすると、創造主にはもはやどんな役割も演じる余地がない。せいぜい始動を務めたという程度のことになる。ジョージ・スミスの訳業は、神の言葉が本物であるどころか、その一部は異教徒の文献からの引用に過ぎなかったことを明らかにした。

論争に沸くロンドンを遠く離れて、ジョージ・スミスは発掘を続け、バビロニア文明の頂点に立っていた歴代王の年代記を記した粘土板を掘り当てた。なんと、年表が手に入ったのだ。さらに年代の時代区分も明らかになった。王の支配は洪水前と洪水後とに分けられていた。そしてこの洪水は紀元前二九〇〇年頃に起こったものと推定された。

集めた史料からスミスは、ニネヴェの町をさらに約百キロメートル南へ下ったティグリス・ユーフラテス川のデルタ地帯にもっと古いテキストがあるのではないかと想定するようになる。この肥沃で水の豊富な地方は人類最古の文明の地として知られ、なかでも最も有名な町がバビロンだった。現在のトルコにあたる水源一帯で冬に異常な降雪があったために、翌年春にティグリス・ユーフラテス川が氾濫を起こし、ペルシャ湾岸の平野が一面水に覆われることがあったのではないだろうか。これがスミスの推論だった。

聖書が人の手になる作品であることを曝露した男ジョージ・スミスは、創世記のすべての重要な箇所の起源を明らかにしようと懸命になったのだが、シリアの砂漠で疫病にかかりひとり淋しく世を去った。死後になって、スミスの予感が的中していたことが判明した。一九〇〇年前後に行われたバグダードとバスラの間にある神殿の発掘で、(これまでのところ)最古とされる大洪水神話が日の目を見ることになった。紀元前十七世紀の小さな書板にあったノア役の人物の名前は「ジウスドラ」、彼はまたスミスの発見した年代記に出てくる大洪水前最後の王でもある。

ジウスドラは「七日七夜」続く洪水を生き延びた。これは神エンリルが人間どもを溺死させてうるさい騒音を止めさせようとして起こしたものだった。そこに水の神エンキがでしゃばってきて、舟を造り、その船板をアスファルトで固めるよう主人公にひそかに助言した。「あなたは、いとすぎの木で方舟を造り、方舟の中にへやを設け、アスファルトでそのうちそとを塗りなさい」(創世記六・一四)。ジウスドラが洪水後に肉を燔祭として捧げると、神々が匂いに惹かれて飛んできて、彼は神殿に迎え入れられた。ジウスドラは彼の妻ともども不老不死の身になったのだった。

この神々の秘密、永遠の生命こそは、のちの王ギルガメシュが探し求めたものだった。長らくさまよい歩いたのち彼は、ようやく大洪水を生き延びた人びとを探し当てる。ノア役の長老の話に注意深く耳を傾けたギルガメシュは、永遠の若さを保つ霊薬の草を彼から受け取る。だが帰国の途次、水浴をしている間に、その草は「蛇によって」奪われてしまう。「そこでギルガメシュは座って泣いた」と第十一の書板の最後にある。彼は悟るのだ。彼と彼の王国の記憶はこの上なく堅固に建てられた建造物で伝えられるほかないことを。そして彼はその願いを叶えた。彼の都市国家ウルクの城壁は今日にいたるまで堅固である。

ギルガメシュ叙事詩のオランダ語訳の序文には、「死の不安の叙事詩」は、「あらゆる詩の大本となる作品であり、この人類最初の文学」の美しさに現代の読者は驚くであろうとある。

僕が最初にこれを読んだのははたちになるかならない頃で、ちょうど家を出て独立したばかりのことだった。高校の同級生で芸術史を専攻する女性と定期的に会っていた。ときどき酒場で落ち合っては、こいつは「読んで絶対損しないから」との預言者的なコメント付きで互いに本を交換し合っていた。あるとき僕がステファン・テメルソンの『超知能的機械』を貸したのと引き換えに、彼女は僕にギルガメシュ叙事詩をよこした。読み終わって、僕はなによりも腹が立ってならなかった。なぜだれも教えてくれなかったんだ。学校が無理なら、受堅資格者のための教理授業でなぜ教えてくれなかったんだ。ころりと騙されるお人よしの仲間に首尾よく僕を加えるために、こんなに重要な情報を秘匿したに違いない。この本を——どっと湧き出るアドレナリンのせいで震えのきた指で——担当の牧師の鼻先に乱暴に突きつけてやる光景を思い描いていた。受堅資格者のための教理授業といえば聖書の研究ではないか。アドヴェント教会の光まばゆい部屋で、僕らアッセン生まれの一六歳から一七歳の男の子が信仰告白を行うための準備を受けていた。ということは、僕らは聖書に関するどんな疑問にも——魂を慰めてくれるオルガンの演奏にあわせて——牧師がちゃんと答えてくれることになっていた。二年間木曜日の晩に、信仰について教義に囚われずに素直に考え、討論する。そのうえで、一八歳になったら、礼拝のときにだらだらと響くオルガン演奏にあわせて次のような使徒信条を唱えることになる。

天地の創造主、
全能の父である神を信じます。
父のひとり子、わたしたちの主
イエス・キリストを信じます。
主は聖霊によってやどり、
おとめマリアから生まれ、
ポンティオ・ピラトのもとで苦しみを受け、
十字架につけられて死に、葬られ、
陰府に下り、
三日目に死者のうちから復活し、
天に昇って、
全能の父である神の右の座に着き、
生者と死者を裁くために来られます。
聖霊を信じ、
聖なる普遍の教会、
聖徒の交わり、
罪のゆるし、

からだの復活、
永遠のいのちを信じます。アーメン

そこまでいく前に飛び出してしまったからと言って、僕の怒りが収まるわけがない。いったいあの頃どれだけの時間を無駄にさせられたことか。リングバインダーを片手に「赦し」とか「罪」とか「エロスの問題」とか、各週ごとのテーマで話があった。そんなとき、僕らの討論の種になったのは、上半身裸の女の子のやたらにでかいオッパイをよだれを垂らしながら見つめる少年の写真だった。あの子の乳輪が昔の一〇セント銀貨ほどあったのを僕はしっかりと覚えている。

そんなことがあっていいものか。

信仰告白に向けて意識的に僕らを調教していたのなら、牧師連中はなぜ、例えば、聖書が盗作だらけであることを僕らにちゃんと伝えなかったのか。そんなこととの代わりに、僕らが聞かされたのはこんな話だった。「女性の体の丸みは」美しい。それは神の造りたもうた自然が美しいからである。ただし自分のものでないものを楽しんだり、欲したりしてはならない。このことはモーゼが授かった石板に記されているのであると。

ギルガメシュ叙事詩を読んだ僕が牧師に問い詰めたかったことはただひとつ、神の言葉なるものが異教徒の文章の焼き直しでしかないとするならば、そこにどのような権威があるというのか、という点だった。

憤慨しながら、同時にまた失望も感じていた。大切なものを奪われたとの思いもあったのだ。知識を得ると同時に失うものもあるらしい。その「失ったもの」とは、僕の場合、おそらく聖書から受ける魔力だったのだろう。

一年後、だったと思うが、大学宛てにオランダ改革派教会から手紙が届いた。アッセン教団からワーヘニンヘン教団に移籍する手続きをとるかどうかの問い合わせだった。ちょうどいい機会とばかり、僕は折り返し教会から脱会する旨、返事した。

僕がボスポラス海峡のアジア側に出向いたのは、アイベックス（ダー・ケチシ）というトレッキングガイドの店に行くためだった。そこのイリデス・アスランという女性と約束を取り付けていた。アララト山で食っている女性で、山岳ガイドであり、この店の店長でもある。店まで階段を上っていった僕は覚えたての挨拶をためしてみた。

「メルハバ」

「ハロー」と、万国共通の挨拶が返ってきた。

イリデスは、足元のスポーツシューズ以外は登山用ジップオフズボン、ウィンドヤッケそれにタオル地のヘアバンドとすっかり山行の格好だ。明るいブルーで統一してあるもので、これじゃあ、高い氷の絶壁に立つと空に溶け込んでしまいそうだ。イリデスからは、九月二日から九日までの間、つまりちょうど僕がビザを申請している期間にアララト山ツアーを計画しているというメールをもらっていた。それまでにビザが取れてさえいれば、そのツアーに参加してもいいという話だった。インタネットで調べているうちにsummitpost.orgという登山家のウェブフォーラムで、個人でアララト山の登山ビザを取得するにはトルコ国内にだれか仲介人がいたほうが楽で、とくに有名旅行会社の山岳ガイドを間に立てると有利だとの情報を得た。適当な候補を捜すうち、アナトリアン・アドヴェンチャーズ社（「当社ではアララト山ビザを六週間でお取りします」）を経て、環境志向の学生たちが始めたこのアイベックに辿り着いたのだった。手を貸してもらえないだろうかと尋ねたところ、「任せてよ」との返事だった。

「ウードゥル州知事を知ってるから大丈夫よ。万一それでだめでも、軍にコネがあるのよ」という。

彼女の父は退役大佐だそうで、このコネは強力だ。イリデスは僕の旅券を慣れた手つきでコピー機にかけながら話してくれた。アナトリア地方のあちこちの兵営で育ったとのこと。軍はこの世俗国家（「ケマル主義の思想」）を番犬のように守っていて、エリートとしてその任に当たる将校は、生涯を通じて互いのネットワークを維持し続けるのだそうだ。

あ、そうだ、アララト山は「国立公園」に指定されたから入山料がかかるの。五〇ユーロよ。イリデスはその規定の載っている布告を僕に見せて言った。僕はすぐに入山料を払うことにした。

彼女が計画しているアララト山ツアーは、じつはリトアニア人のベテラン登山家のチームで、彼らはまずイランの最高峰を登ってからくることになっているそうで、五週間後の九月一日、国境の町ドゥバヤズイットのホテル・イスファハンで、イリデスと落ち合うことになった。

「あなたの分の部屋をもう予約しておこうかしら」

それはまだ気が早すぎはしないかと言うと、イリデスはそんな弱気を吹き飛ばすように笑った。彼女が言うには、ちょっと厄介なのはひとつだけ。リトアニア人チームに北西ルートをとらせるつもりでいる。ということはパロト氷河をトラバースすることになるし、「それに北斜面の登攀は、いつも南斜面よりちょっと難しいのよ」

「いつもって、どういうこと？」

「とにかく北半球ではそういうわけ」。イリデスはデスクに座り、Ｅメールをチェックした。「北斜面には雪がいつも長く残るの。例えば、このルートの場合、高度四二〇〇メートルで雪になるけど、南ルートだとそれが四八〇〇メートルなのよ」

僕の懸念が彼女に通じた。

「アイゼンがあるし、それにザイルを腰につけてあげるから大丈夫よ」

この新たな障碍がどれほどのものか、僕が頭を痛め始めている最中に、イリデスは矢継ぎ早に次の障碍を告知してきた。この北西ルートは今年初めて外国人に開放されたばかりで、申請中の僕のビザ（通常は南ルートになっている）を北および南ルートに変更できるかどうか分からない、というのだ。

「問題はね、アール・ダーが行政上ふたつの州にまたがってるということなの」。

今さらそんなこと聞かされてもな。

イリデスは膝を抱え込みながら、なぜアララト山が十数年来「閉鎖されたまま」だったか、説明を始めた。「なにが問題なのか、少しは知ってる？」

「クルド労働者党ＰＫＫだろ。軍とクルド人分離主義者の戦闘のことは、どこにでも出てるよ」

「八〇年代半ばまではそうだったかもしれない」。でもね、本当のことを知りたければ「絨毯の下を覗かなきゃ」。このあと、延々とアタテュルクと「クルド人問題」に関する講釈が続いた。アタテュルクはこの問題の解決は簡単至極、クルド人をトルコ人にしてしまえばいいと考えた。クルド語の授業もクルド語の新聞の発行も禁止された。トルコ化政策というわけで、その遂行を監視したのが重火器で睨みをきかせる軍隊だった。イリデスの父親が勤務する兵営では、クルド人という言葉は禁句だった。「クルド人じゃなくて山岳トルコ人。アタテュルクの発明ね。トルコに住んでいるのはトルコ人と山岳トルコ人だけというわけなのよ」

ドゥバヤズイットに来ればその目で確かめられるわよ。この町ではトルコ軍がどこにでもいる。

「ドゥバヤズイットは百パーセント、クルド人の町だから」

アララト山周辺ではもう何年も戦闘は行なわれていないけれど、じつは今でもあそこでは「戦争」が継続中なのだそうだ。「戦争」と言うとき、イリデスは指で空に引用符をチョンチョンと書いて見せた。「あんたみたいな旅行者目当ての戦争よ。たぶんあんた方は気がつきもしないだろうけど、そりゃ厳しいものよ。南ルートはクルド人集落を通るんだけど、その集落ではトルコ人ガイドは身の安全の保証はない」

イスタンブルの仕事仲間の何人かが一九九〇年に独自の遠征を企画したことはある、とイリデスが語る。

「それは、だけど、みんなしょっちゅうやってることじゃないの?」

彼女はかぶりを振る。分かっちゃいないわね、「まずドゥバヤズイットに連れて行かれるでしょ。そしたらそこに待っているのはクルドのテント、クルドのロバ、クルドのガイドなのよ……あの町のふたつの家族が互いに競合しながらアララト山をしっかり押さえている。そうね、サブ企業家とでも言ったところかしら」

イリデスが本当に言いたかったことはそこだった。トルコ人山岳ガイドのなかに、一五年ほど昔この中間業者を回避してやろうとした者がいた。彼らは狙撃され強奪される運命に遭った。死者も出た。

「さあ、そこで軍はどうしたと思う？　アララト山を封鎖してしまったのよ、一〇年間も！　その口実に使われたのがＰＫＫなのよ！」

たった半時間で随分いろいろなことが分かった。最後にもうひとつ。イリデスはトルコ人で、クルド人の「助け」や仲介なしにツアーを組もうとしている、それは可能なのか。

「そう、だから新しいルートをとるのよ。北西ルートならクルド人には会わない。出発点はコルハン台地、そこには軍の基地しかないの」

イリデスとの話が終わったあと、僕はボスポラス海峡を見下ろす喫茶店に入った。向かい側はヨーロッパ。ハギア・ソフィア大聖堂の淡青い輪郭が見える。かつてはキリスト教会のなかでも最大のものだったが、一四五三年イスラームに占拠されたのち、たちまち四本のミナレット、「イスラムの銃剣」で囲まれた。アタテュルクは賢明にも、塗りつぶされていたイエスと天使たちのフレスコ画を復元させ、大聖堂を博物館に変えた。

僕はトルコ・ビール、エフェスを注文した。最も早いキリスト教徒の町のひとつであるエフェソスを思い出させるからだ。

「お気の毒ですが」と給仕が答える。

思わず顔を見てしまう。これは珍しいことだ。トルコ人の客人をもてなす気持ち（あるいは商売熱心というべきか）は完璧で、ない筈のものがいつもたちまち音もなく出てきて、やはりありましたというのが普通なのだが。

給仕は「アルコール類はありません」と書いてある看板を指差して、あらためて申し訳ありませんと言う。


埠頭脇のキオスクでもう一度注文してみた。波止場には釣り人たちが鳥のようにうずくまっている。行商人がクーラーボックスから取り出した生ぬるいエフェスを手に水面を見やったとき、僕はボスポラス海峡が溝なんだと初めて実感した。フェリーで渡ると境界線を越える。今朝船の手すりに寄りかかっていたとき、僕はそのことをまだ意識していなかったが、今やっとその違いに気がついた。アジア側のイスタンブルにはおへそを出した女の子はいないし、もちろんアルコールを飲む者もいない。雰囲気が違うのだ。

ヨーロッパ側の岸壁で今朝僕は若者たちの群がる中を掻き分けて進んだ。釣り人たちの向かい側の広場には舞台があって、ディスクジョッキーがイスタンブルの少年のグループに声をかけていた。君たち、道路に色チョークで思いっきり絵を描いて生きている喜びを表現しなさい。フェリーの乗船券売り場まで辿り着くのに、ばかでかいモナリザやドラキュラの絵を避けて行かなければならなかった。午後アジア側のフェリー乗り場脇には、まるで違うサブカルチャーの集合があった。男の子はジーンズをはき、女の子はくるぶしまであるスカート姿で色とりどりのスカーフをつけている。この若者たちもマイクを手に、屋台の中に立っているのだが、そこにずらり並べられているのはアブ・グレイブ刑務所での拷問風景の写真だった。

「僕らはブッシュ・ジュニアの十字軍に反対する署名を集めているんです」と言う。

僕は署名簿に署名した。イラク、つまり聖書の地メソポタミアに対する戦争は確かに十字軍だ。敵の見えない反抗心にちょっぴり好奇心も手伝って、モスクに入ってみた。アムステルダムでもやれることなのに、ここで体験してみたかった。

磨り減った階段を登ると踊り場に泉があり、そこで男たちが手足を洗っている。風にそよぐマメ科の木の下にあるこの踊り場に立つと、下の広場のバザールのような喧騒から脱した思いがする。モスクのドアの向こう側には町の騒音はいっさい届かない。靴をほかの靴に並べて戸棚にのせ、靴下で回廊に足を踏み入れる。そこからは下の祈りの広間を見下ろすことができる。男たちが群れをなして、そこここで祈りの敷物をとる。父親と息子たちであろうか。満員になった。するとすぐにムアッジンが長々と声を引いてアッラーフ・アクバと唱える。この「アッラーは偉大なり」に続いて、伝統にのっとり、ボリュームをいっぱいにあげたスピーカーで声が歪み、聞き取りにくいまま、信仰告白が叫ばれる。「私はアッラーのほかに神なしと証言する。私はムハンマドがアッラーの使徒なりと証言する」

ひざまずき、体を前に曲げ、ふたたび身を起こす。それが体操のようにリズミカルに進む。個人の行為というより共同の活動なのだ。魅せられる光景ではあるが、僕の心に触れるものはない。この集団的な屈従も、エチミアジンで見たアルメニア教会での個人ひとりひとりの屈従も、僕には厭でたまらなかった。

モスクに入ったのはこれが初めてではなかったが、よく気をつけてみると、内装の簡素さが目に付いた。単純さと静けさは、世界中で有名なカトリック大聖堂のきらびやかさとは対照的だ。ここには聖像も泣いているマドンナの絵もなければ、キリスト生誕の模型もない。白と青のタイル模様が延々と続くだけの、ここは幾何学と代数学の支配する空間だ。生あるものを絵に描いてはならない――アッラーの代わりにそれが崇拝されることになりかねないから――という掟は、モスクの装飾を業とするものにはじつは至福のことであったに違いない。

簡素にしつらえられた祈りの場というのは、僕には決して馴染みのないものではなかった。宗教改革が偶像破壊運動から始まったのは、それなりの理由あってのことだ。僕が慣れ親しんでいたプロテスタント教会では、そのため、内部の装飾は最小限にとどめられ、ほとんど裸同然になっている。絵物語を避けようとすると白壁に落ち着くほかないというのは当たらないことが、このモスクを見れば一目瞭然だ。プロテスタント教会の空虚さとシスティーナ礼拝堂を飾るミケランジェロの創造主の絵の豪華絢爛とに対して、モスクは数学を対峙させている。これが僕の心の琴線に触れて、共鳴を響かせるのだが、だが同時に神的なものの異なる観念がその底にあることにも気が付かされる。モスクでは、少なくともこのモスクでは、幾何学模様に眼を走らせると、模様は四方の壁と柱を這い上がり、最後には半球形の天井に収斂して消えていく。イスラームの芸術家、職人は反射と増幅の原理を応用して、心の平穏を得させる無限感を見事に表現していた。

第九章　ジェネシス・ロック

うだるような暑さが続くものだから、いつまでも八月が終わらないような気がする。手をこまねいて待つだけというのは我慢ならないので、とりあえず八月三十日アムステルダム発アンカラ経由カルス行きの航空券を買った。ビザの有効期間の始まる四八時間前ということになる。ところがその肝心のビザがまだ取れていない。だからといって、どうすればいいというのだ。「なんだ、まだ出かけてなかったのか？」とか「おい、頂上まで行けたのかい、どうだった？」とか友達に聞かれるのが、日一日と辛くなる。

高山病に効く例の薬をくれたアルピニスト女史が、装備を整えるのを手伝ってくれた。彼女の家の物置に並ぶ木製のチェストに登山用の道具がぎっしり詰まっている。僕が山岳登攀装備と言うと、「やめてよ！　首にブランデー入りの樽をぶら下げたセントバーナード犬（山岳救助犬）を思い出しちゃうじゃないの。マウンテンギアって言ってよ！」とたしなめられた。そのギアのなかから必要なものをできる限り選び出してくれる。テニスボール大のナイロン製の丸い塊からオレンジ色のボディウォーマーを引っ張り出して、救命具のように着せてくれた。スノーゴーグルを手に押し付ける。こいつはついこの間アコンガクアにお供したばかりなのだそうだ。鉱夫用ランプを額に巻きつける。

「ヘッドランプよ！　炭鉱に入るわけじゃないでしょ」とたちまち訂正が入る。

耐水性の鉛筆で、彼女は標高五〇〇〇メートル以上の山行に必要な装備品リストをチェックしていく。貸し出しできない物、サイズが合わない物については「調達！」の項に印をつけてくれる。それがすむと、彼女の指図通り、アムステルダムで最高と太鼓判を押してくれた（値段も最高）山スポーツ用品店へと向かった。

買物は二、三日待とうかという気がしないでもなかった。カルヴァン派の教えを受けて育った身としては、はたして使うかどうか分からない物に何百ユーロも支出するというのはいかがなものかという思いを拭いきれないのだ。だが考えてみると、出発まであと一週間しかない。ここは、つきは自分で引き寄せるもの、というルーレットに向かう賭博師の心構えで臨むことにした。

僕から買物リストを受け取った女性店員は、ズボンなりヤッケなりを必ず二着ずつハンガーから取って、目の前にぶら下げる。「こちらは」と言いながら、手にしたズボンを揺すってみせる。「五〇〇〇メートル以上では最低限不可欠の品です。そしてこちらは持っていてよかったなとお思いになる商品です」

ときには一番高い物に決めたかと思うと（一四〇ユーロの手袋）、次には必要最小限度の物を選んだ（限界温度零下一〇度の寝袋）。山靴については、「アイゼン装着可能」の硬い靴底でなければならないという制約があるものだから、最重量クラスのカテゴリーDしかないということになった。

発熱性下着を二枚、ジップオフパンツを一着、靴下を三足、それにベテラン気取りで、キャメルバッグを買った。水筒を背負って歩きながら吸い口のついたパイプで適宜水分を補給できる装置だ。

ことがうまく運ばないとそれだけ思い入れが強くなる。僕は法の網の目を潜り抜けて登るのはどうだろうと考えるようになってきた。ものの本によると、方舟探しの連中のなかには、ツーリストビザで東トルコに入り、検問所を避けてクルド人の羊飼いの群れに紛れ込む者もいるらしい。夏季に大アララト山と小アララト山の間の鞍部にテントを張る羊飼いにドルで日当を払えば、彼らのテントをベースキャンプとして利用することができる。時にはトルコ軍のパトロールに捕まって山から連れ戻されることもある。二、三日軍のテントに拘留されてから釈放されるのだが、釈放の条件は、拷問はされませんでしたという宣誓供述書に署名すること。これは、トルコがEUに加盟する資格ありと申し立てるためには重要な書類なのだ。

ときには国外退去になることもあり、最悪の場合は好ましからざる人物として国外退去処分になることだが、たいていは写真や映像の没収ですむらしい。

こうした目に遭ったひとりが、方舟探しのなかでもトップクラスの有名人ジム・アーウィンだ。一九八六年彼は妻のメアリとともに、エルズルムはグランド・ホテルのスイートルームに八時間も足止めされた。このアメリカ人が一九七一年に月面を歩いたことのある宇宙飛行士だったからといって、情状酌量はいっさいされなかった。夫妻をはじめ遠征隊のメンバー全員とこれに同行したオランダの福音主義系の放送局のチームは、スパイ活動の嫌疑をかけられたのだった。チームはセスナ機をチャーターしてアララト山周辺を飛び、方舟の残骸を捜し求めた。トルコ当局は、これは見え透いた口実に過ぎず、真の目的はソ連邦領アルメニアとの国境に沿う軍事基地のありかを探り、地図を作成することにあるに違いないと判断した。ジム・アーウィンといえばアメリカ空軍の退役大佐ではないか。そのような人物が政治的にきわめて微妙な地域で、しかも海抜五〇〇〇メートルの高所に舟の残骸を捜し求めるなどあろうわけがない。セスナ機が飛んだ翌朝、グランド・ホテルは二〇名の兵士に包囲された。警部が、アーウィンの言う「一九八六年ハイフライトミッション」のチーム全員をたたき起こし、刑事たちが部屋を捜索してフィルムを探した。ジムは見た目には平然と指示に従ったのだが、すっかり逆上したメアリは、ホテルのホールで、短波ラジオのダイヤルをアメリカの放送局に合わせてゴスペルを流しながら、大声でお祈りを唱え始めた。

ジムが前回実施したアララト山遠征に際しては、彼のスーツケースから出てきた珍しい形の石がセンセーションを巻き起こした。彼が胸に手を当てて申し立てたところによると、その石は、彼が月のスパー・クレーターの縁で自分の手で削り取った石の模造品だとのことだった。彼はこれをジェネシス・ロック（創世石）と呼んでいた。オリジナルはニューヨーク大学にあるという。トルコ警察の尋問官は、そのような申し立ては彼アーウィンの信用を落とすばかりだと決めつけ、アール・ダーから出土した「考古学標本」を国外に持ち出そうとする試みを首尾よく阻止した旨の尋問調書を作成したのだった。

そのときと同じように一九八六年にも、またまたアンカラの大使館と各省庁との間で慌ただしく電話が飛び交った。結局のところ突然すべてこともなく決着ということになり、夜にはジムとメアリの一行は、このめでたい結末を祝って讃美歌「立てよ、いざ立て、主の兵、見ずや、御旗のひるがえるを……」を歌うのだった。

方舟探しの連中のことが気になって仕方なくなった僕は、彼らの書いた本を読んでみた。彼らを駆り立てるものはいったいなんなのか、それを知りたかった。それまでは、神の証しを求める人びとなのだろうと思っていたのだが、どうやらそういうことではないようだ。信仰に疑いを持っていて、自分の目で確かめなければ気がすまないという人は、その中にはいない。疑問などおよそ抱いていないし、またたぶんユーモアのセンスなどひとかけらもない説教師が大半を占めている。地球上の全人類の命運がかかっていると信じ込んでアララト山を訪ね、機会さえあればクルド人の助っ人をユーフラテス川の水源に連れて行って洗礼を施そうとするような人たちばかりなのだ。

彼らの出版物（本、DVDそれに大洪水スクリーンセーバー、これには聖書からの引用があるものとないものとがある）を読んでみても、もともと神を信じているのになぜまた探すのか、どうも理解できない。この疑問を声に出して問う者は方舟探しの人びとの中にはいない。神はノアの方舟を最後の審判への序幕として人類に啓示なさるであろうと予告する者はいる。もしそうだとすれば、彼らの探索は使命の性格を帯びることになる。アララト山の土を一平方メートル掘り返すたびに、神の国へと一歩近づくことになるらしい。また彼らが鋤やら掘削機やらあれこれの器具を山に持ち込みせっせと働いているのを見れば、異教徒どもも、その日は近付きつつあり、やがてこの「暗い谷間」を抜け出せるのだと、大いなる希望を抱くようになるかもしれないではないか。

方舟探しの団体は毎年ますます多くの人びとを惹きつけていて、その数は近年増えこそすれ減ることはない。伝統を活性化させたのは二十世紀初頭のロシア正教会のコサックだった。それ以前にも方舟の残骸を見つけたと語る隠遁者や羊飼いの少年のあやふやな申し立てはあったが、それらをきっかけに大々的な捜索が行われた事例はない。事態が一変したのは一九一六年夏のことだった。第十九ペトロパヴロフスキー連隊の偵察隊が、アララト山北面で方舟の残骸に遭遇したと報告した。彼らコサック兵の語るところによると、足元深く落ち込んだ噴火口跡の池で船の船首のバウスプリットが水面から突き出ているのが見えたのだが、そこまで近づくことはどうしてもできなかったという。この知らせはツアーリ、ニコライ二世の耳に達し、ツアーリはただちに一五〇名からなる工兵隊を派遣した。隊は方舟の残骸が池に沈んでいるのを目撃し、寸法を測り、地図を作成したのだが、それらの資料は革命のどさくさにまぎれ、行方不明になったと伝えられている。

第二次世界大戦後、アララト山がＮＡＴＯの領域内に入るに及んで、フランス人とアメリカ人が探索を再開した。方舟探しの戦後のパイオニアのひとりが、フェルディナン・ナヴァラというフランス人実業家だ。彼はある日ボルドーの骨董屋で、「アララト山」という山を背景にひざまずくノアを描いた銅版画を見つけた。「山の名前を見てもとくに感銘を受けることはなかったのだが、その山名を何気なしに私の名前と見比べてみた。するとどうだ、ナ、ヴァ、ラとア、ラ、ラト。文字数は同じで、しかもみな同じ母音ではないか！」。たったこれだけのことで、われこそは方舟を発見すべく選ばれた人間だと思い込んでしまうナヴァラだった。そして一九五二年探索の最後の日にその夢が叶う。彼が青少年向けに書いた読み物『アララト山への遠征』の最後のくだりで、彼と彼の仲間は日が沈んでいく頃、すぐ足元の氷河に黒い化け物のようなものを見たと記している。「それは形からして、紛れもなく船首だった……」。確信が目に焼きついた、と彼は書いている。「ほんの数十メートル先に途方もない発見があった。世界があり得ようとは思ってもいなかった発見が。われわれは方舟を発見したのだ!」

読者はナヴァラの言葉を信じるしかない。それ以上近づくことはできなかったし、カメラも彼を見捨てた。氷の表面でフラッシュが反射したため何も写っていなかった。

方舟、またはそれと思われる物体の写真は、その後一九六〇年『ライフ』誌に掲載された。例のトルコ軍将校が船の形の地形を発見したあの空中写真だ。これを機にあらためて野次馬がトルコに殺到した。現場に立ってみて目にしたものに納得のいかない連中は、はりきって独自の調査を開始するのだった。英語ではアークという方舟を探す彼らはみずから「アルケオロジスト」、つまり考古学者と称した。アリゾナ、イタリア、スイス、ニュージーランドから来た中年男性がほとんどで、夏が来るたびに、アリのように群がりアララト山腹を這いずり回っては石化した木片を探し求めるのだった。

宗教色の濃い国の出身者には方舟探しがいないという事実は見逃せない特徴だ。サウジアラビアのシャーが金を出して、方舟探しをやらせるなど聞いたためしがない。彼ら方舟探しの出身国は、例外なく、政教分離の原則が厳然と存在し、理性への信仰がこの百年で大いに地歩を固めた国、要するに先進国なのだ。これまた目に付く傾向として、韓国、台湾など急成長を遂げた東アジアの国々からの来る者の数が、近年急速に増えていることが指摘できる。国が裕福になり背教者が増えればふえるほど、それだけ方舟探しも多く生み出されるということなのだろうか。

方舟探しのひとり、ホノルル出身のホテル用洗濯機販売業者のカトリック信者が、つい先頃もメディアで話題を呼んだ。二〇〇四年四月、ワシントンでの記者会見の席で、この人物はアララト山の衛星写真を提示して見せた。この写真は彼がその年の夏の真っ盛りにわざわざ自腹を切って撮影させたものだった。その写真では、パロト氷河の氷の下にふたつの黒い斑点が浮き出て見える。想像力を駆使すれば、それらは舟の船首と船尾に見えなくもない。

「神の思し召しにより、これは方舟です」と彼は解説する。この発見はキリストの復活以来最大の出来事なのだそうだ。ハワイでは妊娠中絶反対論者として知られるこのビジネスマンは、なんとしても当該物体を発掘すると予告した。衛星写真の撮影と「ユダヤ教徒、キリスト教徒それにムスリム」の三人からなる研究チームの装備に彼はすでに一六万ドルを費やしていた。登山シーズンが過ぎていくが、世紀の事業は一向に捗らない。ビザの支給に予定より時間がかかっているためだ。彼はワシントン駐在トルコ大使と面談する。大使は最大限の努力を約束した。だが八月半ばになって、チームのプロジェクトそのものに対して拒否の回答が届いた。

アンカラの政府当局者は、「安全保障上の理由」とそっけなく拒否の理由を説明した。

方舟探しの伝統が一世紀足らずしかないことを僕は最初不思議に思ったのだが、それまで誰も探そうとしなかったのは、不信心者がほとんどいなかったからではないだろうとやがて思い当たった。一八二九年フリードリヒ・パロトは、方舟がアララト山のどこか氷の下に埋もれているのは当然だと考え、今さら探そうともしていない。ところが二〇〇四年の現在ではハイテクを駆使する方舟探しが登場している。例えば、香港のバプテストは無神論の中国大陸にだけ向けたテレビ局「創生電視」まで設けて、福音を広めるのに躍起になっている。

ジム・アーウィンの仲間にデンバー出身のパイロットがいる。地質学を学んだことのあるこの人物は本を二冊書いていて、そのなかでより深い動機を明らかにしている。彼の告白はこうだ。「自然淘汰と偶然によって私という存在がこの世にあるのだと聞かされた。つまり私の生命は結局のところ偶発事でしかないということになる。私はどうしてもそのようには理解できない。〈偶然〉が私の神であるわけはない」と考えた彼は、次のような議論を持ち出す。それは、もとはと言えば、十八世紀にイギリス人神学者が自然科学に対して行った異議申し立てに端を発している。「私たちがうちにある時計に眼をやると、そのためには時計職人が必要だということが分かる。同じように、たとえそれを作った人を直接には知らなくても、創造物を見れば、私たちは創造主の存在を信じるのである」

キリスト教徒の間ではこの時計の比喩の人気は高い。ハールーン・ヤフヤーのようなムスリムは、砂の城の喩えがお好みのようだ。「私たちが海岸で遊びで作られた砂の城を見るとしよう。誰かがそれを作ったことを私たちは知っている。そして自然は砂の城よりはるかに美しく、またはるかに複雑にできているのだから、そのためには〈創造主〉が必要とされることは当然のことなのである」。このふたつの寓話は二重唱の歌詞のようにぴったりと重なり合い、最後は同じリフレーンで終わる。「進化論を信じるのは創造論を信じるより難しい。私たち人間は特定の意図のもとに知的なデザイナーによって創られたのだ」

このようなインテリジェントデザイン論を持ち出すのが、信仰告白の現代版として近年とみに人気を博しつつある。インテリジェントデザイン運動の支持者の中でも最もインテリ度の高い人びとがこれをよしとしている。この特殊な、よき意図であってほしいものを信じたいという気持ちには反対すべき理由がないように思える。自然は勝手にわが道を進むだけなのだとの観念には耐え難いものがある。意味もなく目標もないことはひとの感情に反するところであり、ひとの生き延びようとする本能に矛盾するように思える。だがこの意味とはいったいなんだろうか。「私たちはなんのためにこの世にいるのか」との問いに、ローマ・カトリック教会は、生まれてからこの方、何世紀にもわたって、次のようなはかない証明を繰り返すばかりに終わっている、「私たちがこの世にあるのは（ここでは）神に奉仕し、あの世で幸福になるためにです」。しかも括弧のなかの「ここでは」は二十世紀になってからの追加である。これでは解決にならない。これがポイントで、あまり考えすぎると頭がおかしくなることもある。神は愛である。神はある。それともニーチェにならって、神は死んだと言うか。

ダーウィン進化論の弱い環に疑問を呈する者は、健全な科学的好奇心の持ち主であると言えないだろうか。だがインテリジェントデザイン論をしきりに宣伝する人びとの大半は、そこにこだわっているわけではないようだ。ローマ教皇がカテキズム（教理問答）要約のなかで、「神ご自身が人間に理性の力も信仰もお与えになったのです」（日本カトリック教会司教協議会常任司教委員会訳『カトリック教会のカテキズム要約』、二〇一一年　第五刷、第三章二九、四九ページ）と言って、信仰と科学とが相容れないものではないと主張しているのと、そっくりそのまま同じなのだ。それでいて、キリストの復活が医学の常識とどう合致しうるのかという点には誰も触れようとしないのは、言わずもがなのことなのか。

だれがなんと言おうが、創造主義は、たとえそれがインテリジェントデザイン論などというかたちをとろうが、あくまで信仰上の問題であって、けっして科学的な理論ではありえない。なのに、これぞダーウィンを叩くにはもってこいだと思い定めた各国の為政者たちは――ブッシュ大統領からオランダ文部相にいたるまで——こぞってインテリジェントデザイン論を生物の授業に蘇らせて得意になっている。

宗教はいまやいたるところで前進を遂げつつあるようだ。僕がアララト山を話題にすると一度ならず友人に聞かれたものだ、「君、まさか宗教に色目をつかうつもりじゃあなかろうな」。けっしてジョークというわけではないのだ。

不信心者は防衛一方だ。『無神論の黄昏』などという題の本が出て、欧米で宗教心が復活しつつあると書き立てる。かつての東側の国々だけでなく、西側諸国でも、最も顕著にはキリスト教とイスラム双方の原理主義というかたちで、宗教の復権が進行しつつある。アルメン・ペトロジアンの長男は、苦りきった顔の父親を尻目に洗礼を受け、ノアの方舟は一九一六年にロシア人によって発見されたという「とんでもない作り話」を信じ込んでいる。どうやらいまの子どもは親に反抗して信仰に走るようだ。無神論が禁断の木の実だったのは、ほんの二、三十年前のことではないか。少なくとも僕の場合、高校を卒業するまで触れることさえできなかった。いまでは逆に宗教が同じ役割を果たしている。宗教には無縁の僕の周りの仲間たちは、娘がある日突然スカーフを頭に巻いて現れはしないかと戦々恐々という有り様だ。僕らの世代の親は、息子娘が空き家占拠グループだとか、パンクの連中に入れ込んでしまわないか心配していた。それと同じ光景だ。

方舟探しは状況が有利に展開していることを意識して、われこそは前進を遂げつつある保守・宗教陣営の尖兵なりと、意気揚々としている。首尾一貫を求めてやまない彼らは、アララト山でいとすぎの木片を見つけることとさえできれば、これを悪魔の三位一体である「ダーウィン主義者・人道主義者・マルクス主義者」の口に突っ込んでなにものを言えないようにしてしまえると思っている。聖書の言葉を文字通り信じ込んでいる彼らからするとインテリジェントデザイン論は抽象的すぎるし、無責任すぎる。科学的事実など、どれほど明々白々であろうが、構うことはない。えせ科学で否定してしまえばいいのだ。彼らの議論は、『聖書、地質学および考古学に照らしてみた大洪水』、サレ・クローネンベルフから借りたあのプロテスタント・キリスト教の教本ですでに馴染みの論法だ。方舟探しの連中の主張は滑稽でもあり惨めでもある。

ユタ州の塩湖かい？　あれはね、大洪水のときの水が蒸発しきらないで残ったものさ。

地下の石油はどうかって？　あれはね、「創世記に述べられている通りの世界規模の災害」に際して一カ所に打ち寄せられ、腐敗した人間や動物の屍体と植物の沈殿物なのさ。

はじめから僕は、方舟探しのキャンプ地を探し当ててぶらりと入り込み、夜ともなればストーブを囲んで腰をすえ、オニオンスープでもすすりながら彼らの話に耳を傾けるというのも、ひとつの手だなとは思っていた。だが、そんなことをしてなにが得られるというのか。ちょび髭を生やし、つんつるてんのズボンをはいたこの人びとのやることといえば、所詮、信仰に眼がくらんで、オオサンショウウオをヒトと取り違えたあのスイス人の二十一世紀版にすぎない、だが僕にはあの暗い時代に戻る気は毛頭ないのだし、もし信じるということが自らすすんで理性をシャットアウトすることであるのなら、僕はそんなのはご免だ。

ただジム・アーウィンだけはそう簡単に切って捨てるわけにいかない。彼は科学の陣営から信仰の陣営へと鞍替えしたひとりだ。技術というかたちで具現化された理性の先駆者として船首を飾る像よろしく宇宙船の先頭に立って月まで打ち上げられ、そしてその後無事地球へ戻ってきたあの男が、厳しくも古めかしい信仰に身を委ね、方舟探しに熱中している。宇宙飛行士として訓練を受けたときに注入された知識は、信仰に対する免疫にはならなかったらしい。ジム・アーウィンは普通では考えられない道を歩んだ人だ。人間としての限界を越えて知識を追い求めたあげく神の許に行き着いたのだから。

あの人の身になにが起こったのだろうか。あの人が知識の音速限界を超えることで信仰の領域に突入したのであるなら、理論的には同じことが、この僕も含めてだれの身にも起こりうることになる。そうならないのはなにが足りないのだろう。

ジム・アーウィン、一九三〇年ピッツバーグ生まれのこの人は、月に上陸した八人目なのだが、(ハイテクの乗り物を駆って)月面を走り回った最初の人類となった。彼はメアリと子どもたちの指紋を収めた銀の板を月面の砂に埋め、糊で固めてあって風に翻ることのない星条旗を手に敬礼した。

一九七一年、七歳の僕はモノクロ映像で彼の姿というか、少なくとも彼のヘルメットの顔面に反射する光を見たはずだ。それに、ガソリンスタンドでお金の代わりに使うコインに宇宙飛行士全員の顔が刻んであるのを父からもらって持っていたはずだ。

七日間というもののスーパーヒーローだったという事実はさておいても、彼が打ち上げ前もまた帰還後もひとかどの人物であったことは疑いない。ケネディ宇宙センターから発射されたとき四一歳だった彼は、地球上に帰ってきてハワイ沖に着水したあとも二十年は生きていた。考えてみると、人類の残りの部分からとんでもなく遠く離れてほかの天体へ旅をするということがなにも残さずに終わるわけがない。月面を散歩した一二人のうち半数以上の人が心に問題を抱えている。ひとりはアルコール依存症になり、別のひとりは自殺願望に苦しめられた。鬱病で長年治療を受けている人がふたり、さらにひとりはカルトに入った。

信仰心のないソ連邦の宇宙飛行士にしても事情は変わりない。ユーリ・ガガーリンはアルコール漬けになり、ミグ戦闘機を操縦していて——故意か過失かは不明——墜落死した。およそ人間として可能な限り高く、遠くまで飛んでしまったら、そのあとなにをして暮らせばいいというのか。

モスクワで特派員をしていた一九九七年、僕は宇宙遊泳に最初に成功したアレクセイ・レオーノフにそんな問いをぶつけたことがある。一九六五年三月、彼の栄光の瞬間は正確には一二分九秒、その間、彼は宇宙船ヴォスホート二号から外へと這い出し、へその緒のようなパイプで船体と繋がりながら宇宙を漂ったのだった。粒子の粗い写真数枚と録音テープが残っているだけだが、それだけでもすごいことだ。クレムリンは、ラジオ放送で、レオーノフ少佐は「勇敢にも宇宙への扉を押し開いた」と報じ、テレビ局は彼の四歳の娘ヴィクトーリアをスタジオに連れてきて視聴者の関心を惹きつけた。

「あなたのパパはいまどこにいるの?」

「パパはなにもないところを漂ってるの」と、彼女は腹話術の人形よろしく答えたものだった。

彼女の父がそのとき生死の境をさまよっていたことを知っていたのは、モスクワ東部郊外の隔離されたカリーニングラート区にある飛行管制センターだけだった。宇宙船のアコーディオン状のエアロックのふたつのハッチからすんなりと外に出たレオーノフだったが、真空空間へ出た瞬間、宇宙服は予想以上に膨張してしまった。彼は膨れあがり、まるでミシュランマン状態だった。手は手袋に届かないし、服はあっという間にだぶだぶ。これでは出てきたエアロックに戻ることができない。アレクセイは両肘を使って入り込もうとしたが、失敗。次に足のほうからやってみる。これもだめ。打つ手なしとお手上げ状態の管制塔では、レオーノフの脈拍が毎分一六五に跳ね上がるのを記録していた。

彼はその後三十年近くの歳月を国家最高の機密の重圧のもとで過ごすことになる。冷戦が終わり赤軍が消滅し、社会主義労働英雄であり、レーニン勲章を二度もらったレオーノフがオメガ社の広告塔になったとき、ようやく彼は、あのときどうやって戻ることができたかを憚ることなく語ることができるようになった。安全規定を無視して与圧バルブを開けたら、宇宙服が縮まり、どうにかまたエアロックに潜り込むことができたのだという。

当時、挫折という選択肢はなかった。宇宙での米ソ間の陰の力比べで、ユーリ・ガガーリンとジョン・グレンが第一ラウンドを終え、レオーノフはアメリカ人に先んじて人類最初の宇宙遊泳者となるべく戦いの場に臨んでいたのだった。

彼は当時はっきりと言ってのけた、神などどこにも見かけなかった、だから神は存在しないのだと。あのときの宣言は、共産主義の教えに沿ってのことだったのだろうか。僕はそれを知りたかった。

「論理的にはそうだ」とレオーノフは答えた、「当然そういうことになる」。

彼がそれ以上、話に乗ってこないもので、僕は重ねて尋ねてみた。今から振り返って見てもやはり論理的にその通りだと思うかと。

すると彼はやおら立ち上がり、自分の描いた絵の複製をカレンダーにしたのを持って来て僕に見せた。彼の話では、彼はいつもスケッチブックを持って歩く。どこか、例えば空港などで待たされる場合に備えてね、と言う。鉛筆で雲の様子をスケッチしてそれにカモメとかパラシュートを添えたりする。またモスクワ郊外のスヴォーズドヌイゴーラト、つまり星の街にある自宅ではキャンバスを前に何日も過ごすことがあるという。この安らぎは、生きていくうえでバランスをとるために不可欠なのだそうだ。彼が描いた絵を見て驚いた。なんと、ミサイルと教会、ロシアのミサイルとロシア正教の教会ではないか。彼自身が宇宙船のかたわらできらきらと輝いて見えたのと同じように、カレンダーの絵では教会の屋根が金色の輝きを放っている。

科学的無神論の尖兵たる宇宙飛行士であった彼が神を信じ始めたのではないか、と尋ねてみた。「雲の上に座する髭の男を信じることはないがね。だが、天と地との間には、人知を越えるなにかがあるのは確かだ」

アーウィンの転向はもっと賑々しく行われた。彫りの深いハンサムな顔立ちの彼は自分の帰依をゴーストライターに綴らせている。彼の結婚にいたる経緯はまるで古臭い映画シナリオそのままだ。ブリキ職人の息子からテストパイロットにまで出世した彼はミスカリフォルニアのコンテストに出場したことのある安息日再臨派の娘を三度目のデートで妊娠させてしまった。「じゃあ、すぐに結婚しようぜ」と彼は言ったのだが、そういうわけにはいかなかった。娘の両親がバプテストの男との「異宗婚」は許さぬと反対したのだ。親の反対を押し切って結婚したとき、ジムは妻に念を押した。将来娘が生まれたら、好きにしていい。だが男の子はなにがなんでもバプテストにするぞと。

メアリも回想録を書かせているので、ふたつを付き合わせると、ふたりの結婚生活の計り知れない空しさがありありと浮かび上がる。エドワーズ空軍基地近くの砂漠に柵で仕切られた殺風景な一画で、たえず人数の増えていく家族はまさしく冷戦のアンチヒーローそのままの姿を呈する。メアリは縮こまり、ジムは超音速の秘密兵器に命を賭ける。夫はどこまでも空高く、どこまでも速く飛ぼうとし、妻はいっそのこと車ごと崖から奈落の底へ飛び降りようかと思う。それとも離婚すべきか。いずれにせよ、そうなったら、泡ははじけて、ジムはアポロ計画から弾き飛ばされることになろう。月面に降り立つ使命を帯びた宇宙飛行士に選ばれるには、家を守るチャーミングな妻が不可欠なのだ。

ジムとメアリの自伝は信仰告白書のジャンルに入る。僕の出版社が書くんじゃないぞと僕に警告した類の本だ。あるときにわかに神様が彼らの前に現れると、すべてがバラ色に輝くことになる。メアリの帰依は、『月だけではだめ。宇宙飛行士の妻が神と自らに安らぎを覚えるとき』の一〇〇ページに描かれている。何度目かの日曜日の喧嘩のあと、ドアをバタンと閉めたメアリは車に飛び乗り、あてもなく走り回った。空き瓶と木片の散らばるごみ捨て場でふと車を降りたメアリの頭を、「なんていうことでしょう、私の人生はまるでごみ捨て場だわ」との思いがよぎる。ジムの打ち上げは三カ月後に迫っている。いま少しでも軽はずみなことをすれば、ジムの出世の道は閉ざされる。なにをすることもできず、無気力で途方に暮れていた彼女の身に不思議なことが起こった。「私の心のなかで、大きなテレビの画面に映るふたりのレスラーが見えたのです。そのうちの一方がサタンで、相手がイエスだとはっきりと分かりました。ふたりは私の心をめぐって争っていたのです。私は内面に集中してたっぷり一五分はふたりが戦う様子を見守っていました。戦いが終わったとき、イエスが勝ち誇って手を挙げるのを見ました。私は心の戦いが勝利に終わったことを知ったのです」

ジムの場合はもう少し込み入っている。彼のゴーストライターが書いている話を額面どおり受け取れば、彼は月で心の安らぎを得たということになる。だが、ヒューストン管制センターでそれに気がついた者はだれひとりいなかったし、帰還後のインタビュで、月に旅行してなにか変化はあったかと問われて、自分の手や腕をしげしげと眺めた彼は「どう見ても同じ男」という感じしかないと答えている。

オープンカーに乗って、いつもは懐疑的なニューヨークで歓迎をうけながら練り歩くうちに、メアリにはなにかしら感じるものがあった。フィフスアヴェニューに横断幕が掲げられていて、そこには「君たちは世界中の人の召使いだ」とあった。この言葉がジムの心を刺激して、選ばれた者である自分には告知の義務があると思うようになったのではないかというのだ。彼が、スピーチでことあるごとに彼ジム・アーウィンは全人類を代表して月へ行ったのだと言うようになったことに、メアリはひそかに驚いた。月探検隊に選ばれた（地球人口四十億のうちたったの一二人）ということは格別のことであるのだから、なんとしても証しの言葉を述べなければならないという。ただし、なにについての証しであるかはまだはっきりとはしていなかった。公の場では饒舌になった彼だったが、家では相変わらず寡黙だった。

神に祈りを捧げるメアリは、夫にはもはや救いはないのではと恐れていた。一九七一年の当時について彼女はこう書いている、「夫が苦心惨憺の末獲得した輝かしい経歴はいまその頂点に達してしまい、あとはもうなにもない。まだ四一歳になったばかりというのに」。ＮＡＳＡが彼に提示した道には落とし穴が用意されていて、これを免れることは難しかった。当面は脚光を浴びてぬくぬくと暮らすることはできたが、彼が正規の訓練作業を再開した瞬間に、彼の足元には深淵が口をあけて待つことになろう。メアリはそう直感して、ジムは「生きていくうえで立ち向かうべき新たな課題を見つけ出すことができないでしょう」と予言した。

あらゆる雑誌の表紙を飾る写真の主、スーパースターとなったジム・アーウィンは、妻メアリが再発見した信仰生活にうんざりしていた。なにしろ、化粧はいっさいしないし、肉は口にしないというのだから。彼女はうわべではみごとに幸せな家族を演じてみせてはいたが、お義理で出かけたヨーロッパ旅行には、メアリには同行してもらいたくなかった。ブリュッセル（ボードゥアン国王主催のパーティー）とローマ（教皇謁見）ではとくにそうだった。だがNASAの外交儀礼ではメアリの役割ははっきり決まっていて、海外でのすべての歓迎式典にアーウィン夫人として出席することになっていた。月面歩行者の令夫人に祭り上げられたメアリは、ジムの体験談が変わっていくのを呆気にとられて聞いていた。彼は、彼自身の業績と能力が次第にそう大したものではなかったと語るようになる。普通の人間なら自分の行為がいかに英雄的だったかを強調したがるものなのに、ジムは逆に話のなかから自分の勇気や力の痕跡をフィルターにかけるようにして消していったのだ。

「私は月面でしばしばヒューストンより神を信じた」と、あるインタビュで彼が語るのをメアリは耳にした。この言葉は瞬く間に広まり、ヨーロッパ旅行から帰った彼らは、さまざまな宗教団体からどうか証しを語ってくださいとの招待状を山ほど受け取ることになる。公式の行事がすべて終り、退役宇宙飛行士としての訓練を再開するものと思われた頃、ジムはヒューストンのアストロドームで五万人のバプテストを前に講演をする決断をした。

「夫が自分の信仰についてなんの憚りもなく語るのを聞くとはなんとすばらしい体験でしょうか。とくに彼が過去数年霊的な事柄についておよそ口にすることがなかっただけに」とメアリは書いている。

ジムの伝記は彼の霊感の起こりを宇宙での神的な経験に遡らせている。地球の大気圏の外に出て、彼は「神に近いこと」を感得できたのだそうだ。自分は身じろぎひとつしないのに三八、〇〇〇キロメートルの宇宙空間を飛んでいくのはおよそ現実とは思えない感じだった。一方の窓では地球がどんどん遠ざかり、反対側の窓には月が次第に迫って来るのが見える。月面に立ち、ルナローバで走り出すと、やがて地球が衛星として天空に上がるのが見えた。その瞬間、彼は「神の眼で地球」を見ているという感覚に襲われたという。

だが、アポロ十五号の乗組員の活動する様子をモノクロ映像で見守っていた世界の人びとの大半は、これとは全く逆の印象を得た。およそ夢想やら内観やらとは縁のない、決然として行動する男にしか見えなかった。ジムは同僚のデーヴ・スコットとともにいわゆるガリレオ実験を行なった。スコットは、鷹の羽とハンマーを同時に落として、空気抵抗がなければ、ふたつが同時に月面に到着することを証明した。この実験の実行は、科学の荘厳ミサだったと言っても差し支えなかろう。意図してか偶然かはともかく、それは、一六三三年、地球は太陽の周りを回ると主張したため、ヴァティカンから異端のかどで告発され断罪されたあのガリレオの名誉回復にほかならなかった（一九九六年になってようやく、教皇ヨハネ・パオロ二世は公式に誤りを認めた）。つまりアーウィンらの使命は科学のためであって、宗教のためではなかった。彼らがクレーターの縁で発見した白い石は、太陽系宇宙の年齢を知るうえで重要な手懸りとなった。ニューヨークの実験室での分析によりこの石が四一億五千万年前のものであることが分かったのだ。

「誤差はプラマイ二億五千年」と、ジムはいつも学者気取りで補足するのだった。

のちに彼の身に現れる信仰には、長い潜伏期間があったに違いないのだが、いったんあらわになるとその結果はとどまるところを知らなかった。地球への帰還後数カ月経って、ヒューストン近くのナッソーベイ・バプテスト教会で信仰告白を行なった彼は、NASAを辞職し、福音をひろく世に知らせるための事務局としてハイフライト基金を設立した。彼自身はコロラドスプリングスにある自宅におかれたホームトレーナーで運動しながら指示をだすことが多い。人間として可能性の限界まで探査に赴いたジム・アーウィンは、聖書の言葉に支えを求めて人生の残りを過ごすことになった。僕は知識を得れば得るほど、信仰から遠ざかったのだが、ジム・アーウィンの場合にはその逆の過程が進行したわけだ。どうやら彼は、数式の計算と技術を信頼しつつ（そのおかげで彼は間違いなく月面に着陸することができたのだから）、未来への展望を切り開き、彼自身は大洪水地質学と創造説の時代へと逆戻りしてしまったように見える。

月の石、それは神の導きで彼が発見したものとなり、これを彼はとっておきの切り札として使うようになる。この石を彼は当然のこととしてジェネシス・ロック、創世石と名づけ、そのレプリカを作製させる。国王であれ大統領であれ、彼は謁見の度ごとにその白い石をチェスの駒のようにテーブルの上に滑らせる。彼が発見したこの石は地球最古の石と同じ年齢であり、故に、創世記一にあるように、地球と月が同時に創造されたことの証しだと言うのであった。ただしその年数はここでは無視される！

ジム・アーウィンは、宇宙飛行士としての訓練で獲得した知識を適当に選んで道具に使い、古臭い世界像を補強した。何度も何度も、合わせて六回もアララト山の山腹を這いずり回ったかつての宇宙飛行士は、彼のいう創世石が四十億年以上も前のものであるという事実を無視し続けた。辻褄が合わないじゃあないかと問い詰められると、彼は躊躇いもせず、彼のためにしつらえられた警句を口にするのだった。「必ずや神は私にお許しになることだろう、創世石よりもさらに重要な、創世記の記述に叶うなにかをこの地球上で発見することを」

それは果たせぬ夢と終わった。ジム・アーウィンは一九九一年、心筋梗塞のため六一歳でこの世を去り、彼のアララト山探検はついにノアの方舟を発掘するにいたらなかった。


出発前の週の半ばに、僕はイスタンブルのイリデスに電話した。「まだチャンスはあるかな、君、どう思う？」と聞いてみた。

航空券は来週の火曜日にとってある。ということは、遅くとも月曜日にはトルコ領事館でビザを受け取っていなければならない。

イリデスは、どうしていつまでも返事がないのか理解に苦しむと言い、ホテルの予約を取り消そうかと思案顔だ。

いや、キャンセルしないでくれ、なにがなんでも行くから、と僕は答えた。

それからデン・ハーグのトルコ大使館の電話番号を押した。ベリーズは電話口に出ないで、応対を交換手に任せる。

「いいえ、忘れたわけではありません……。あっ、ちょっとお待ちを……」と、訛りのないオランダ語が返ってきた。

なにやかやと話し声が聞こえてくる。

「もしもし」と突然男の声がする。二等書記官だ。彼の英語はベリーズよりよそよそしい。「より適切な期間内にお知らせできなかったことは遺憾に存じます」と前置きして、あなたの件は目下鋭意処理中です、あとほんのしばらくご辛抱願いたい、と言う。

僕がもう時間の余裕はないのだと説明しようとすると、二等書記官氏は言葉をさえぎって「お力になることがあるかどうか、検討してみましょう。明日もう一度お電話ください」

だめでもともとぐらいのつもりで金曜日の朝、二等書記官にもう一度電話した。

「集中的にあなたの件に取り組んでいます」とのご託宣。さらに「アンカラに送るテレックスの文案を作成しました。大使が今日ちょっとの間つかまえられれば、それに署名するよう頼んでみます」

テレックスだって？　そんな伝達手段がまだ活きていたとは！

僕は町に出かけた。リストにあってまだ買っていない物を調達しなければ。水浄化剤、水ぶくれ防止剤、リップクリームそれに「コンフォート・フード」（「ばてててしまったときに一番食べたいと思う食べ物」）。

午後遅く家に帰ってみると、電話機でメッセージありのランプが点滅していた。

もしもし　あなたのビザの件でお知らせがあります。アール・ダー山登山のためのスポーツビザがロッテルダム・トルコ領事館に届いています。明日以降の平日に取りに来てください。なお、領事関係案件の取扱は午前九時から十一時までに限られていることを申し添えます。よろしく

第十章　言葉

重さ一キログラム以上の靴を両足それぞれに踏みしめて旅に出たかと思ったら、たちまち不審者扱いされ、立て続けに三回も列から外に連れ出される始末。アムステルダムとアンカラ、そして三度目は東トルコのカルス空港だ。お金に時計、携帯電話にベルトまで外しても、保安ゲートでは赤ランプが点灯する。とうとう税関の係員は靴を脱げと言い、靴がレントゲン装置で検査にかけられる。

僕の登山靴がゆっくりと画面に現れると、とたんにボタンが押され、そこでストップする。片足だけで一四個、あわせて二八個の金属製の尾錠が浮かび上がる。

というわけで、僕は靴下でアナトリアの土を踏んだ。歓迎、歓迎、歓迎、歓迎、歓迎と英語、ドイツ語、フランス語、イタリア語そしてオランダ語の挨拶が、EUの旗を飾った看板に躍っている。カルスは直線距離にしてアララト山から一二〇キロメートルの位置にある。僕は硬い山靴に足を突っ込み、リュックサックとキャスター付きスーツケースを受け取ると、靴紐を結ばないままぶかぶかの靴でタクシー乗り場へと向かった。

この真昼の暑さのなか、ふやけたアスファルトの上を、極地を想定した荷を背負って歩くのはなんとも奇妙な感じだ。SMSを一本送った、Kに無事着。

このショート・メッセージ・サービスを便利な伝達手段として受け入れるまでには、長く激しい抵抗があった。そこでは言葉が母音のない、喉に引っかかったようにつっかえながら発音される単語にばらけてしまう。ひどいものだ。だが同時に余分の音が随分と節約されることは確かだ。たどたどしく二本の親指で作成された情報は、本質的なことだけに限られている。

年代物のメルセデスに乗り込むと、タクシーの匂いがした。空港からカルス市内へ向かう途中、革のつなぎに身を包んだオートバイの警官が交通整理に当たっていた。なだらかに波打つ収穫後の畑の続くのどかな風景のど真ん中で、事故を起こしたトレーラーが道をふさいで止まっていた。アスファルトの上に赤い星状のものが散らばっていて、だれかがそれを雪掻き用のシャベルですくって、道路わきの土手に放り投げていた。タクシーがトレーラーの横を通り過ぎるときに見ると、荷台にはスイカがぎっしり詰っていた。スイカはボウリングのボールのように隙間から転げ落ちて、路面に叩きつけられたのだろう。

携帯電話が振動する。よかった。Vから質問、もう雪は見た？　周囲の丘陵地帯は石ころだらけで木は一本もない。水銀のような鈍い輝きに包まれている。Vへの返はノー。雪はトルコ語ではカルパ

この夏頃からフェラは、同じ「はい」でも英語ではイエス、スペイン語ではシー、ロシア語ではダーということを知り、いろいろな言語があることに気が付いている。

運転手が「奥さん?」とドイツ語で尋ねる。

「そう」と僕は、ズボンのポケットに押し込もうと上体をねじりながら答える。「というか、じつはうちの女性ふたりからだな」

片方の眉毛を上げ、頭をかしげて、そいつぁ、たいしたものだと無言のまま感心してみせてくれた。おかげでそれまでふたりの間にあった重苦しい空気が吹き飛んだ。渋滞に巻き込まれる少し前に、運転手が僕の指示した行先には行かないと言い張ったのだ。せいぜい百語ほどのドイツ語の語彙を駆使して、彼はホテルに行くよう僕を説得しようとした。例えばカラバー・ホテルなど最高だなどという。

いや、僕は乗合タクシー(ドルムシュ)の停留所へ行くんだ。

市内までの道は貧民街、墓石専門の石加工店、自動車工場、家具展示場を掠めて通るのだが、周りの風景をじっくり眺める余裕がなかった。運転手がぜひともカルスに一泊するようしつこく言い募るからだった。僕は言った。ホテルならあるよ、とてもいいホテルだ、でもここではなくてドゥバヤズイットにあるんだ。

運転手はハンドルから手を離し僕に向けていた視線を、不満たらたら元に戻した。はるばる遠くから来た客が自分の町を見ようともしないのがよほど辛いのか、それともなにかほかに理由があるのだろうか。やっとのことで、彼は黙りこくって線路を越え、乗合タクシーの大半が事務所を構えている広場に向かった。窓に行先と料金を書いた紙がべたべた貼ってある。ドゥバヤズイット行きの窓口は一カ所しかない。そこへ運転手君は僕を連れて行き、これ見よがしにキップを一枚と言い、そのあげく、またまたこれ見よがしに、今日の最終便は正午に出てしまったと告げるのだった。「だから言ったでしょう」と、彼は、両膝を軽く曲げ両手を広げて、ドイツ語で言った。勝ち誇ってというより、どこか弁護士の弁論のようにも聞こえた。

さっきから彼がずっと僕に分からせようとしていた話の中身がやっと呑み込めた。今からではこの町を出ることはできないのだから、どうあってもここで泊まるほかないということだったのだろう。僕はシャッポを脱ぎ、ふたりで互いに肩を叩き合った。運転手はジェリールだと名乗り、今度はメーターを倒しておいて走り出した。

気が付いてみると、カルス市内は直角に交わる道路で格子状に区切られた街だった。十九世紀にロシア領だった時代の名残だ。街路樹がたくさんあり、信号はそれに輪をかけて多かった。トラクター用タイヤと飼料槽を売っている店の前で半ば歩道に乗り上げて駐車した。道路の向かい側にはガラスとコンクリートでできたビルが立ち、その表にホテル☆☆☆カラバーと縦に文字が並んでいる。運転手君は僕のリュックサックを子どもを抱えるようにして車の行き交うなかを縫って運んでくれた。ロビーの磨り減った木目床に立ち、肘掛けいすと傘の間で、ジェリールは名刺をよこした。手書きの番号を指さしてから、胸ポケットの携帯電話を叩いてみせた。彼に用事を言いつけたければいつでもどうぞというわけだ。

飛行機での旅のあとでひと呼吸入れるのも悪くないと僕は自分に言い聞かせた。そうすれば心も着いたぞと考える時間ができる、というのがマプチェインディオの言い方ではなかったか。与えられた一〇日間の登山期間のうちの一日を無為に過ごすのは、棒高跳びの選手が試合で一本目をパスする心境にも似ていた。自信なのかそれとも過信なのか、どちらとも言えない気分だ。

カルスに足止めを食らった以上、この異例の出だしを有り難い贈り物と考えることにした。ジェリールと、無理解の西欧人つまり僕との間に生じた齟齬は、まるでオルハン・パムクの作品に出てきてもおかしくないひと幕ではないか。彼の小説の主人公はトルコの最深部に潜む二重構造のために挫折することが多い。アナトリアの現実を予め知るために僕が用意した数少ない書物のなかでパムクの小説は圧倒的な部分を占めていて、じつは彼の創作が僕の旅の羅針盤になっていると言えなくもないほどなのだ。

ホテルの窓のない部屋で山靴をスニーカーに履き替えた僕は、早速パムクの描いたトルコをこの目で見てやろうと思った。なにしろ彼の最新作『雪《カル》』は、カルスの市街地図に接木されたようなものなのだから。カルスの街はこの小説の舞台となっているだけではない(事件はすべて豪雪のために外部から遮断されたカルスで起こる)。年老いて衰え、農民特有の田舎根性に凝り固まったこの町は、いわば小説中の登場人物のひとりにもなっている。読んでいるうちに、パムクは隠されたトルコの扉を開ける鍵をくれているようにも思えたものだ。いまそれをこのカルスの街で実際に試してみたくなった。

そんなことはしないほうがいいよと警告しているのは、ほかでもない、パムク自身だ。彼は作中の人物にこう言わせている。言葉の向こう側にある国を、テキストあるいは本の外で実際に捜し求めても意味はない。それでも僕は、『雪』のトルコ語版を買い、売り手にパムクの人柄について尋ねてみようと思い立った。

赤い大理石製のカウンターにいたフロント主任はカルスに本屋があるかどうか知らないようなので、僕は足の向くまま探しに出た。喫茶店、インタネットカフェやらビリヤードカフェやら、それにケバブ売りの店が軒を連ね、チーズ店がやたらに多く、どこも同じような青白い色のチーズが並んでいる。とある病院の急患入り口の向かい側には秤を小脇に抱えた男の子たちが屯《たむろ》していた。数リラで体重を量ってあげますとのことだ。カルスのいたるところの街角や隅っこに商品を積んだ手押し車が待機していて、蛍光灯に光り輝く店舗の脇で、移動バザールを展開していた。

『雪』の主人公である詩人Ｋａの足跡を辿りながらぶらついた。Ｋａは四二歳で僕よりもふたつ年上のトルコ人だが、フランクフルトへ亡命してすっかり西欧化してしまっている。「迷信深い無神論者」として、また（高級なチャコールグレイの外套に身を包み）アウトサイダーであることを見せつけながら、Ｋａはカルスへやって来る。少女が学校でスカーフを取ることを拒否して自殺する事件が立て続けに起きたのを取材するためだった。だがもうひとつ彼の初恋の人イペッキの消息も気になっていた。彼女は離婚して、父親と妹と一緒にホテル・カルパラス（雪宮殿）で暮らしていると聞いたのだった。Ｋａは雪で町に足止めされるばかりか、政治的・宗教的な陰謀に巻き込まれてしまう。

書評では、『雪』はイスラムと強制された世俗主義とのぶつかり合いというきわめて政治的なテーマの小説だと言われていた。だが僕という先入見に囚われた読者の理解するところでは、すべてはＫａの精神性の模索に帰するように思われる。例えばこんな言葉に僕は息を呑んだ。「私の不信心にはどこか尊大なところがある」

八百屋と銀行に挟まれて文房具店があった。ショーウィンドウには色とりどりの携帯電話用のカバーが飾られている。カウンターにいたふたりの少女は、パムクの名前を聞いてもクスクス笑うだけだった。いいえ、本は扱っていません。

Ｋａはカルスで失っていた宗教性を一時的にもせよ再発見する。それは、心に浮かんだ一九編の詩で彼が体験する霊感と関わりがある。しかもそれらの詩は雪の結晶のように完璧な形で並ぶのだった。世界の隠れた均整さを見抜く神ならば信じるに足りるというＫａの心根に驚きもし、また魅せられもした。だがその同じ神になぜ人間を洗練してもらい磨きをかけてもらおうというのか、それは僕には叶わぬ夢としか思えず、あまりナイーブすぎて信じるわけにはいかない。

町の中心部の通りを端から端まで見て回った僕は、兵営の壁に沿って町から出る道を辿ってみた。するとある交差点の角にエズギュン・エデュルという店があり、見たところ商いになるものなら何でも扱う風だった。店の奥、天井からおもちゃの動物がぶら下がっている下で、頭の禿かかった事務員が小さなデスクに座っていた。パムクとカルという単語に彼は反応して「イエス」、「シュアー」と飛び上がった彼は、一冊の本を持ってきた。表紙には例の外套を着た詩人Ｋａの後ろ姿が三重に映し出されていた。

金を払いながら尋ねてみた。「この本、どう思います?」

「だめ」と、つり銭を寄越したあとで彼は答えた。「少し読み始めてすぐやめた」

「なぜです?」

答える代わりに彼はいすを僕のほうに押しやり、携帯電話を手にとりなにやら注文した。

「お座りください」

デスクの引き出しから彼が取り出したのは、僕が学校で使っていた聖書ほどもある大判のランゲンシャイト出版社のトルコ語・英語辞典だった。腰を下ろしたかと思うともう、カップとティーポットを載せた銅製のお盆を手に少年が店に入ってきた。

僕の心を最も強くかき乱したオルハン・パムクの言葉は彼の本にあったのではなく、彼があるインタビュでもらした一言だった。ドイツ人ジャーナリストとの対話のなかで彼は次のように語っている。『雪』の主人公Ｋａは心から宗教的な体験を願っているのだが、ただ神について彼が抱いている観念は非常に西欧的なものなのだ。彼は個人的な体験を求めていて、それはイスラムの根底にある集団的な体験とはちがうものなのだと。これは僕にもあてはまる。信仰は僕にとっては私的な事柄であって、内観こそがその中心にある。信仰を同じくする人びとに慰めを求めることではない。

あらためて読み返してみると、『雪』には、そのような「西欧的」宗教観の枠組みをほのめかす言葉がいたるところにちりばめられている。例えば、八五ページにはこうある。「Ｋａはトルコで神を信じることが個人として一人で、崇高な思考や、万能の創造者と面と向かうことではなくて、何よりもまずモスクに行って、ある集団に属することであることを最初から知っていた」（オルハン・パムク、『雪』、和久井路子訳、藤原書店、二〇〇六年、八五ページ）。こうしてみると、僕もＫａと同様に集団を強調する宗教には向いていないことになる。ところが大半の宗教がそうなのだ。カトリックの聖体行列、祈りの集会、ガンジス川での水浴び、どれをとってもその吸引力の源は集団にある。ある信仰集団の仲間意識が強ければ強いほど、僕はごめんだという気になる。セヴィリアの聖週間で興奮しきった群集が仮面を被って道路に溢れ、なにやらつまらぬことをしながら大騒ぎするのを見るたび、僕はぞっとする。プロテスタントとして生まれ育った僕として、なんでもひとりでやるのが好きなのだ。願わくばいつも集団の外にいたいし、巻き込まれそうになったら、懸命にそれに逆らう。僕の場合、理性がいつも支配権を掌握している。ぞっこん惚れ込んでしまったようなときとか、ショスタコヴィッチを聴いているときとかは別として。

だが僕ははたして自由意志で——意識的で独自に行動する個人として——この態度をとるようになったのか、あるいは社会化の囚人に過ぎないのではないか。僕のパムクの読み方が間違っていなければ、僕が聖なる個人と思っていたものも単に宗教改革、あるいはなんであれ同様のものの一産物にすぎないと彼は言おうとしているのではないか。こう考え出すと、僕は眠れなくなってしまうのだ。

僕はなぜ儀式を信用しないのか。それが人の注意を物事の本質からそらすものだということを、僕は本当に自分で発見したのか。それともカルヴァンが僕の耳にそう囁いたのではなかったのか。

「信仰は、あなたが質問するのをやめるところから始まるのよ。そして、それはどうにもあなたには似つかわしくないのよね」とは、妻が僕に向けて放った言葉だ。

彼女はカトリック、しかも司教にまでなった叔父さんと修道院にいる叔母さんもいるという家庭で育った。家のクリスマスツリーの下には羊飼い、東方の三賢人、飼葉桶の幼子、そして羊たちに一頭のラクダまで揃っていた。僕らプロテスタントが人形劇だと小ばかにしていた光景そのものだ。僕の家では言葉と祈りのなかで結ばれる神との関係がすべてだった。

社会化でのこの違いは驚くようなかたちで後を引いている。ノアの方舟がアララト山に着いたですって？　妻はそんな話は聞いたこともないという。エマオの巡礼もサマリア人も、せいぜいレンブラントの絵で知っている程度なのだ。

カトリック教会では祭壇が重きをなすのに対し、僕らの教会では説教壇が中心だった。この新たな秩序を編み出したのはカルヴァンでありルターだった。彼らは神の無謬の言葉である聖書を最高のものとした。カトリックとは違い、彼らは自然を神の全能が人間に啓示される場とはもはや見なさなくなった（神は言葉を通じて現れる）。僕はまだそこまで考えたことはなかったが、この断絶が科学を推し進めることになったのではないか。プロテスタントの研究者は聖なるものへの物怖じを捨て、研究と分析の対象として自然に立ち向かうことができたのだから。

僕がここまで聖書に魅せられるのも、その根源は宗教改革にあるのかもしれないのだが、だからといって、それが本物でなかったとはいえない。一杯のレンズ豆のスープ欲しさに長子としての特権をヤコブに売り渡したエサウ（「創世記」二五）、燃えているのになくならない柴（「出エジプト記」三・三）、カナでの婚礼でワインに変わった水（ヨハネによる福音書二）——僕はこれらの物語とともに育ち、これに愛着を覚えていた。受堅資格者のための教理授業では、週ごとの聖書解読パズルに助けられて、聖書のテキストの森にますます深く入り込んだ。先生がクイズを出す。そして僕らは家で頭をひねってこれを解くという具合だった（「私はあるじの忠実な召使で二字からなる言葉でしか話すことができない、あのただ一度を除いては……」。答えは「民数記」二二・二二-三三に出てくるバラムのしゃべるロバ）。

聖書の解読と釈義で上級に進むと、今度はヨハネの第一章と第二章を楽しむことが許されるのだった。「一-一、初めに言があった。言は神と共にあった。言は神であった。一-二、この言は、初めに神と共にあった」

もし自分で自分の告解を聴くことができるとしたら、僕は神の言葉ではなく言葉そのものに救いを求めるようになったことを告白することだろう。僕はふたつを入れ替えたのだ。以前、生物学の授業で、生命はＤＮＡの鎖に、より厳密に言うと、四種類の塩基ＡアデニンＧグアニン、Ｃシトシン、Ｔチミンの配列に分解することができると学んだことがある。簡単なことなのだ。化学の出発点は、メンデレーエフ周期表で論理的に並べられた元素からなる分子だ。物理学では、最小の物質は原子（＝アトム←アトモス）つまり分割不可能なものとされたのだったが、それがひとたび分裂してしまうともう最後を見極めることができなくなり、現実はクオーク、中性子、さらに反物質やらなにやらにばらけてしまっている。謎は解明されたように見えれば見えるほど、絶えず移動したり分割されたりする。これを見ただけでも、存在の神秘は測定科学には永遠に把握不可能のままにとどまると考えるべきなのではないか。こう結論したあとようやく僕は、僕にとって最も基本的な要素がなんであるかを理解できた。それは文字と句読点なのだ。ときにはまた単語と文章、口に出ない対話や語り残された物語もそうだ。つまり言葉だ。

僕の目には、どの人の生涯も頭（誕生）と尻尾（死）のある物語の筋なのだ。履歴書として書かれようが書かれまいが、ひとりの人の生涯はいつも物語に固有の特徴を備えている。逆に言えば、ある出来事は、真実であろうと、創作であろうと、言葉に表すことで命を吹き込むことができる。

僕は、ここでいう言を神の言葉でなく言葉一般と考えれば、ヨハネ一・三をわが居場所と見なすことができる。「一・三、万物は言によって成った。成ったもので、言によらずに成ったものは何ひとつなかった」

パラダイスでアダムは動物、空の鳥たちと野の獣たちに名前を与えることを許された。これは創造の物語の一部なのだ。命名とは創造なのだ。新たな命名は新たな創造。

書くことに専念するようになって以来、僕は言葉に対する尊敬の念を大いに抱くようになった。文章のひとつひとつで、正しい重さと正しい響きをもつ言葉を探す。舌で味わい、嘗め回して、ようやく言葉は正しい色を得る。それを僕は真珠のネックレスのように連ねる。言葉を選び、秩序を与えているのは僕であるというのに、言葉は僕の思うようになってくれない。ひとつの文章に組み入れられると、言葉は突然輝きや意味を変えてしまう。それは奇妙なことだった。

娘が最初になにやら言葉らしい音を発するようになったとき、僕は息を呑んでそれに耳を傾けた。よその父親が子どもの成長をビデオやカメラに収めるように、僕は「フェラの大単語帳」に彼女の言語表現の経緯を記録していった。こうすれば言葉の源により迫ることができようかとの思いからだった。

これまでに何百万回となく記録されてきたことなのではあるが、僕にとってはまさしく魔術そのものだった。まず「ママ」とか「パパ」とか聞こえる響きが来て、つぎに「ブー」とか「ワフ、ワフ」とかの動物の鳴き声が来る。と思う間もなく、物事に名前が与えられるのだが、どうしてそんな名前が？　と首をかしげることも間々ある。彼女は、そうやって、絶えず拡大し続ける彼女の宇宙を整えているのだ。

おしゃぶりは「メエ」で、「カピ」は三角形の積み木だ。そして二〇〇四年九月二十六日、彼女は祖父母の家で行われる食事前のお祈りを「お皿見る」と呼ぶことに決めた。「アーメン」のあと、彼女は聞いたものだ。「おじいちゃん、おばあちゃん、もう一度お皿見るの？」

フェラの世界は「ブービー」と「ムムース」に溢れている。数字には色がある。二は黄色だ。見当違いということはない。

二〇〇五年二月十四日、三歳直前の彼女は言った。「私考えるんだけど、今日お昼にケーキを焼くの」。

「それってなに？　考えるって？」

「小さな声で言うことよ」

一年後もう一度同じ質問をすると、彼女は言った。「エーとね……考えるって、そりゃ考えることよ……だれかがなんだか分からないときに、うまく説明できないことよ」

外国で休暇を過ごしたあと、彼女は物事に違う名前のあることを認識し始めた。三歳を少し過ぎたころ、彼女は言った。「〈ダクーク〉って、ロシア語で〈違う〉っていうことなのよ。パパ、知らなかったの？」

その少しあとで、僕は彼女を星の道に連れていった。ドレンテのカラマツ林に教育目的で設えられた曲がりくねった小道だ。僕がまだ子どもの頃につくられた。四五分かけてひと回りすると、ピンの頭の冥王星から開けた原っぱの一角にある黄色に燃えさかる太陽まで、太陽系宇宙をみることができる。その原っぱの向こうには電波望遠鏡を備えたヴェステルボルク天文台がある。この星の道は、かつて、日曜日の礼拝のあとの散歩のなかでも、僕のお気に入りのコースだった。「このあと、〈静かに！　の森〉へ行こうか？」。そこいら中に車やバイクのエンジンを切るようにとの警告板が立っているからだ。

「ほら、また惑星」。海王星の傍を通り過ぎた次の曲がり角に天王星のショーケースが現れるのをみたフェラが僕の口調を真似る。錘を持ち上げることのできるように工夫された木製の足場（「月面での一リットルの水」と「木星での一リットルの水」の重さをそれぞれ体験できる）から、彼女は向かい合って立つ二本の送話器めがけて駆け出す。まるで鏡の中の鏡を見ているようだ。幼い僕が駆けていき、そのあとを僕の父が追っている。道は正確に設定されているので、一キロメートル進むごとに二五〇万キロメートル太陽に近付くことになる。

僕らは電波望遠鏡のところへ来た。一四基がきれいに一列に並んでいる。パラボラアンテナの傍で話して聞かせる。これは「耳」なんだよ、星から音が届くかどうか、僕たち地球人がひとりなのかどうか、聴いているんだよ。フェラは手を耳に当てて、一緒に聴き入るのだった。

彼女が疲れた素振りも見せないので、鉄道線路記念碑まで行ってみた。三十メートルほどの赤錆びたレールと車止めが、かつてのヴェステルボルク収容所を偲ぶために残されている。クローネンベルフ家の人びとを含む十万二千人のユダヤ人がここから移送されていった。毎週火曜日の朝、家畜貨車の列車がアウシュヴィッツ、ソビボル、テレージエンシュタットへ向かって出て行ったのだ。

銀紙に包まれた一束のしおれた花のかたわらに、生徒たちが佇み、どうしていいか分からないような顔で、先生の説明に聞き入っていた。

フェラはびっくりして聞いた。「なぜ線路がこわれているの？」――僕はどう話したものか考えあぐねていた。

言葉への執着から、僕はまた聖書に立ち返った。もう一度読み返してみて、僕の受けた感動は以前と少しも変わらなかった。ただし、違うことがひとつあった。僕は聖書を文学と見做し始めていた。その間に僕は、ヨハネが「一－一四　そして言は肉体となり」と言ったことの意味を理解するようになった。葦の海の水の壁とは神の全能の隠喩であることが分かるようになった。海の底を通って逃れるということに泥臭い、合理的な説明を求める必要はない。そのような説明は不可思議さ（そして壮大さ）を狭めるだけでしかない。

大洪水のくだりでは、これまで僕が見過ごしていた隠れた対称性に気がついた。語りは、アムステルダム運河会館の階段状の破風のように、計算され尽くした建築物そのものなのだ。まずノアは方舟を造るよう命じられ、次に洪水の予告がある。食料が舟に運びこまれると、舟に乗るよう指示が下され、七日間の待機期間が二回続く。ノアとその家族、そして動物のひとつがいずつが船内に入ると、神は扉を閉ざし、四〇日間、昼夜を問わず土砂降りの雨が降る。地球全体が水に没し、その状態は一五〇日間続く。

クライマックスの瞬間が来て、神はノアと動物たちのことを思い出す。

これを転換点としてフィルムが巻き戻される。一五〇日間水は引き続け、最も高い山々の頂きが水から現れ、舟はアララト山に漂着する。ノアは四〇日間待ったのち、窓を開ける。そして彼は鳩と烏を放つが、時期尚早で、彼がさらに七日間を二回待つと、船を去るようにとの命令を受ける。食べ物が出され、神は人間と契約を結ぶ。読者はまたもとの場に戻るのだが、だがしかしことはすべて異なっている。

話の中身はひどく残酷なのだが（人びとの罪深さ、神の不穏当な残酷さ）、それでも僕は創世記の六から九までを楽しんで味わい尽くすことができた。物語としては、強くて信じるに値すると僕は思った。

言葉は神秘の内側を切り開くに適した道具ではない。筆はメスではない。書くことで、まことにたやすく人知の、またニュートン法則の届かないところにまで到達することができる。そうすることで神秘はさらに拡大し、神秘への畏敬の念が呼び覚まされる。

これを利用したのが、伝説の王ギルガメシュの生涯を英雄詩に書き上げたニネヴェの宮廷史家たちだった。二十年前ギルガメシュ叙事詩を読んだ僕はすっかり我を忘れたものだ。第十一の書板の数行で、大洪水説話が聖書より古いことを知ったからだった。この同じ本を今あらためて手にした僕は、物語の力強さにすっかり魅了されてしまった。ウルクの王ギルガメシュは国中の女を貪ってやまない暴君だが、豊穣の女神イシュタルのあからさまな誘いには抗う（「来て下さい、ギルガメシュよ　私の夫になってください　あなたの果実を私に贈ってください」『ギルガメシュ叙事詩』、矢島文夫、ちくま学芸文庫、二〇一一年、第十三刷、第六の書板、七七ページ）。山男エンキドゥと友情で結ばれたギルガメシュは、友が病に苦しんだのち「人間の宿命」の犠牲となると、その落ち込みは激しく、自らの死を恐れるあまり不死の生命を求めて旅に赴く。史家の描くところによれば、彼は死の川をあえて越え、大洪水を生き延びた唯一の男女のもとを訪ね、不死の願いを果たそうとする。だが彼は彼らの秘密に与ることに失敗する。

ギルガメシュはついに死の定めを負ったままに終わる。彼は死の川を渡してくれた船頭ウルシャナビの手をとり嘆く。「だれの［のために］、ウシャナビよ、わが手は骨折ったのだ　だれのためにわが心の血は使われたのだ」（同上、第十一の書板、一三五ページ）。

二千七百年前のこの文は時を超えている。英雄ギルガメシュは人間普遍の特徴を備え、文学に繰り返し登場してくる。詩人Ｋａもまたそのひとりだ。

カルスの店員はランゲンシャイトのページをめくりながら、見解を文に組み立てようとし始めた。「ミスター・パムク　イズ　……」と言いながら、彼は辞書を僕のほうに向け、これという単語を指さす。「……ライイク」

見ると、ライイクとは、値する、ふさわしい、とある。

店員は勢い込んで言う。「そう、その通り、彼はおよそ何にも値しない」

思わずカップに手が伸びるが、お茶はまだ熱すぎる。オルハン・パムクは、僕もそのことは十分承知の上だったのだが、トルコで殺されたクルド人（「三万人」）とアルメニア人（「百万人」）についての発言で、この夏中、メディアで話題の主になっていた。この発言により、彼は「トルコ人の国民的アイデンティティを侮辱した」かどで告発された。

皮肉なことに、告発の根拠になったのは、トルコがＥＵ連合に加盟するために改正されたばかりのトルコの新刑法だった。西欧に恋憧れ、同時にこれに唾する、これこそパムクがその作品で繰り返し暴露しているトルコ人の意識の分裂にほかならない。

「カルスは近代的な町です」と店員は言い、カルスの女性は髪を隠したりはしないし、だから女性がスカーフのことで自殺したりするわけがないと力説する。自殺と言うとき、彼の腕はデスクの上を輪を描くように動き、最後は見えない紐を（ぐいと上へ）引っ張るようなしぐさをした。

「だけど『雪』は小説ですよ」と僕。

「ちょっと待って」。店員は新たに単語を探し、アビューズのところで止まった。「パムクは私たちを悪用している」。

会話が滞りがちなもので、彼は英語を流暢に話す甥に電話する。車で町を回っているので、ちょっと顔を出すぐらいはなんでもないのだそうだ。

青年、そう、町の教員養成所の学生でも来るかと思いきや、アフターシェービングローションの匂いを振りまきながら現れたのは、がっしりとした体格の四十歳代のスポーツマンタイプの男で、そのあとに付き従うように足の不自由な老人が入ってくる。

「アリ・ババです」と甥は言う。どうやら本名を名乗るまでもないと思っているようだ。

「店のオーナーです」とのこと。白いあごひげの老体は紹介もされない。

僕は前置きを繰り返したうえで、そのオーナーの店で今しがた買った本の印象を尋ねてみた。

「駄本だね」

「読みましたか」

「もちろんアリ・ババは読んでいますよ。だが本になる前からなんの値打ちもないことは分かってましたよ。このパムクという奴はろくでなしだ」

「でも本は売るんですね」

「ビジネスですからね。従業員に対して責任があります。それにしてももし私がたまたま店にいるときなら、パムクの本を買おうとする者はいないね」

「アリはカルスでは有名人なんです」と店員が口を挟む。

甥は腕を組み、車のキーを手のひらの中でカスタネットのように二度三度とかちかちと鳴らした。

「五年前にパムクはこの本の取材をするためにここへ来たね。カラバーホテルに泊まって、たしか三週間ほどいたはずだ。一度奴を懲らしめてやろうと思っていたら、電話があって、わしのレストランに奴が来たというじゃあないか。すぐに飛んで行ったね」

店員は甥にお茶をついでやる。

「私は言ってやったよ、〈お前のことは知ってるぞ！〉。〈私は存じ上げませんがね〉と奴は言いやがった」。アリは腕をほどいてそっくり返った。「店の連中がわしをしっかり抑え込んだよ。わしもぐっとこらえて、言ったものさ、〈その皿のものを食い終わったらさっさと消えるんだ！〉」。

彼は一瞬黙ったうえで、最後の仕上げにこう言った。「奴はケマリストじゃあない」。

誰もなにも言わないもので、店員が補足した。「物事に即して近代的に」考えるのがケマリストなのだと。

ということは、トルコで最も有名なこの作家のことをこの人たちはなにからなにまで嫌いのようだが、アルメニア人とクルド人殺戮のついての彼の思い切った発言は別に問題にしないのだろうか。

「いや、それもある」と甥と店員が同時に言い、第一次世界大戦に関する解説を引き受けたのはアリだった。僕の理解したところでは、東トルコでトルコの優勢にたじたじとなったロシア人はアルメニア人住民に武器を配ったのだそうだ。「アルメニア人は当時トルコ人の隣人たちを次々に殺し始めた。それこそ民族絶滅行動だった。それなのに、外国では逆の民族絶滅行為の宣伝が信じ込まれている」

じつは、と打ち明けてくれたところでは、アリはブライトン出身のイギリス人女性と結婚していたことがあるのだそうだ。だから西欧人の考えはよく知っている。西欧では、トルコ人といえば、仕事は清掃作業だけ、名誉のためには復讐も辞さない野蛮人だと思っている。パムクのような操り人形は、恥知らずにも金をもらって、こういうイメージを増幅させている。「だがカルスは近代的な町なのだ。誰しもがケマリストだ。市街では髪の毛を隠すものなどひとりもいやしない」と、アリは言った。僕はふと『雪』に出てくる一言を思い出していた。イスラム活動家の女性がＫａに向かって吐き捨てるように言った言葉だ。「このまち［カルス］では、スカーフをかぶることがむしろ反逆の印なのよ」。イスラム政治活動はおよそなんの問題にもなっていないのかと尋ねてみた。

「それはない。この町では聖職者イマームまでもケマリストなんだ！　ほら、この男がそうさ」。隅に座っていた老人が、なにか見過ごしたのかとびっくりしたように顔を上げた。実際彼は話の筋がまるで呑み込めていなかったようだ。「彼はイマームで同時にケマリストなんだ。彼はわれわれの家族、大家族そして商売のために祈ってくれる」

『雪』を読んだかどうか、イマームに尋ねてくれとアリに頼んだ。

「エヴェット（はい）」と顔を輝かせながら老人は英語で答えた、「いい本だ！」

店員と甥がたちまち口を挟んだ。ふたりでイマームにしきりに話しかける。ふたりをさえぎって、イマームにちゃんと話をさせてくれと頼んだが、もうどうにもならない。ふたりがしゃべり終わったとき、イマームはどう答えればいいのか承知していた。彼は座りなおして言葉を継いだ。「あれはいい本だ――カルスにとってはな」

パムクはカルスの町を広めてくれた。統計を見ると分かるが、年間トルコを訪問する観光客は一千万人、ところがそのうちカルスまでやって来るのはたかだか一万人ほど。千分の一だ。だが『雪』が出て、また著者が騒ぎを起こしてからというもの、あんたのような観光客が増えた。「冬にも来るようになったのは初めてのことじゃ。これは大切なことだ。なにしろカルスは貧しい町だからのう」

雪御殿（「バルト海沿岸風に建てられた優雅なロシア建築物」）の正面は、カラバーホテルの四角いコンクリート造りとはまるで違っていた。中庭に通じるアーチ「一一〇年前に馬車が楽に通れるようにと高く作られたアーチ」（『雪』、二〇ページ）もある。二階にあるロビーとレストランを見て、ＫａとイペッキがТ互いにすれ違ったあの場の雰囲気を感じ取れたような気がした。

レセプションで部屋の番号を言うと、キーのほかに丸められた紙切れを渡された。

「明日朝八時　カルスからドゥバヤズイットまで　私のタクシーで一〇〇リラ、オーケー？　ジェリール」

テレビドラマの刑事みたいに僕はレセプションで本を手にかざして見せながら聞いた。「オルハン・パムクがこのホテルに泊まったと聞いたが本当か？」

ホテルマンは襟の詰ったシャツを着ていて、首はにきびだらけだった。彼は頷いて言った。「そうです。部屋は二一〇号室。お客さんのちょうど真下でしたよ」。隅を指差して付け加えた。「あそこに座ってよく新聞を読んだり、誰かと待ち合わせたりしてましたっけ」

僕は見回して、ロビーの佇まいを心にとめた。鏡板の壁沿いに肩の高さの棚があり、埃だらけの本が並んでいる。雪御殿ホテルの内装を思い起こさせてくれるなにかを探したのだが、これといって目につくものはない。エレベーターのほうへ向かうと時計がずらりと並び、それぞれ東京、ボンベイ、ニューヨークそしてカルスの時刻を指していた。

第十一章　ブズダー　氷の山

ずっと以前に見て印象に残ったものが、二度目になるといつもちっぽけでつまらなく見える。おじいちゃんのと畜場のテラスの梨の木、近所の家で飼っていた熱帯魚——どれもあらためて出会うとそれまで心にあった姿は掻き消え、物は本来のサイズを取り戻す。だがそれはアララト山については当てはまらなかった。この山は僕の持っていたイメージをはるかに超えていた。

僕は、ビュユック・アール・ダー、大きな痛みの山の横顔を見たことがなかった。写真でも見ていない。横からの姿は、記憶に焼きついている北壁（アルメニア・キリスト教のイコン）とも南壁（トルコ・イスラムのイコン）とも似たところはない。こうやって西から見ると、母なる山は子の山、小さな痛みの山を視界から完全に隠してしまっている。それでも、ドゥバヤズイット高原のピリッとした朝の大気のなかで、僕はすっかり魅了されていた。ジェリールがガソリンスタンドで満タンにしているそばで、これはどうしたことかと思い悩んでいた。これは僕の気分のせいか、僕の期待のせいなのか、それともアララト山とはそのような山なのか。

独立峰であるだけに、アララト山は景観を独占している。のびやかに広がる山体は、高原に居を構え人を寄せつけようとしない女占い師にも似ている。その腰のあたりにはプリーツスカートがまつわりついているのだが、侵食に刻み込まれた無数の溝のせいでその裾は擦り切れたように見える。山腹には、あたりを飾る木や濃い繁みはいっさいなく、人間の手になる建造物の類も見当たらない。数少ない村落や放牧民のテント（茶色は羊用、シロは羊飼い用）は麓の草原にあるばかりだ。

叙情的な気分にはなれなかった。目に入るものはあまりにも荒涼としていた。近くからアララト山を見上げた旅人は、たいてい舌を噛みそうなぐらい最上級の形容詞を使う。例えばボルドーから来たフェルナンディン・ナヴァラは一九五二年「日本のパステル画」を目の当たりにするようだと言い、「この世のものとは思えないほど威厳に満ちている」と感動している。この山ほど「天にも届こうかとの幻想を呼び起こす」山はないとも言う。その二世紀半前の一七〇七年には、たまたま同じフランス人の植物学者ジョゼフ・ピトン・ド・ツルヌフォールがまるで違う印象を受けている。「アララト山はこの地球の表面上最も不気味で最も不快な場所のひとつである」

見方は見る角度によるわけではなく、個人と時間とに関わるもののようで、それはまた、僕はここで得たいと願う洞察と体験にも当てはまることを知った。アララト山を眺めながら、さてどこからとりつけばいいんだと迷うばかりの僕は、大きなパンの塊を嗅ぎまわりながら、どこから齧ったものか見当もつかないで途方に暮れている野ネズミの心境だった。

リトアニア人登山チームと合流するドゥバヤズイットのイスファハン・ホテルには、どうにかこうにか約束の時間に遅れずに着いた。大荷物を抱えてホテルのドアを入ろうと悪戦苦闘しながらなかを覗くと、ロビーに携帯電話を耳に当てているイリデスの姿があった。彼女は僕に気がつくとすぐに、忙しげにしゃべりながら指を一本立てて見せた。「いらっしゃい」と「ちょっと待って」と一度にふたつを伝えるつもりのようだった。

ラウンジと呼んでもいいかという空間のタイル張りの床には、カラビナのついたザイルがとぐろを巻き、アイスピッケル、ラジオ、ヘルメット、ピトン、ハンマーそれにあぶみつき滑車装置までもが転がっている。氷河の割れ目に落ちた者を引っ張り上げるためというわけか。これぞまさしく先週、イラン最高峰のダマーヴァンド山五六七一メートルの登頂に成功したリトアニア人チームの装備に違いない。アララト山北西壁登攀のための準備は万端整っているようだ。

イリデスがイスタンブルで僕に言った言葉を忘れてはいない。「あんたにはザイルを腰につけてあげるわ」。それにしてもこのヘルメットはなんだ？　それにこのハンマーは？　僕はありありと脳裏に思い浮べた。パロト氷河の中ほどで、リトアニア人たちがにっちもさっちもいかなくなった僕をザイルにつないで引っ張って歩く光景を。

「それで?」と、イリデスは挨拶代わりに聞いた。

僕は切り札を切るように旅券を彼女の手に渡した。

「ビザ、取れたのね」と合点した彼女は、すぐにビザのあるページをめくった。

トルコ

入国ビザ

目的　スポーツ　アール・ダー　マウント・アラ

僕より頭半分低いイリデスは、黒いアイベックスが数頭描かれたオレンジ色のヘアバンドをしている。彼女は、僕が登攀の難しさを心配しているのを百も承知だった。「石がごろごろしているところより、氷の上のほうが歩きやすいのよ。一度アイゼンに慣れてしまえばね」

午後にはここの警察署に参加者名簿を提出することになっている。「あなた次第だけど、一緒に来るなら昼食後にはあなたの旅券を預からせてもらうわよ」

これからの一時間で決心をつけなければならないわけか。チェックインをすませ、荷物を担いで階段を上がり、手で顔に水を二度ひっかけた。そのあと下へ降りてくると、体育会系の体格をした男がソファーから身を起こした。僕のほうへやって来る。てっきりリトアニア人だと思ったら、オーストリア人だった。

「自己紹介させてもらいます。マルティーン・ホッホハウザです」。背が高く短髪のその男は、第三者の冷静さで僕にこう言うのだった。アララト山に登るおつもりのようだが、もしよかったら二日後に別のチームに合流する気はありませんか？

僕の口からは立て続けに質問が飛び出した。

ツアーの主催者は？　メーメトというクルド人

南ルートで登るのか？　そうだ

同行者は？　彼のほかスロヴェニア人チームらしい

スロヴェニア人らしいとはどういうこと？　チェコ人かもしれない。メーメトがはっきりしたことを言わないのだ。だがもしその気なら、これからそのメーメトのところ行ってもいい。このすぐ近くで旅行社をやっている。

ドゥバヤズイットがどんな町かまだろくに分かっていなかったが、歩いてみると目抜き通りは一本だけで、たいていのことはそこで用が足りることが分かった。この通りにへばりつくように街区、兵舎、倉庫があり、ハンマーム（公衆浴場）があった。雨のあとで、玄武岩の舗装は靴墨のように光っていた。ウラルトゥ、アララト、ヌーフといった名前のホテルは大半がこの目抜き通りにある。店やレストランの前の歩道にはガソリンエンジンの小型発電機が並び、停電になるとたちまち轟音をあげて動き出す。人びとがせわしく行き交うなか、兵士たちが退屈気に戦車の上でのんべんだらりと横になっていた。

メーメト――だぶだぶの服を着て、大きな潤んだ犬のような眼をしている――は僕の手を両手で握り締め、息子を迎えでもしたようだった。熱帯地方へどうぞ！　というトルコ航空のポスターの下に僕らは腰を下ろした。「お茶！」と、彼が助手に命じると、助手はドアのところで指を二、三度鳴らしてお茶売りを呼び寄せた。

メーメトは僕に聞いた。「ドイツ人かね？　マルティーンの友達？」僕は二回頷こうかと思ったが、結局やはり、オランダから来たと言い、身を乗り出して、面倒な挨拶抜きに用件に入った。「アール・ダー用のビザを持っている。これを無駄にしたくない」

メーメトの頬ひげから扇状に伸びる深い皺がにんまりと笑いを刻み、白髪交じりの髪の毛を一層目立たせる。「メーメトにはトルコのスタンプなど関係ない」ときっぱりと言い切る。「あんたの友達だってそんなものは持っていない。彼に言ったのと同じ言葉をあんたにも繰り返そう、〈自由クルド国へようこそ！〉」

この歓迎に、僕は頭をぶん殴られる思いだった。五カ月もの間ビザの件で大騒ぎしたのは無駄だったというのか？　だがそんなことで悩んでもなんにもならない。さっさとその思いは捨てて、「すべて込み」の契約を二七〇ドルで結んだ（イリデスに払う筈だった料金の半額以下）。この金額に含まれているのは、アイゼンとひとり用テントのレンタル料、荷物運びのロバのレンタル料と、同行するふたりのガイドの賃金の分担金、それに道路の終点であり南ルートの出発点であるエリ村まで乗って行くトラックの運賃だ。こうして僕は――オーストリア人同様――プラハのアララト山友の会の遠征に相乗りすることになった。そのプラハの友人たちがドゥバヤズイットに到着する前に、もう闇の同行者がふたりも現れたというわけだ。

「これが今シーズン最後の登攀になるかもしれないな」と、メーメトはもう一度僕の手をしっかり握り締めながら言った。

イリデスに断りを入れると、彼女はとりたてて残念とも言わず僕の決断を受け入れた。そのあとマルティーンに誘われて、目抜き通りへ子羊のカツレツを食いに出た。

知り合ってからまだ一時間も経っていなかった。相手はひげをきれいに剃った、角ばった顎の持ち主で肌は日焼けしている。ひょっとして歯医者かなと思った。食後に彼がナプキンで口元を拭うのを見ると、両腕に時計をはめているではないか。どうしてまたふたつも？　と聞かずにはいられなかった。

「こいつは高度計さ」と一方を外してテーブルの上をこちらへ滑らせた。ここの高度は海抜一五九〇メートルと出ている。「いつも高度計なしではいられないなんて、アルプス住民に固有の特異性かもしれないいな」

出身はチロルのインスブルックだが、一年の大半を外国で過ごす。ローマ・カトリック教会の社会奉仕団体カリタス・インタナショナルの社会活動家で、いつも短期間、災害地域に派遣される。津波に襲われたスリランカについ最近までいたのだそうだ。

そのあと、ロシアでチェチェン難民のための飲料水プロジェクトの実施に当たっていた。この契約が終わって、次の地震なり火山の噴火なりが起こるのを待つ間、キャンピングカーに改造したフォード・トランジットでカフカスを横切って、アララト山に登ろうとやって来た。今朝ホテル・イスファハンに足を踏み入れたのは全くの偶然で、ロビーのテレビがCNNのニュースをやっていたもので、それを見ながらコーヒーを飲んでいたのだという。

イリデスがこんなことを言っていたぞ、ビザなしではとてもじゃないが遠くまで行けっこない。すぐ次の警察の検問所で引っかかるそうだ。

そう言う僕に、マルティーンは肩をすくめるだけだった。経験からすると、その類のことは大概なんとかなるもんだよ。「メーメトに五〇ドル余計に払ったんだ、僕の書類をきちんとする代金ということだな。それで問題はないと思うよ」。僕らはふたりともロシアの事情には通じていた。ロシアだとコニャック一本で法も規則もなんとかなるものだ。だが、なにしろここはＮＡＴＯ傘下の一国なんだから、軍隊はもう少し厳しいんじゃないか、規律もきちんとしていてさ、と僕は言うのだったが、それは単なる偏見かもしれない。

マルティーンが「さあどんなものかな」と、あっさり言うもので、警察に捕まる確率はどれぐらいかと頭を悩ます必要もなく、助かった。

アルプス育ちで、しかもカトリックの団体で仕事をしている人がなぜまたわざわざアララト山に登りに来たのか、大いに興味があった。

だが、その返事たるや、拍子抜けするほどあっけなかった。たまたま出向いたところで必ず山に登る。カフカス地方で一番有名なエリブルース山にもカズベク山にももう登ってしまったものでね。

物事を単純に見すえる彼の見方に対して、僕をここまで連れてきた疑問のなんと抽象的なことか。自然災害は神々の黄昏などではない。災害と聞いて彼が思うことはただひとつ、そこには助けを必要とする人びとがいるということだけだ。

「どこからとり掛かるか」の問題は、このオーストリア人の積極的な働きかけのおかげであっさりと解決できた。

僕の動機はなんだと尋ねられたので――曖昧な話は厄介なだけなので――ことの実際的な面をまず説明した。特派員時代の一九九九年にエレバンからアララト山を見て、それ以来機会あれば登ってみたいと思っていた。それでさてその段になったら、ふたりのアルメニア人地質学者の学術的な論争から生じたある具体的な要請を果たさなければならないことになってしまった。足を踏み入れることのできないアルメニア人に代わって、アルグリ渓谷へ行き、そこで写真を撮ってくるよう頼まれたのだ。渓谷の底に延びている砂礫の先端部分を確認するのが僕の任務なのだ。一方の専門家は、それは火山性のラハールに違いないと考えていて、もしそうであるならば、アララト山は活火山で、その危険度はセントヘレンズ山と同程度ということになる。他方、反対派は、それはここ数十年間に融けだした氷河のモレーンで、したがってこれは地球温暖化、世界的規模での海面上昇の何十番目かの兆候なのだと言う。「次の大洪水が起こるかもしれないということだ」と僕は付け加えた。

マルティーンはことの意外な成り行きの面白さを理解したようで、「そこまで車で行けるのかい？」と尋ねる。

地図を広げて見せて、アララト山をぐるりと半円を描くように回ってようやく辿り着くのだと説明した。果たしてそこまで行けるものやら、なんとも分からない。なにしろアルグリ渓谷は地図上では斜線部分、つまり外国人立ち入り禁止の「保安地帯」に入っているのだから。

マルティーンはそれぐらいのことで尻込みするような男ではなかった。明日朝ホテル・イスファハンに迎えに行ってやると言ってくれた。

彼のフォード・トランジットの内部は、トルコ人に見せれば、いかにも怪しげと言うだろう。備え付けのキッチン、テーブル、折りたたみ式ベッドまである。ところが外観は、オーストリア・ナンバーを除けばまるで目立たない。ドルムシュに使われているのがたいていは同じタイプのバンだからだ。どちらも同じように車体は白で、ボンネットだけに黒の保護カバーがついている。マルティーンも同じようなカバーをつけているものだから、隠れ蓑にはもってこいだ。

ドゥバャズイットの町を出外れてすぐのロータリーにある警察の検問所はなんなく通過できた。軍の駐屯地であるカラブラクの町近くにあった検問所では車輛はすべて止められていたが、実際にはなんの障碍にもならなかった。兵士のひとりがドアを開けて覗き込み、キッチンの戸棚のなかを引っ掻き回し、その間にもうひとりが車の書類を調べた。車のナンバーを控え、運転免許証の写真とドライバーの顔を見比べた。「目的地は？」

「オーストリアさ、最後はね」とマルティーンが答えると、それで十分。検問官は証明書を返してよこし、軍帽に指を当てて敬礼した。

舗装道路はコルハン台地へと登っている。どうやら沼地らしいこの放牧地が北西登攀ルートの出発点だ。山腹のどこかに、イリデスが雇った荷物運びのロバの列とそのあとに続くリトアニア人チームの姿がないかと探したが、誰ひとり、羊飼いさえいない。思ったより早くコルハン台地に着いた。地図には標高二一一〇メートルとある（マルティーンの高度計は二二〇一メートルを指している）。峠からは眼下はるかにアルメニアまで見通せるのではないかと期待していたのだが、その前にもう一度、地下壕と狙撃兵陣地のある尾根の鼻を回り込まなければならなかった。マルティーンの双眼鏡で覗くと、U字型の土壁の背後に装甲車輛まで見えた。アララト山は神聖な山なのかもしれないが、同時にまたNATOの巨大要塞でもあったのだ。

尾根を巻いて回り込むと、ルート九七五号はジグザグのカーブを描きながらアラ川へと下っていき、目の前に肥沃な川床が広がっていた。これがトルコとアルメニアの国境だ。上から眺めると、まるで地図帳で土地利用図を見ているようだ。暗緑色の方形は果樹園、明るい緑の部分は野菜畑に違いない。そして灰色や黄色に見えるものはすべて灌漑設備の外側にある。アラ川が、木の葉の繊維のように、緑色の帯となって流れている。

谷間が見るからに豊かな地であるのに対して、アララト山の石ころだらけの山腹はいかにも荒涼としている。この山は多く女性として詩に読まれてきたが、じつは不毛であることも知られていた。この山にはどこにも水が出ない。それはその胎内に「燃える舌のせいでいつも喉の乾いているドラゴン」が巣食っているからだ。五世紀にはすでに、アルメニアのヘロドトスの異名をもつ年代記作者モヴセス・ホレナツが、アララト山の無情さを嘆く歌を残している。「気高いマシス山で狩をしてみろ。たちまち妖怪が現れて、洞窟へ連れ去られるぞ」

アララト山に発する川はなく、だから定住には向いていない。唯一の例外がアルグリ渓谷の泉で、聖ヤコブ僧院の僧とアルメニア人村民はここで水を得ていたのだが、彼らは一八四〇年七月、自然の荒れ狂うなかで死を迎えた。この災害を最初に――一八四三年――調査した学者モーリッツ・ヴァーグナは、アララト山での慢性的な水不足に注目した。アルグリ渓谷を除くと、雪解け水や雨水はたちまち多孔性の岩石に吸収されてしまうことから、ヴァーグナは洞窟と地下水路が存在する筈だと考えた。彼の推論では、地下に浸透した水がアララト山のマグマだまりにまで達したのではないか。水と灼熱のマグマ（年代記にいう「燃える舌」）とが接した結果が火山爆発で、これがアルグリの村と僧院を破壊したのだろう。ところが、二年後の一八四五年、ヘルマン・アービッヒ教授が登場してくる。その少し前に亡くなったフリードリヒ・パロトの同僚であり友人でもあったこのドルパート大学教授は地球科学の泰斗で、アララト山の地図を作成した。元ドルパート大学学長に敬意を表して、彼は最大の氷河にパロトの名を冠し、やや小さめの氷河に自分自身の名前をつけた。ヘルマン・アービッヒはアルグリ渓谷内の洞窟から硫黄の蒸気が噴出したことを報告してはいるのだが、僧院と村を襲ったのは地震により惹起されたなんの変哲もない地すべりだというのが、彼の結論だった。彼は山崩れとも言っている。アララト山の岩壁が崩壊したのであって、火山活動とは無関係だという。その後一五〇年間、学界ではこの見解が定説となっていたのだが、二〇〇二年にいたって、アルカーディ・カラハニアンがヴァーグナの元の理論を蘇らせようとしているというわけだ。

かつてアルグリ村を埋没させた泥流層は、二十世紀の間に沈下し乾燥し、その上に今ではイスラム教徒のクルド人が定住するようになっていた。手持ちの地図ではイェニドアンと記載されたその集落をめざして、僕らは車を走らせた。

谷あいのトマトとナスの畑の間をアラ川の南岸に沿って進んだ。果物や野菜を積んだ車を牽くトラクターがしきりに行き交うので、これを右に左にとかわしながら走る。おまけに道そのものも蛇行している。ポプラ並木のそこここに監視哨や先の尖った金網の柵が現れる、柵には数メートルおきに監視灯が据え付けられている。

つい先ごろ僕があの向こう側にいたのがおよそ夢のなかの話だったように思えてくる。直線距離にしてここから一五キロメートルの向こうに立つエチミアジンの僧院が、まるで手の届かない別の惑星にでもあるかのようだ。同じようにすぐ近くで、アルカーディもエレバンのあのスターリン様式のアカデミーのビルのなかで論文を書いている。それなのに、あそこのあの淡緑色に塗られた壁が僕らの間を分け、かたやドルムシュ、かたやマルシュルートキがあそこで互いに撥ね返っている。ここでふたつの世界がしのぎを削っている、地表でも（国境封鎖、軍備というかたちで）また地中深くでも（ユーラシアプレートとアラビアプレートとのぶつかり合い）。

鉄のカーテンの名残と平行するこのあたりで、警察の検問所の密度はほかのどこよりも高かった。それでも僕らのバンはすいすいと走り抜け、兵営の角でイェニドアンに通じる砂利道に入り込んだときも止められなかった。警察の車が後を追って来はしないかと後ろを振り向くが、見えるのは砂埃ばかりだ。「見ろよ!」とマルティーンが前方を指しながら言う。大アララト山がすっぽり額縁にはまったようにフロントガラスいっぱいに見える。中央にアルグリ渓谷の漏斗状のくぼみがある。それが唯一の切れ込みで、その深みに向かって暗い影が落ち込んでいる。上の頂上付近では透き通った綿毛が水平に輝いている。五千メートルの高度で吹き荒れる突風に巻き上げられた粉雪だ。

フォード・トランジットはうなり声を上げながら斜面を登っていく。高く登れば登るほど僕の興奮は高まっていく。感覚器官のすべてが研ぎ澄まされているのを感じる。左手の深い谷間の向うに三角形の岩が見える。あれが方舟探しの連中の間でエンジェル・ロックと呼ばれている岩だ。ジム・アーウィンは、そこに石化した方舟の船首が見えたと言って、一九八〇年代にもう一度岩をよじ登ったものだ。

有り難いことに、今はアララト山の地質のことだけを考えていればいい。神話は無視できる。僕が撮ろうとしている写真は事実の究明に役立つもので、ひょっとすると『ジャーナル・オブ・ヴォルカノロジー・アンド・ジオサーマル・リサーチ』に載るかもしれない。学術論文は現実を弄んだり、あるいはまた現実から逃れようとしたりしないが故に、伝説より価値があるのかと思えてきた。逆に言うと、なにを求めてアララト山に登るかと考えたとき、渓谷の底に横たわる砂礫の由来というような手で触って確かめることのできるもの、それこそがなににもまして意味があるのだと突然僕はそう思った。

ラハールかそれともモレーンか、谷底の形態が重要なヒントになるかもしれない。出発前に、アムステルダムの酒場でサレ・クローネンベルフから、なにに注意すべきか教示を受けた。僕に昔、地質学の講義をしてくれた先生は、テーブルを二台くっつけて、ワイングラスを傾けながら、砂礫の先端がどういう性質のものであり得るか説明してくれた。

「ラハールとはだな」と、彼は聴講生が僕ひとりの講義を始めた。「本来、火山性なのだ」。マレー語起原のこの言葉は、インドネシアのメラピ山の噴火以来火山学者の間で定着した。ラハールが生じるのは、水とマグマとの接触により爆発的な反応が起こり、ガラス粒子が形成される場合であり、これにより噴火が誘発されることもある。ラハールが灼熱していることも稀ではない。

ハイネックのセーター姿のサレは、打ち紐に繋がった老眼鏡をぶらぶらさせながら聞く。「近くに熱源はあるのか?」

僕が知っているわけがない。

それは調べておかないといけないぞ。それに雪線の後退とその速度にも注意する必要がある、とサレが言う。それは融けだした氷河の削摩の痕跡から読み取ることができる。サレ自身カフカスでその顕著な実例を観察したことがある。巨大な氷河がここ数年で後退して、第二次世界大戦中にクレバスに落ちたドイツ国防軍兵士の死体が何体も出てきたのだそうだ。

サレがこのテーマを取り上げるとはどういうことだ。地球温暖化が破局的な規模のものとなることはないと権威をもって宣言する人がいるとすれば、それはサレ・クローネンベルフその人ではなかったか。彼は、温室効果はそれほどひどいものではないとの見解を公にしていて、これに学者としての信望を賭けている。彼は、講義でも著作でも、地球上の平均気温の上昇は明らかに自然変動の範囲内に留まっていることを提示しようと試みている。二酸化炭素とメタンの排出量の増加、つまり人的影響は、長期的に見ると、無視し得ることが明らかになるであろう、というのだ。サレはこうして文化悲観論に反対し、災いを予言する者たちの足元を掬う立場に立っている。地球は人間により惹き起こされた破局に向かって進んでいると考える者は、彼に言わせれば、あまりにも近視眼的だ。僕が読ませてもらった例の本の原稿で、この不十分さの原因を探し求めている。人間は本能的に尻込みしてしまい、地質学上の時間の底知れぬ深淵を覗き込むことができないのだ。

この言葉を読んだとき、僕は、彼もまた最も奥底にある考察から逃げていると思った。

だが、サレの狙いは別のところにあった。彼は読者にまず何歩か後ろに下がってみろと求める。大きなキャンバスで絵を描いている画家の身になってみれば、氷河期の到来と終末というような長い周期も見えてくる。人間の尺度を捨て、自然の尺度でものを見るだけの勇気をもてば、現在われわれが体験している海面の上昇がおよそ異常なことではないことが分かるではないかという。僕の口からはすぐに「うん、だけどさあ」が出てくる。実際、彼にこう尋ねた。「そうだとして、これからの世代はどうなるのかなあ」。サレは平然と僕の反抗を聞き流して言った。数世代なんて時間はまるで問題にならないのだ。

百万年単位でものを見る見方をとると、人間の存在などおよそ意味がないように思えてくる。人間などホタル程度のもので、全人類の狂乱なども宇宙的尺度では測定可能なさざなみにも及ばない。人間は、小惑星の衝突に備えて地球上の生命の種をスピッツベルゲン島の地下の冷凍遺伝子バンクか、またはNASAが考えたように月面での冷凍方舟（冷凍動物園）などで確保することができるかもしれない。だがそんなことをしてなんになるのか？

ひょっとすると、ヒトは自らの手で地球上の生命を絶滅させてしまうかもしれない。だがそうなったからといって、誰がそれを嘆くというのだ。

そのような考え方は人間の存在から輝きを奪うものであるかもしれないし、人生に期待を寄せている人からすると、耐え難いのかもしれない。なんの反響も戻ってこない底知れぬ深みを覗き見ると、虚無のあまり身の震える思いに捉われるのだが、そこにはまた英雄的ななにかがあったりもする。ただそこにいる、それだけでいいじゃあないか、どうせ宇宙の力は圧倒的なんだから。僕がこの陰気な考えを際限なく追い続けられるという事実は、僕にとっては落下傘、つまりセーフティネットなのだ。コクピットに座る飛行士の眼で見ることを、サレはトレードマークにした。日常の現実の皿の縁を越えて見ることができれば、確かに新たな認識を得ることができる。大洪水についても。

サレは、彼なりに（彼独自の理論で）大洪水をめぐる地質学上の議論に介入した。それは一〇年前にふたりのアメリカ人海洋学者が提起した仮説に端を発している。一九九六年、「ノアの大洪水」と題するBBCのドキュメンタリー映画で、ウイリアム・ライアンとウォルタ・ピットは聖書と自然科学との整合性を証明しようという試みに挑戦した。焦点はほかでもない大洪水、十九世紀に地質学と聖書とが縁を切ることになったあの説話にあった。彼らの大洪水論の土台となったのは、ボスポラス海峡が紀元前五六〇〇年頃に突然出現したに相違ないとの発見だった。現在のイスタンブル付近でマルマラ海が怒濤のように荒れ狂い、溢れ出した水は低い陸地に向かって押し寄せたとの想定だ。ライアンとピットの算定では、ナイアガラ滝二百本分の大量の水が流れ落ち、それまで淡水だった黒海は短期間のうちに海水で満たされた。黒海沿岸の集落をおしなべて襲ったこの洪水こそが、彼らの見解によれば、ギルガメシュ叙事詩そして聖書とコーランまたオウィディウス著『転身物語』の描くあの恐るべき大氾濫に違いないという。

「ヌーフはトルコ人だったのだ!」と、トルコの日刊紙『ヂムホウリエト〈共和国〉』は大喜びした。「結構な話だが、本当ではない」とサレ・クローネンベルフは判定を下す。ボスポラス理論を覆す新たな証拠が出たのだそうだ。海峡は急激に成立したわけではないし、ナイアガラ滝うんぬんというのもあり得ない。

僕には、なんといってもジョージ・スミスの説が一番合理的のように思えると言った。つまりユーフラテス川とティグリス川とが同時に氾濫してこの伝説的な洪水となったのだとの説だ。大洪水伝説の発祥の地をペルシャ湾沿岸イラク南部の湿地帯以外に求めようとする者がいようとは思えない。

ところが、サレはそのひとりだった。大洪水を説明する際にも視野を広げなければならないと、サレは言う。そうすると、さまざまな大陸の非常に多くの民族が大洪水伝説をもっていることが知れる。バルト人、ケルト人さらにアラスカからフエゴ島までのアメリカ大陸先住民の諸族〈その数たるや、大雑把に見積もっても数百にものぼる）。それらの伝説のすべてを南イラクに起因するとするには無理がある。

「じゃあ、先生は全世界に及ぶ大洪水があったとおもうんですか？」

「必ずしもそういうわけではないのだが、ひょっとすると、これらすべての大洪水伝説を説明するグローバルな全般的な洪水があったのかもしれないとは思う」。今のところ唯一考えられるのは、最後の氷河期の終わり、つまり一万年ほど前に、陸地の大量の氷が融け出し、それに伴って海面が百メートル以上上昇した現象だ。

僕はワインを注ぎ足した。

「この説明に難のあることは認める。だがアララト山になにかを求める者がなにも分かっておらんことだけは確かだ。伝道者の話に鼻面を引っ張りまわされておるにすぎん」

干草作りの時期だった。今年最後に刈り取った草が積み上げられていて、シャツの裾を垂らした男たちの手でトラックに積み込まれている。運転台がほとんど見えないほど高く干草を積んだトラックが、よろよろと向かってくる。窓からは草の種の重ったるい匂いが漂ってくる。見ると、イェニドアンの放牧地は明らかに谷の入り口で扇状に広がっている。とすると、僕らはいま、一八四〇年にアルグリ村を住民ごと呑み込んだあの恐ろしい泥流層の上に立っているということになる。

あたりにはそこここに岩が放置されたように転がっていて、まるで荒れ果てた墓地に棺が横たわっているかに見える。あの岩はアララト山の火口から噴き飛ばされてきたのだろうか。それとも雪崩によって運ばれてきたのだろうか、そこはなんとも言えないことは十分に承知していた。

写真を撮ろうと車を降りたとき、ふと上方の崖の上にいろいろな形をしたアンテナがグレーの塊になって立っているのに気がついた。グローブから双眼鏡を取り出して見たマルティーンが、あの細い金属製の棒はＮＡＴＯの盗聴用アンテナだそうだ。「きっと僕らの話をもうすっかり録音済みだぜ」と彼は言う。

ぐずぐずしていてはまずい、すぐにここから離れたほうがいいと思った。イェニドアンの子どもたちが犬ころのように飛び出してきて、しばらく車と一緒に走る。集落を通り過ぎる。家は自然石とコンクリートでできていて、きれいに塗装した家も少なくない。どの家も平たい屋根の上に貯水タンクを載せている。ほかにはユーカリの木と柱の上に車輪のリムを置いたコウノトリの巣がある。土を踏み固めた広場にミナレットのある村のモスクが建ち、その屋根はトルコ帽に似ていた。

集落の一番高いところにある家は、ちょうど漏斗のくびれに当たる場所に建っていて、そこからは道は手押し車のわだちに変わり、二度三度とヘアピンカーブを描いて西に向かって谷間から出て行っている。僕らはアルグリ渓谷をさらに奥まで進みたかったので、フォード・トランジットをそこに止め、ゴボゴボと音を立てる水路に沿って川上に向かって歩き始めた。誰にも声をかけなかったし、話しかけてくる者もいなかった。

初めの一五分は、周囲にバラの茨の植わった半ば崩れかけただんだん畑を進んだ。草むらからバッタが飛び出してくる。なかには腰の高さまで飛び上がるのもいる。サレ・クローネンベルフが歩一歩と僕らの肩越しに見守っているような気がした。彼は、僕がフィールドワークで果たさなければならない課題を本気になって指導しようと意気込んで、わざわざグーグルアースの写真をメールで送ってくれた。それを二度の停電の合間を掻い潜って、メーメトの事務所でどうやらプリントアウトすることができたのだった。というわけで、僕のポケットには衛星写真が収まっていて、それを見ると、イェニドアンの区画された畑の上方三キロメートルのところにラハールあるいはモレーンの先端があることが分かった。

傾斜が増し、足元が崩れやすくなる一方の谷を詰めていくと、ついに表面が滑らかに削られた一枚岩に行く手を阻まれた。そのすぐ下の草付きでは羊が数頭ずつかたまりながら、なにか議論でもするように頭をつき合わせている。水の取り入れ口が壁で補強してある。濡れて光る岩の背後は、土地を農業に利用しようという試みの痕跡がまるでない。その理由はしばらく観察してみて分かった。谷の両側の岩だらけの崖がひどく不安定なのだ。例の砂礫の先端まで残るところはもういくらもない、せいぜい一キロメートルほどなのだが、一分おきぐらいに落石の音が響く。すぐに収まるのだが、その度にこちらは肝を冷やす。時には岩が砂埃とともに斜面を転がり落ちるのが見えたりもする。マルティーンの高度計は二四四六メートルを指している。アルプスでの経験から言って、この谷をこのまま詰めていくのは危険すぎると、彼は僕の先に立って、西側斜面をジグザグを切りながら登りはじめた。三〇分後息を切らして、吹きっ曝しの尾根に出た。高度は二七〇四メートル。

背後というより足元を振り返ると、アルグリ渓谷の全容を見渡すことができ、砂礫の先端が円錐形を半分に割ったようになっているのが見えた。その先の上方にはアービッヒ氷河の灰色の氷塊もうかがうことができた。僕は写真を撮った。広角レンズで位置と形態をカメラに収め、さらに一二〇ミリ望遠レンズでその構成を記録した。ラハールだかモレーンだかは、モグラが掘り上げた土くれのように、雨風に曝されてぼろぼろに見えた。

尾根をさらに上へと辿り、沢筋に降りられるところはないか探した。しかしどこも崖が崩れやすかったり、傾斜が急すぎたりして、どうにもならない。昼過ぎ、雪線付近に雲が湧いてアービッヒ氷河を視界から閉ざしたので、これではもうあきらめるほかないと悟った。これ以上近づくことはできないと分かったので、ここで写真をもう二、三枚撮った。風にズボンのすそがはためくままに見下ろした僕は、ノアが生贄を捧げた祭壇の岩を思い出していた。そのような岩が本当にあったとしたら、その岩は聖ヤコブ僧院の崩壊した建物とともにあの砂礫の下深く埋もれているに違いなかった。

別のルートから帰ることにして、アルグリ渓谷を外れて、羊の獣道を頼りに斜面を下った。そしてアララト山の頂上を覆う雲の屋根から出外れたとたん、まるで蜃気楼のように水平線まで続いて広がるアルメニア全土の半分ほどが目に入った。どこかのスタジアムの屋根の上にでもいる思いだった。足下のアリーナでは、エレバンの高層ビルが日の光に照り映えている。民族絶滅記念碑の先端の割れたオベリスクも、その向かい側の丘に立つ母なるアルメニア像も、また空港のミニチュア火山も肉眼で見ることができる。さらに西に眼をやった僕は、今は雪の消えたアラガッツ山の麓に、アルメニア唯一の原子力発電所の四基の冷却塔が威風堂々と聳えるのを目にしたのだった。

さて降り続けようとしたところ、突然足止めされてしまった。二頭の犬が同時に吼えかかったのだ。一頭は黒で、ブルドッグとベルギーシェパードのミックスらしい。薄黄色のもう一頭のほうが痩せているが獰猛で、僕らめがけて突進して来る。石を拾い上げたマルティーンが言う。「知らん顔で行くんだ。犬というのはある距離以内には近寄って来ないもんだ。狂犬病ならべつだがな」。

おいおい、それじゃあ、安心していいものやらどうか分からないな。だが、狂犬病かどうか試す前に、羊飼いの子どもたちが、続いて大人がひとり現れた。彼が命令すると犬は頭を地面につけて這いつくばった。僕らは両手を上げて挨拶した（見ようによっては降参の印ととられたかもしれない）。近付いてみると、そこは草地の窪地で、クルド人の羊飼い家族たちの夏のテント場がひっそりとあった。僕らは、否応なしに風の当たらないたまり場にある粘土製の窯のかたわらに連れて行かれた。長靴を履いた男はシュレイマンと名乗り、その家族全員が地べたに絨毯を敷いて腰を下ろし、女性は子どもも含め総出で食事の用意を始めた。十本以上ものポールで支えられたテントからヨーグルト、乾しぶどうに乾し杏、甘いお茶が次々に運ばれる。焼きたてのパンが竈《かまど》から直接手渡される。竈は地中に掘られたドラム状の孔で、その底では乾燥した牛の糞が燃えている。ふたりの女性がうずくまって、平たくした生地を竈の中の壁に貼り付け、しばらくして取り出すとぱりっとしたパンの焼きあがりだ。

「食べろ！　食べろ！」と片言の英語を交えつつ、差し出してくれる。男たち全員が腰をおろし、パンをちぎりヨーグルトに浸して食べる。会話らしきものが始まる。最初は食い物の味、次が子ども、そして動物が話題に上る。

英語、ドイツ語、トルコ語、それぞれひと握りの単語でお互いやりくりをつける。

集まったなかのひとりが白いフォード・トランジットを見たと言い、そう、あれで来たのだと答える。

コートをケープのように肩に乗せたシュレイマンが、若い男を介して説明するところでは、あのまま進めば彼のテント場に出たはずだという。僕のノートから破り取った紙にイェニドアンとシュレイマンのテント場とを結ぶジグザグの道が描かれる。フォードを止めた場所に×印をつけ、ヘアピンカーブを描く。ふと何気なしにこのカーブのことをオランダではヘアピンカーブと呼ぶんだよと、ぎこちなく説明する。僕の周りをうろついていた女の子の髪についていたヘアクリップを指さすと、女性陣はどっと沸いて大喜びする。でも誰も意味を分かってくれない。するとそのうち地図を描いていた男が僕が描いたヘアピンカーブの横に蹄鉄を描いて、クルド語でなにか言う。どうやら言いたいことは分かった。「クルド語では蹄鉄カーブと言うんだ」。

頭にスカーフを巻いた若い女性がコーラトゥルカを二本持ってきて、睫を伏せながら僕らの前のテーブルに置く。なにかお返しを、と思うのだが、なにかあったかな？　僕が担いできたリュックサックには、カメラ、日焼け止めクリーム、雨合羽、それに筆記用具しかない。あった！　予備の鉛筆が一二本。シュレイマンの子どもたちに一本ずつ、ちょうどぴったりだった。それから長老に写真を撮らせてもらっていいかとお伺いをたてると、彼は大きく腕を回してなんでも、誰でも撮っていいよと許してくれた。結果、炊事場から、羊の群れを夜に駆り集めるコラールまで、そしてついでに牛の糞を乾かす天日場や家畜の水場まで案内付きで連れまわされる羽目になった。トラクターに繋がれた車に貯水タンクが据え付けられているのを発見した。なかなか近代的ではないかと感心して、そのプラスチックの容器をこつこつと叩いてみた。そうだ、そうだと思いいれたっぷりに皆が頷き、身振り手振りで明かしてくれた。今日この車でイェニドアンまで水を汲みに行き、帰りに僕らの車とすれ違ったのだと。

会話と言えば言えなくもないやりとりが水と水不足をめぐって交わされた。アルグリ渓谷の水場は涸れることが間々あるのだそうだ。以前はもうひとつ別の泉があったという。かつては水を蓄えていた場所に案内されたと思ったのだが、僕らの誤解だったのかもしれない。連れて行かれたのは貯水タンクではなくて、サイロのような粘土の小屋だった。

「ブズ」と一人が試すように言った。そこに「ブズ」を入れておいたのだ。「トルコ語でブズ」。

「氷だ!」とマルティーンが叫んだ。彼が真っ先に合点した。この小屋は今は使われなくなった氷室なのだ。

とするとその氷はいったいどこから来たのか知りたくなる。マルティーンが上を指差すと、羊飼いたちは、いや、アルグリ渓谷だと下を指す。僕のノートを助けに使い、谷の輪郭が紙面に現れる。さっきと同じ書き手が灌漑用水路の線を引く。例の岩のそばの取り入れ口から、線は上へと延びて、明らかにあのラハールないしモレーンの円錐形の先端に至る。そして彼はそこに「ブズ・ダー」と書く。氷の山だ!

だが、これはどういうことなのだ。ラハールないしモレーンは成分は氷なのか。考えられることはただひとつ、アービッヒ氷河がまだ生きていて、砂礫層に埋もれていただけだったのか。となると、あれはラハールでもモレーンでもなく、両方の理論が破綻するということか。

だが、スケッチはまだ完成していなかった。建築現場の看板にみられるような人の姿が付け加えられる。男が円錐形の瓦礫でつるはしを振るっている。砕けた破片があたりに散らばり、そこにしっかりと、まぎれようもなく何本も斜線が引かれる。「ブズ　氷だ」との説明が加わる。どうも話がまた違ってくるようだ。それは明らかに凍結した氷ではなく、砕けた氷の塊らしい。最初はまだ本当にばらばらの氷の塊だったのか怪しいと思ったのだが、どうやら間違いはなさそうだ。男たちは仰々しく腕を振り回しながら、トラクターかそれ以上の大きさの塊だと言い立てる。つまり氷河の氷の欠片を掘り出していたのだ。モレーン説はこれでお終いだなと思った。アービッヒ氷河が途方もない自然の力によって爆発したに違いない。アララト山の噴火という下からの圧力によって。一八四〇年、泥流と氷の塊と火山灰から成るラハールが吐き出され、四キロメートルにわたり流れ落ちたのだ。それ以外にはあり得ない。

説明はさらに続いた。その穴で氷の塊を掘り出し、馬に乗せて氷室まで運んだのだという。「それで今はもうやらないんだね?」。僕は勝手にそう結論をつけて、氷室を指さす。馬に代わって機械が登場する進歩のおかげで氷を運ぶ必要もなくなったのだろう、そう思ったところが、これがまた違っていた。話はまだ終わっていなかったし、僕らはまだ半分しか分かっていなかったのだ。氷の塊は年とともに次第に小さくなり、最後にはとうとう融けてなくなってしまった。今では、いくら頑張って掘ろうが、ブズダーはもう涸れてしまったのだと、男たちは身振り手振りで、そう語った。

僕は乾いたきれいな山の空気を煙草の煙のように胸いっぱい吸い込んだ。奇妙な具合に、ラハールには将来の海面上昇の可能性を示唆する事実も隠されていたというわけだ。なにか見逃したことがあるかもしれないし、まるで見当違いのことを考えているのかもしれないが、それでも僕は、この瞬間、ここ、クルド人羊飼いシュレイマンのテント場で、アララト山をめぐる地質学の一部なりと究明できたと信じた。

窯の傍の絨毯に戻って愕然とした。新しい皿が、今度は羊肉にライスを添えて運ばれてきたのだ。シュレイマンは一番柔らかそうなところを切って、ナイフの先でよそってくれた。

食事の間、質問責めにあい、いろいろなことを言われた。あんたらはなにも水を探しに来たわけじゃあるまい。方舟を探しているんだろう。ごまかそうとしても無駄だよ（ヌーフがキーワードになった）。方舟を探しているわけじゃあない、方舟探しを探しているんだと分かってもらえる可能性はゼロだった。このニュアンスの違いは説明できない。たとえ言葉が十分に使えたとしても、十把ひとからげに方舟探し扱いされたに違いなかった。

そう、僕らは方舟探しで、可哀そうな奴ら、それで決まり。スケッチの得意な例の男が、一座の者が嬉しそうにざわめくなかで、僕らがまるで見当違いのところに来てしまったのだと解き明かそうとした。このアール・ダーじゃなくて、クーディ・ダーへ行かなくちゃあ。

またまた彼は地図を描こうとしたのだが、いや、その必要はない。クーディ・ダーならどこにあるか、僕は知っているぞと明かした。

それでみんな大笑い、互いに肩を叩き合った。

雰囲気はこうだった。数百キロメートルばかり目的地から外れたからといって、どうということはないさ、誰だって間違えることはあるものね。

第十二章　きっと息子さんができますよ

僕の洗礼証明書に活字体で書かれた文は金属板に彫られた字のようにも見える、「御名は彼らの額に印されるであろう」

親は、厚紙でできたこの証明書を僕らの学校の成績表、スイミングクラブのバッジ、交通安全教室修了証と一緒に引き出しに大切に仕舞ってくれている。母に僕の洗礼証明書を送ってくれるよう頼んだら、書留で送ってくれた。

手をきれいに洗ってから、証明書をそっと封筒から取り出した。これまで見た覚えがない。表には羽を広げた鳩、飾り気のない十字架、それにイエスを象徴する波間の魚が描かれている。レストランのメニュのように、開くと立てることもできる。

聖なる洗礼を受けた者　フランク・マルティーン・ヴェスターマン

（万年筆の手書きだ）

一九六五年一月二四日日曜日
牧師　アルケマ師
エメン・ネーデルラント改革派教会にて
洗礼の言葉　イザヤ書四三　一〜二

これを見たときの僕の第一印象は、これは、僕自身がちょうどその終わりを見届けつつある時代の名残の珍品だというものだった。僕の世代で子どもに洗礼を受けさせた知人友人はひとりもいない。それでも洗礼証明書を両親の手元に残しておきたくなかった。母はきっと自分で保管しておきたかったに違いない。母は洗礼がいつかは僕を救う、現世でなくても来世では必ずと確信していることだろう。それでも母はあれこれ言わずにこれを送り届けてくれた。洗礼礼拝の典礼も一緒に入っていた。その夜お礼の電話をかけた。母は牧師のひとりのお別れ説教の話をした。牧師たちはいい機会とばかり教会の入り口に仮の舞台を作り、アドヴェント教会の信者一同を招待した。「ひとりがそれぞれ仲間を連れてくること」。そして子どもたちは子どもたちだけの礼拝に蝶々やコガネムシ、カタツムリの格好で現れた。なかにはオスメスのペアもいた。

「どうしてだれも魚の扮装をしなかったのかね?」と、牧師は説教檀から尋ねたのだそうだ。

今でもまだそんなことをやっているのか。僕はもう自分の額に主の御名を感じたりはしない。とは言うものの、イザヤ書四三・一‐二を開いたとき、思わず知らず身の引き締まる感があった。

四三・一……わたしはあなたの名を呼んだ。あなたはわたしのものだ。四三・二　あなたが水の中を過ぎるとき、わたしはあなたと共におる。川の中を過ぎるとき、水はあなたの上にあふれることがない。

これはこれは。そのものずばりではないか。僕は直ちに理性を動員してなんとか踏みとどまった。これは別に摂理などではない。イル川で僕が溺死しなかったのは、本当にただの偶然でしかない。論理的に考えてみれば、このイザヤ書四三・一～二は洗礼にしばしば使われる文だ。洗礼盤の上で聖書のこの一節を唱えてもらった子ども全員が川から救い上げられたわけではあるまい。また逆に言えば、タイタニック号で溺死した人の大半はやはり洗礼を受けていたに違いない。アララト山関係の書類を荷づくりしたとき、洗礼証明書は脇においた。これを持っていく必要はない。

イェニドアンに戻ったマルティーンと僕は、フォード・トランジットの横の壁に腰を下ろしているリュックサック姿のふたりの男に出くわした。これぞまさしく正真正銘の方舟探しだ。

「彼らもアルグリ渓谷から来たんだな」と僕はマルティーンに言った。アメリカ人の方舟探しと台湾から来たバプテストの一団が目下、山のあちことをうろつき回っていると、メーメトから聞いていた。

近付いてみると彼らはブロンドではなくて白髪頭だった。それにアジア人風でもない。アメリカの執念深い福音主義者に違いない。毎年毎年やって来ては当てずっぽうにアララト山中探し回る、ビルとかディックとかジョンとかいう元教員の年金暮らしの男性で、女性はいない。

ふたりは両手を挙げて僕らに挨拶し、ローラーにかけられでもしたような間延びしたアクセントの、聞き取りにくい口調で「ゴッド・ブレス・ユー」と言った。

きこりの着るシャツをまとったこのふたりがアメリカ人であるわけがない。訛から察して、僕は試しにロシア語で挨拶し、同乗したいのか？　と付け加えた。

年取ったほうの、イーゴリと名乗った男は長老風の髭を蓄えていて、「君らは神の使いじゃ」とやはりロシア語で答えた。

科学的無神論の国で生まれ育った方舟探しだったのだ。ロシア人だ。九〇年前アララト山での方舟探索の尖兵を務めたロシア人は、これまで心ならずもアメリカ人にその場を譲っていた。いま彼らが再び登場してきたというのか。

「昨夜心をこめて神にお祈りを捧げたのじゃ。神は祈りをお聞き届けになった」とイーゴリが語る。

マルティーンがキッチンの脇でふたりがリュックサックに腰を下ろせるようにした。午後五時で、日中の気だるい暖かさはどこかへ消えていた。僕は背もたれに半身になって座り、通訳兼話し相手を務めることになった。

聞いてみると、イーゴリはモスクワのダニロフ僧院の僧で、同行のヴォロージャ、六〇代の扁平な、皺の深い顔の男は登山ガイドなのだそうだ。

汚れた衣服と青い目以外にふたりの間に共通性はほとんどない。

僕はその僧院の近所に五年間住んでいたことがある。

「近所というと、どこかね」とイーゴリが聞く。

「地下鉄のプロレタリアスカヤ駅のそば、バイオレット色の線ですよ」

村の子どもたちの歓声のなか、バンが方向を転じてイェニドアンを離れる。

「わしの僧院はトゥルスカヤのそば、グレーの線じゃよ」と僧が答える。

僕が、この出会いは偶然もいいところですねと言うと、イーゴリは眼を輝かせて、叱るような口調で言葉を返した。「偶然などというものはないのじゃよ、君」

僕は同感の思いもこめて、気持ちよく笑った。アララト山でロシア人に会おうとは思ってもみなかった。僕はどちらかと言えば、アメリカ人よりロシア人のほうが好きだ。郷愁もひと役買っているのかもしれない。地下鉄の駅の話ができるというだけで、そこはかとなく親近感が湧いてくる。モスクワっ子には地下鉄の駅が街歩きの際のビーコンなのだ。

ガイドのヴォロージャが膝の間に抱え込んでいたペットボトルを僕らに差し出した。「飲んでください。アルグリ渓谷の水ですよ」。

「聖なる水じゃよ」とイーゴリが注釈を加える。

彼らはアララト山唯一の水場で水を取って来たのだ。渓谷の地理にも通じている。首に打ち紐でぶら下げている革袋の中から、ヴォロージャはロシアの古い地図を取り出して見せた。なんと聖ヤコブ僧院のあった箇所に十字の印まで付けてある。

五日間も彼らは雪崩の危険を冒して、アルグリ渓谷のいわば喉元でビバークしたのだそうだ。しかもそれを毎年続けて今年で三年目だという。

彼らはいったいプロプースク（通行許可証）つまりアララト山登山のためのビザは持っているのだろうか。

「わしらがビザだと?」。ヴォロージャは擦り切れた山靴と使い古したリュックサックを指さして、吐き捨てた。誰が一文無しを構ったりするものかね。逮捕されたことは一度もない。そういう目に遭うのはアメリカ人に決まっておろうが。「去年もそうだった。ほら、テレビカメラを持ったあのアメリカ人、ありゃ、なんといったかなあ?」と、イーゴリのシャツの袖口を引っ張る。そうだ、ロンとかロイとかいう名前だったな。ヴォロージャに言わせれば、毎年アメリカ人は財布の底をはたいて身代金を払い、釈放してもらうのだそうだ。

「あんたはそんな目には遭わないよな、イーゴリ、そうだろ? トルコ人もよく知ってるさ。ロシア人僧侶なんか捕まえたところで一文にもならないからな」。

「わしのこの旅行は信者の方々の喜捨のおかげじゃ」とイーゴリはきっぱりとした口調で言う。そう言えば、物乞い同然の姿になにがしかの威厳が加わるとでも思っているのか。「神はかれらの寛大さを善しとなさることじゃろうて」。

アラ川沿いの道に出て、車は方向を西に転じた。マルティーンと僕は同時に日よけシェードを下ろした。低くなった太陽がちょうど沈み込もうとする地平線上の点に向かって僕らは進んだ。「あんたたち、どこへ行きたいんだね」とマルティーンが尋ねる。ロシア人たちは、日の沈む前に、ドゥバヤズイットを出外れてすぐのところにあるキャンプ・ムラトに着きたいものだという。

これまためったにない偶然の一致と言いたいところだ。マルティーンがフォードを止めて宿泊しているのも同じキャンプ場なのだ。だがじつは、十七世紀建立のイサーク・パシャ宮殿の壁のすぐ下にある杏果実園にあるこのキャンプ・ムラトが彼らのめざす目的地というのには、分かり易い理由があった。ここは低額予算のアララト山遠征チームの大半がベースキャンプを設ける場所だったのだ。しかもすぐ隣にはレストラン・ムラトがあり、マルティーンの話では、ベリダンスが見られることもあるという。

がたがたの砂利道を出外れるのを待って、すぐにイーゴリに尋ねてみた。宗教に反対のソビエト時代から信者だったのか。

僧は、演壇に立って講演を始めようとする人が上着のボタンをはめるように、まずひげをしごいた。一九七〇年まで共産主義を信じていた。一三歳の年に同志スターリンが亡くなったときには、彼も悲しくて悲しくて泣きじゃくったものだ。工業高校に入って真っ先にコムソモール（共産主義青年同盟）青年作業班に加わった。「志願してシベリアのノヴォクスネスクへ行って働いた」。カーブにさしかかり、イーゴリはシンクの縁にしがみつく。「当時、町はまだスターリンスクと呼ばれていた。そこにはすでに高炉が一基稼動していて、わしらはその隣に圧延工場を建設した」

子どもの頃に洗礼は受けてはいないだろうと思ったら、違っていた。大祖国戦争当時スターリンはロシア正教教会にある程度活動の自由を与えた時期がある。一九四二年、母親が彼を地下鉄バウマンスカヤ駅近くの角を曲がったあたりにある小さな教会の司祭の元に連れて行ったのだ。家では宗教が話題に上ったことはなかった。「三〇歳になって、もう一度この教会の中に入ってみた。そこで初めてわしは跪いた。これで人生が変わったのじゃ」

その後帰依が具体的にどうすすんだのか、話してはもらえなかったが、以来彼はひげをのばし、八〇年代半ばにダニロフ僧院に入ったのだという。

ダニロフ僧院といえば、そこが総主教の座であることを僕は知っていた。ふと気が付いて、イーゴリはロシア正教を代表して、使者として方舟探しに出たのではないかと尋ねると、重々しく頷いた。そうじゃ、その通り。わしは総主教聖下の祝福を受けてこの仕事に従事しているのじゃ。

聖職者となった彼は、一九一七年ボリシェヴィキが乱暴にも断ち切ってしまった数々の古い伝統を調べてみた。そのひとつがノアの方舟探索の事業だった。一九一六年夏、ニコライ二世の命で実施されたアララト山大遠征はまさにその頂点をなすものだった。一五〇名の工兵隊員が当時、火口湖の氷に半ば埋もれた方舟を発見し、中に入ったのだ。

「一五〇名全員じゃあないさ」とヴォロージャが口を挟む。

「いや、そうだとも……」

「そんな大部隊がそんなに高いところまで行けるわけがない。いいかね、工兵隊はまずベースキャンプを設営して、そこから数人で登攀したんだよ」

イーゴリは、一五〇人全員が「神のご加護のもと」船内に入ったのだと言い張ってやまない。木製のその巨大な舟は、創世記にある通り、三層からなり、箱の形をしていた。ただ、彼らの報告はついにペテログラートに届くことはなかった。その間にツァーリはその座を追われ、家族とともにウラルにあって、処刑を待つばかりの身になったからだった。方舟関連資料はトロツキーの手に落ち、彼はこれを反革命の宣伝材料であるとして破棄させた。

ヴォロージャは頷き、付け加えた。トロツキーは生き証人を探し出してひとり残らず処刑させたのだ。

イーゴリはある日、重大な問いを総主教にぶつけてみた。「聖下、ノアの方舟の残骸捜索について教会はいかがお考えなのでしょうか?」

総主教は、方舟はこれまで啓示されたことのないキリスト教の最も重要な聖遺物であるとおっしゃって、その探索を続けるようイーゴリに許可をお与えになった。だが同時にイーゴリは、方舟発見の瞬間は人間にではなく神に許されたものであるとの警告も受けた。

イーゴリよりは明らかに世俗的なところの多いヴォロージャに、やはり同じ考えなのかどうか聞いてみた。

「わしか? わしは書記長なんだぞ」と、どうだ参ったかといわんばかりの口ぶりだ。ほら見ろと、名刺を差し出した。なるほどロシア山岳連盟書記長ヴラディミール・シャターエフとある。

「わが国ではこれは国家組織なのだ。したがってわしは役人で、山岳関係の記録を作製するために給料をもらっている」

エベレストには無酸素で登頂し、アラスカのマッキンリーにはスキーで登った。七大陸の最高峰のうち六座を制覇した。七大陸の最高峰制覇は、近頃はほかにめぼしい記録争いの目標がないもので、熱心なアルピニストの間で流行っているのだそうだ。残るひとつ、南極大陸の最高峰はあきらめるほかなさそうだ。「なにしろ南極遠征にはひとり頭六万ドルはかかるものでな」

それじゃあ、今も連盟の仕事をしているわけ? つまりロシア国家が方舟探しに資金を出しているというの? と、僕は聞いてみた。とたんにヴォロージャは渋い顔になった。連盟にはもう何年となく金は一コペイカもない。唯一の「スポンサー」がここにいるイーゴリなのだ。もっとも、アララト山という新たな挑戦の場を見つけられてほっとしていると、彼は真顔で言う。それにソビエト幻想とはもうおさらばして、いわば「ポスト無神論者」の仲間入りしたのだそうだ。神はいつの日にか必ずや方舟を啓示なさって、不信心の者どもの眼を覚ましてくださることだろう。彼ヴォロージャとしては、そのために足となって働くことができるのは、つつましいが、すばらしい任務であると考えている。

東の空に最初の星が瞬き始める頃、ふたりのロシア人はキャンプ・ムラトの果実園でテントを広げていた。マルティーンと僕はポールやペグを手渡してテントを立てるのを手伝い、提灯とディスコランプのきらめく隣のレストランにふたりを招待した。半時間後、僕らのテーブルにイーゴリはひげに櫛を入れて現れた。ヴォロージャは、ぽっくりと腹の膨らんだコニャックの瓶を腕に抱えていた。「ノアの方舟」というラベルのグルジア産コニャックで、汲めども尽きぬロシアのアルコール市場のための専売銘柄のようだ。

僕らは出会いに乾杯し、アララト山に杯を上げ、キャンプ・ムラトの禿頭の管理人が僕らのテーブルに立ち寄ったときには、国際友好のために杯を乾した。このハカンがここを仕切っていることは誰の目にも明らかだった。ジーンズに派手な色合いのヒューゴ・ボスのシャツのボタンを外して羽織った彼は、給仕たちを顎で使っている。入ってきたとき、僕はこれがキャンプ場とレストランの持ち主ムラトに違いないと思った。だがマルティーンの話では、ブランド物に身を固めたこの男はムラトの弟で、ムラト自身は殺人罪で刑務所に入っているのだそうだ。ふたまわり僕らに付き合って乾杯したハカンは、マルティーンと僕に向きなおって問いただした。なんでまたアルグリ渓谷なんぞへ行ったんだ。

彼は、僕らがイェニドアンに行ったことも知っているようだった。彼に言わせれば、マルティーンが今朝、行き先を言わずに出かけたのは、彼を侮辱する行為であり愚かな振る舞いだという。僕らは、軍の待ち受ける罠に嵌ったのだそうだ。午後、イェニドアン警備本部の隊長から電話があったと言いながら、電話で話すそぶりをする。「おい、ハカン、オーストリア・ナンバーのフォード・トランジットに乗ったふたり組がこっちに来てるんだが、こいつらはお前んとこの客か?」

皿からオリーブをひとつ取って、かぶりつきながら続ける。「どう答えたらいいか思案して、こう言っといたよ。そうだ、俺の客だ。今日中にこっちに帰ってくるさ。明日は俺と一緒にアララト山に登ることになってるんだから」。

どうも話がよく分からない。第一、ハカンが明朝みんなと一緒にアララト山に登ろうとはとても思えない。それになぜまた彼が僕らをかばう必要があるのだ。

「僕らはメーメトの客なんだがね」と僕が言うと、

「メーメトだって?」と、ハカンはわざとらしく憤慨してみせる。「あんな奴は小者さ。ダウンタウンにある俺の旅行社を任してるだけだ」

ハカンがほかのテーブルに行ってしまうと、ロシア人は最後の「ノアの方舟」を一滴残らずみんなに分けた。「方舟に乾杯!」とヴォロージャが叫んだ。

僕も思わず知らずノアの方舟に乾杯していた。

いいコニャックだったが、ねっとりした味があとに残るので、大急ぎで水で洗い流す。マルティーンが僕を突っついて聞いてくる。「おい、方舟の痕跡でも見つけられたかどうか、話してもらったのかい？」

そうだ、方舟探しの人に質問するとしたら、まず真っ先にこう尋ねるのが当たり前のはずだ。勿体をつけるまでもない。方舟を探しているんだと聞いたら、聞かされたほうは、当然こう聞き返すだろう。「それでどうだった？」。それが、僕は、苦労が報われたかどうか聞こうともしなかった。マルティーンが頼むので、遅まきながら質問することになったのだが、その答えはどうでもよくなって、僕がどうしてこの問いを「忘れていた」のか、その理由を探り出すほうに気をとられてしまった。

テーブルの向うではイーゴリが身振り手振りを交えながら話し始めていた。ある午後のこと、雲の形が変わったかと見る間に、なにやら白く細長い物体が見え、岩を背景に浮かび上がって来た。

そんなことはどうでもいい、いや、そんな話は聞きたくない、やめてくれと叫びたかった。

「これまでみんなは白い背景に黒いものを探しておったが、わしらは、なんと、黒い表面に白いなにかを見たのじゃよ」

僕は耳を閉ざそうとした。話の続きはもう分かっている。どうしてもそこまでは行くことができなかったとか、ふいに雲が湧いてきたとか、写真がどういうわけかピンぼけなのだとかいう、お決まりの弁解だ。その類の言葉をイーゴリの口から聞きたくなかった。なぜか？　イーゴリが好きになっていたからだ。ヴォロージャもそうだ。このふたりがマルティーンと僕の前で惨めな曝し者になってほしくなかった。

それが第一の理由。だが正直言って、なにかほかにも理由があるのに、僕自身それを認めたくないでいるのではないか。イーゴリとヴォロージャ、このふたりは方舟探し屋さん、つまり僕がひそかに軽蔑し始めていた部類の男だ。ただし、これまで僕はいつもこの言葉を「方舟」のほうにアクセントをおいて使ってきた。そんなものは見つかるわけがないし、およそ実在したこともない。僕に言わせれば、非物質的ななにかであり、隠喩にすぎない。すると残るは「探し屋」だ。方舟探し屋の脆弱な世界像は見つからないことを糧に生きていると、僕は思っている。手の届かないところで目標に向かって努力する——それが彼らの支えであり、生きていくうえでの指針となっている。方舟探し屋の特徴は方舟にあるのではなく、探すという事実にある。こう見てくると、やっていることは彼らも僕も同じということになるではないか。

メインディッシュ、パンとヨーグルトソースを添えたケバブがテーブルに並ぶと間もなく、照明が消え、ディスコランプだけになる。中央ではミラーボールがぐるぐる回って、小さなさかなが床やテーブルの上を泳ぐ。僕ら自身が熱帯魚の水槽の一部になったかと思うと、やがてどっと拍手が沸く。革のスーツを着込んだ男がキーボードで「ハビビ」というナンバーを演奏し始めた。ヴォロージャが、アラビア語で「恋人」のことだと説明を加える。演奏に合わせて、腰まで届く黒髪のダンサーが登場した。髪の毛は本物か、それともかつらか。芸名ダーリアは腰を振り腕をくねらせながら、テーブルの間を動き回る。

僕らはいわば反方舟の世界に入り込んだ。誰も、修道僧イーゴリも、けしからんなどとは言わない。

ロシア人は、僕の知っている限り、禁欲主義者ではない。みんなでくだけた世俗的な雰囲気を楽しんでいると、親愛の感情がこみ上げてくる。モスクワでの飲み会でも経験した感情だ。将軍やら実業家やらが泣きながら互いに抱き合う光景を思い出す。僕らは愛する者たちのことを互いに尋ね始めた。ヴォロージャは子、孫とすべて揃っている家族持ち、イーゴリは修道僧だから当然独身、マルティーンはと言えば、これは一匹狼を信条としていることが分かった。この世はもう厭というほど苦難に満ちている。これ以上自分の子孫をそんな目に遭わせたくないというのだ。

僕の番になって妻と娘のことを話し始めると、イーゴリが聞く。「娘さんはおいくつ?」

「三歳、正確に言うと三歳半です」

「待ちすぎではないかな」というのが反応だった。

僕は思わず笑って、言った。「なにも待ってはいませんよ」

イーゴリは父親のように気遣わしげな目つきをして、こう言うのだった。「あなたと奥さんがモスクワにいないのが残念でならない。モスクワには、きっとあんた方を助けてくれる泉があるのになあ」

アララト山登攀前夜のことで記憶に残っていたのはこんなところだ。翌朝筋肉痛としつこい頭痛を抱えた僕は、アスピリンで頭痛をなんとかごまかしながらホテルからタクシーでキャンプ・ムラトへ辿り着いた。日中見てみると、敷地内には小屋があって、ムラトがテント、ピッケル、ゴーグルなど登攀用具を貸し出していた。ひとり用テントは一式全部がそろったものはひとつもなくて、あちこちから拾い集めてやっとポールやベグが揃う始末だった。僕の靴に合うサイズのアイゼンを試していると、イーゴリが僕のほうへやって来た。僕の隣の歩道の陽だまりに腰を下ろす。斜め上にはイサーク・パシャ宮殿の丸屋根と壁が聳えている。イーゴリはケースから伸縮自在の望遠鏡を取り出した。ソビエト製のツーリスト-4、倍率は一〇倍だ。足元に広がるドゥバヤズイットの町並みを覗いてみて、レンズがとてもきれいだと褒めてやった。

「帰りの旅費が四〇ドル足りないのじゃよ。これをその額で買い取ってもらえれば、たいへん助かるのだがな」とイーゴリが言う。

ここでぎこちない儀礼の応酬が始まった。どうか五〇ドルをそのまま受け取ってくださいと僕が言うと、そういうわけにはいきませんぞ、ぜひ望遠鏡をお納めくださいと向こうは言い張る。とにかくその札を財布に仕舞ってください、「来年もその望遠鏡は、あなた、お使いになるでしょうが」と僕が頑張る。これは方舟捜索のための私と妻からの寄付とお受け取り下さいと言うと、彼はようやく折れた。

イーゴリはお札を畳んで、ベルトの内側の収納部分へ差し込むと、やおらアドレス帳代わりに使っている分厚い手帳を取り出した。そこにはカードが挟んである。その一枚一枚をトランプカードのようにめくっていく。

イーゴリがようやく見つけ出したのは、十四世紀の慈悲聖人ニコライの肖像画だった。

彼はカードにキスして、こう言いながらそれを僕に手渡してくれた。「きっと息子さんができますよ」

僕はイコンを有難く頂き、パスポートに挟み込んだ。状況が状況なら、僕は笑い転げていたことだろう。

第十三章　痛みの山

アキレス腱が針で刺されるようにチクチクする。アルグリ渓谷ではなんでもなかったのに、今になって踵が焼けるように痛い。難業苦行を自分に課するというような幼稚なことは嫌いなので、すぐに（エベレスト登頂の女性アルピニストの助言を思い出して）リュックサックの中からサポーターを取り出して、踵をしっかりと固定した。

体の手入れをしていると心が落ち着く。なにかすることがあるからだ。僕は栗の木陰に座っていた。ちょっと離れたところにロシア製のトラックが一台止まっている。南ルートの登山口まで運んでくれるカマースだ。さあ、いつでも出発できるぞ。

暇つぶしに、マルティーンと一緒にイサーク・パシャ宮殿への急坂を登ってみた。観光客にまじって中庭の回廊、八〇年代まで使われていたモスク、ハーレムになっていた大奥の風呂と寝室を見て回った。あの有名な金箔張りの扉だけはなかった。それを見るにはエルミタージュへ行かなければならない。

食堂に入ると、下のキャンプ場で人声がする。メーメトに案内されてチェコ人の一行が二台のバスで到着したのだった。

降りていくと、彼らはレストラン・ムラトの入り口の階段にコーラやミネラルウォーターを片手に群がっていた。男一七人に女一人だ。前日ヴァンに着いて、湖畔のホテルで一泊したのだそうだ。全員「アララト山　二〇〇五年」とロゴの入った真っ赤なセーターを着ている。

相変わらずだぶだぶの上着姿のメーメトが僕らの腕をとって、チロリアンハットを被った男に紹介してくれた。プラハの登山チームのリーダーはトーマシュといい、甲高い声の持ち主だった。ドイツ語はあまりできないが話せるのは嬉しい。ロシア語で話すのは気がすすまないとのこと。みんなからは、どうやら「ドクター」と呼ばれているようだ。ほかの人の意向は聞きもせず、マルティーンと僕のアララト山山行への参加を歓迎してくれた。

トーマシュは手を叩いて叫んだ。「さあ、みんな、ぐずぐずしない！」

禿頭のハカンは姿を見せず、メーメトは事務所に戻っていった。装備を掻き集め、リュックサックを担いでよっこらさとカマースの荷台に乗った。僕は、ＳＭＳで今後まるまる四日間は圏外になるよと知らせた。

スタート。水泡。ほかはＯＫ。キス。Ｖにも。

僕らはリュックサックに腰を下ろし、ミアキャットみたいに金属製のコンテナーの縁から首を出してあたりを窺う。来る筈のガイドたちが現れないのだ。だが運転手が来た。カマースはくぐもった唸り声をあげながら、ドゥバヤズイット郊外の平原に向かって、崩れかけたジグザグ道をファーストギアーで降りていく。降りきると、テヘランまで通じるルートE八〇にのった。雪のない円錐形の小アララト山が青空にくっきりと浮かび上がる。大アララトのほうは、朝のうちにもうまた頂上はすっぽりと雲に覆われている。

道路沿いの広告が増えてきたと思ったら、それは国境検問所の前触れで、一五分後には水平線上にその姿が現れた。

元気でね！　あなたの女たちからキスのお返し。

トラックは国境の手前最後の出口でハイウェイを降りると、なんと右折する、つまりアララト山とは反対方向へ曲がるではないか。マルティーンと僕がびっくりしていると、トーマシュが解説してくれた。方舟の石化した痕跡を見学するためビジター・センターへ行くのだとのこと。チェコ人たちは舟の形をした地形をお参りに行くわけではなく、ただの観光目的でここを予定に加えたのだそうだ。「今日の歩きはたったの三時間だから、午後の暑い時刻は避けたほうがいいと思ってね」と、トーマシュがエンジンの轟音に負けじと声を張り上げる。

道は再び上り坂に変わり、遠くイランにまで続く樹木のない平原が一望のもとに入ってくる。集落と何十個目かの軍の兵舎をかすめて進み、六角形の建物に到着した。それが、「ノアの方舟」の見学者を迎える施設だった。

僕ら以外には観光客はいないというのに、年配の管理人が出てきて、トラックを止める場所を指示する。入場料を払うと、方舟のシルエットの見える場所に入ることができる。管理人は——頼まれもしないのに、杖で指しながら——キリスト教の聖書、ユダヤ教のトーラーそしてイスラムのコーランは、この点では、互いに矛盾していないのだと断言した。あそこにはキリスト教徒とユダヤ教徒がアララト山と呼ぶ山があり、そしてこちらに見える丘はイスラム教徒にはジューディー山として知られている山だ。方舟はただひとつ、それはこの目の前にある。

そこに見えるのは、確かに顕著な形のものだった。真ん中が凹んだ緩やかな斜面に、それを横断する方向に傷跡のような地形が走り、時を経てぼろぼろになって崩れ落ち、垂直に切り立つその両方の縁は互いに離れていくかと見えて先端（船首）で再び合流している。全体としてずり落ちた舟の輪郭のようにも見える。

台地の端に沿ってチェーンが張られその先は「立ち入り禁止」の看板があったが、チップを渡すと、確かめるためにそこまで行くことができる。だが、いったいなにを確かめようというのか。

粘土の壁面は触るとじっとりとぬれていて、石を乗り越えるように持ち上がっていた。縁に沿って歩き、動物たちが二頭ずつ入って行ったというハッチを探す風の人もいた。入り口らしきものはどこにも見当たらない。縁を乗り越えて方舟にまで入り込むと、管理人が口笛を吹いた。建物に戻ると、管理人はもう一度叱るような目つきで僕らを迎えた。禁令を冒したからかと思ったら、彼はショーケースに展示されているものをもっとちゃんと見ろと言いたかったらしい。ケースのなかには貝殻や褐色と灰色の石が並べられ、英語で「石化した木」とか「貝の化石」とか説明してある。トルコ語はまるでない。あちこちに『ライフ』誌（一九六〇年九月　空中写真）から始まり、アメリカの福音主義者の機関紙の比較的新しい号や、「これがノアの方舟と政府が認定」と表紙に出ている号などが置いてある。

アタテュルクの肖像の下にあるデスクには、本が一冊開いたままになっている。宗教関係の本かと思ったら、来館者の署名簿だった。僕も名前と日付を書き加えたが、気の利いたコメントは思いつかない。僕にとっては、この方舟の痕跡は火星でヴァイキング一号が撮った人間の顔のような影の写真と同じで、ただ珍奇なものでしかなかった。

署名簿をめくってみると、来館者のなかにはまた違った感想を持った人も相当数いたことが分かる。

「告白を迫る証拠だ。私は〈そうだ〉という。私の信仰心は深まった。スコット&ジーン・マイケルメイン　USA」

「まことに、神は自らが生きていらっしゃることの証拠をお残しになったアンデス・ポー　シンガポール」

これらの告白はしっかりした筆跡で記されている、誇らしげに、また率直に書かれている。対して、ふざけた言葉を残している者もいて、こちらは乱暴に書きなぐってある。ハイファから来たある人は方舟のシルエットにキリンを二頭描いているし、サンフランシスコのある住人はフェルトペンでこんなことを書いていた。「そして神はノアに向かっておっしゃった。方舟を造り、観光客向けのアトラクションにしなさいと」。気がついてみると、真剣な告白には必ず署名があるのに、不真面目な言葉には名前がない。

一時間後、カマースでアララト山へ向かった。車はルートE八〇を横切り——検問に引っかかることもなく――南斜面へと進む。エリ村の家々と崩れかかったトタン屋根のモスクの脇を通り過ぎた。今にもばらばらになりはしないかと心配になるほど車体をきしませながら、トラックは坂を上り続け、地ならしされた駐車スペースに着いた。道路はそこで終わっていた。荷台の止め板が下ろされるや否や、僕らは蚤のように飛び出した。フェルハト、アヴデル、ふたりの兄弟が僕らを迎えた。一〇頭ほどのロバが、耳を伏せ身じろぎもせず立っている。

マルティーンの高度計は二四三五メートルを指していた。

足のことを忘れれば、幸先は上々というべきか。さしあたり、僕とアララト山山頂とを結ぶ道に障碍となるものはない。

ドアにキャンプ・ムラトと書かれた白い四輪駆動車のボンネットの上に僕らの昼食が用意されていた。紙のように薄いパン（ラヴァシュ）、スライスされたトマト、白いペルシャ風の羊乳チーズ（ブラインザ）と壷に入った蜂蜜だ。チーズとトマトに蜂蜜をかけパンに包んで食べている間に、ふたりは装備をロバの背に積んでいた。フェルハトは、火のついたラッキーストライクを口にくわえながら、ロバの腹帯を締めている。野球帽をかぶり、だぶだぶのフリースの上着にトレパン姿で、アヴデルの方は履き古した平たい靴で歩き回っている。

混成部隊のせいか、話し声はほとんどない。みな黙りこくっている。あるいはそれは、頭上に覆い被さるように聳える山の途方もない大きさに圧倒されているからかもしれない。僕らはいわばトランクに腰を下ろしているところだ。ロシア人には旅に出る前に、まず目に見えず、手で触れないものをきちんとその場にすえて、心の準備をする習慣がある。別れや来るべき困難を意識にのぼらせるのだ。

じっくり考えてみると、いま始まろうとしている山行はそれほど困難なものではないように思えてくる。今日はヤギの獣道を歩いて高度三千メートルのベースキャンプへ行くだけだ。明日（二日目）には四千メートル地点のアタックキャンプまで登り、そこで二四時間停滞して、高度に順応する（三日目）。四日目の夜明け前に頂上へ向けて出発し、日の出とともに五一六五メートルの頂上に到着する。僕は痛み止めの薬と炎症緩和剤を持っているし、ディアモクス錠剤も手元にある。頭痛、吐き気、食欲減退という高山病の症状が出ても、半日は持ちこたえることができる。コンディションは上々で、やる気満々だ。

ふと携帯電話がまだ圏内であることに気づいた。早速わが家にメールを送る。子どものロバが一頭いるが、これには荷物を担がせていないよ、とも書いた。折り返し返事が来た。妻は思いがけないメールに大喜び、フェラは子どものロバと聞いて夢中、名前はなんというの？　まだおっぱいを飲んでいるの？　と聞いてきた。

ベースキャンプまでの行程はとくに苦労するまでもなくすんだ。もしサンダルを履いていたら口笛を吹きながらのんびりと歩けたことだろう。だが僕が履いているのは重登山靴で、靴底は硬く、甲のところが僕の足にまだ馴染んでいない。アヴデルがロバを追い立てるあとから歩いていると、だんだんに踵とくるぶしの皮膚が擦りむけてくるのが分かった。ばらばらの長い列になっていて、チェコ人たちが次々になにか暖かいものを上に着るものだから、最初は真っ赤一色だったのが、高度が上がるにつれ、隊列は次第に色とりどりに変わっていく。僕は歯を食いしばって頑張り、弱音は吐かないぞとひそかに誓うのだった。

硬く締まった岩壁の裾に広がる草原が最初のキャンプ地だった。早くもそこここにテントが立ち上がる頃、僕はまずマットを広げて腰を下ろし、足の手入れに取りかかった。水ぶくれは針を突き刺すまでもなく、もうつぶれていた。アヴデルが煤だらけのやかんから注いでくれた白湯にアスピリンを二錠溶かしてから、僕の銀色のドーム型テントを立てた。アヴデルの炊事テントで羊肉入りの米を一皿盛って、トーマシュとフェルハトと並んで岩に腰を下ろしたとき、初めてスズメがいるのに気がついた。萎れきった草の上をついばみながらあちこち飛び跳ねている。

凪はない。夕方になっても、大きく膨れあがったオレンジ色の火の玉がまだ十分に余力を残していて、小アララト山を赤々と染めた。足下の斜面には三角錐形のミニ火山が痘痕のように散らばり、その噴火口はすでに陰に入り、なべの蓋のように見えた。

僕がスズメの話をすると、フェルハトが語るには、今年でアララト山の案内は二一回目になるので、スズメはいつどこへ来れば餌にありつけるかちゃんと知っているのだと言う。彼のいがぐり頭には白髪が交じり、体は、途中エリ村で見かけた牝牛と同じぐらい痩せこけている。皿をきれいに平らげるとたちまちタバコが出てくる。どうだとすすめられたが、トーマシュも僕も断ると、自分のタバコに火をつけて岩に寄りかかり、話し始めた。山岳ガイドになる前も毎年山に登っていた。ただしそれは家畜に草を食わせるためだった。唯一の違いは――と言いながら、黒ずんだ黄色の歯をむき出して笑った――彼とアヴデルが連れて歩くのは羊の群れではなくて、登山客ということさ。

「それにもっと高いところまで行くこと」

「そうだ、もっと高いところまで行く」と、フェルハトは鸚鵡返しに言う。

両親も祖父母も三千メートルより上には一歩たりと行ったことがない。草が生えてないからだ。

方舟探しに雇われることもあるのかと尋ねた。

「もちろんさ、ボブとかデーヴとかビルとか……」。たいていは腐るほど金を持っている。例えばボブは一週間に一五〇〇ドル払って平気な顔をしていたが、要求は厳しく、無理難題も言う。「ボブはいつもすぐに自分の言う通りにやらないと怒る。〈雪崩の危険がある〉と言うと、〈だから、なんだ？〉だと」

フェルハトの英語はアメリカ訛がひどいが、粗野ではなく、雇い主から覚えこんだままの言葉ということのようで、その言葉でまた彼は雇い主を彼なりに品定めするのだった。ジョン・マッキントッシュという方舟探しのベテランの話になった。二週間前このマッキントッシュは東南壁で滑落した。ここで大切なのは、この男、体重が一〇〇キロを越えるということだ。彼はくるぶしを挫いて立ち上がれなくなった。「すると軍のヘリコプターが飛んできて、彼を収容したんだ」

方舟探しについてどう思うか聞いてみた。

「どう思ってなんのこと？」

「方舟さ……」

「方舟なんて忘れたほうがいい。そんなもの、奴らどうでもいいんだから」

そりゃまたどういうこと？　と尋ねるのは、今度は僕の番だった。だが尋ねるまでもなく、フェルハトの舌はとどまるところを知らなかった。彼の話はこうだ。もう随分長い付き合いだから、方舟というのが口実に過ぎないことは分かっている。この左のほうはイランが一望のもとにあり、背後にはアルメニアが横たわる。いま僕らがいるこの山は、地政学的な争いのなかで戦略上の拠点なのだ。ラッキーストライクを一服深く吸い込むと、彼は、まだソ連邦が問題の中心にあった八〇年代について語り始めた。月面を歩いたことのあるあのジム・アーウィンがアルグリ渓谷のエンジェル・ロックにあれほど執念を燃やしたのは、決して偶然ではない。鉄のカーテンの向こう側を窺う絶好の場所にあったからだ。ソ連邦が崩壊すると、たちまち方舟探しはアルメニア側には興味を失った。「何年も姿を見せなかった連中さえいる」。

「来たくても来れなかったのじゃあないのか。アララト山は一九九〇年から一九九九年まで立ち入り禁止だったからね」と僕が異議を申し立てても、フェルハトは動じない。

「ツインタワー襲撃以来、大半の方舟探しがビザをもらえるようになった」。当然のことさ、と彼は言う。テロリズムに対するアメリカの戦いのなかで、アララト山を中心とする国境地帯が再び戦略的な地域となった。アメリカはアフガニスタンで、次にイラクで戦端を開いた。今度はやがてイランの番だ。「奴ら、しばらくは息継ぎの時間が要るが、それがすんだら核兵器開発を口実に、すぐにイランに攻め込むよ」

トーマシュが質問する。どうしてそこまで確かだと言えるんだ？

「さっきも言っただろう。方舟探しの連中がなにに注意を向けるか、よく見てりゃいいんだよ」。フェルハトは、農夫がツバメを見るように、福音主義の人びとをじっくりと観察している。彼らの行動から、大切なことはなにかを推測することができる。例えば最近では方舟探しの皆が皆、東側、とくにイランとの国境に向かって小アララト山のほうへ行きたがる。そこはこれまで誰も探したことがないからだという。なかにはロバート・コーニュクが去年宣言したように、イランに入って探すというのもいる。フェルハトに言わせれば、これはなにも不思議な話ではない。これまでも同じような焦点の移動があった。サダム・フセインがクルド人を北イラクから追い出した頃のことだ。何万人ものクルド人が山を越えてトルコへやって来た。この危機の真っ只中で、方舟探しの連中はだしぬけに言い出したものだ。ジューディー山へ行くぞって。この山が騒動の中心にあったからさ。

「方舟探しはみんなスパイということ?」と僕は尋ねる。

「例えばでぶっちょのジム、二、三週間前に滑落した男さ。おれがくるぶしを折ったとして、すぐに軍のヘリが飛んできて拾い上げてくれると思うか?」

フェルハトは吸殻をぽいと投げ捨てた。スズメがあわててそれに飛びつく。僕らの、また僕らの回りの岩の影がテントの上に長く、淡く延びる。

フェルハトがアメリカ嫌いというわけではない。「友達のなかにはヤンキーゴーホームとしか言わない奴が多いのは確かだ。アメリカがクルド人の味方だということがどうしても分からないんだ」と彼は言う。彼の考えでは、クルド人国家が独立国として生まれるよう面倒を見てくれる国はアメリカ以外にはない。そのような国ができれば、アラブに対する緩衝国になるからだ。

フェルハトはナイフを取り出し、どういう国ができるか草の生えていない地面に描いてみせた。将来のクルド人国家、クルディスタンは現在のトルコ東南部とイランおよびイラクの一部を包括する。

「まだまだ時間がかかるだろう。ネルソン・マンデラだって大統領になるまで三〇年も獄中にいたんだ。アブドゥッラー・オジャラもそうなるだろうね」

フェルハトはこのクルディスタン共産党の闘士を話題にするときも声を潜めたりしないで、ごく普通に話した。オジャラは一九九九年以来クルド人解放の殉教者としてマルマラ海の監獄島に幽閉されている。西欧諸国の政府がなぜあれだけ懸命になって、オジャラが死刑にならないよう尽力するのか、分かるかね？　人道主義か？　それとも便宜主義か？　「彼らはオジャラが必要なんだ。決定権はあんたたちの政府が握っているというわけさ」とフェルハトは言う。なるほどそうかもしれない。それが当たっているかどうかは別として、どんな錆びついた見方でも四五度転換することができるというのはなんと魅了的なことか。世界がまるで違って見える。僕の頭のなかの歯車は、ドゥバヤスットゥでメーメトが大声で僕に投げかけた言葉〈自由クルド国へようこそ！〉を聞いて以来、ギシギシと音を立てて回り始めていて、まだ終わる気配もない。「まあ、アララト山はアルメニアにくれてやるほかなかろうな」と、フェルハトはまるで自分の持ち物を処分するような口調で言う。

話がアルメニアに移り、当然避けて通ることのできない話題が出てきたところで、フェルハトは新しいタバコに火をつけた。彼は「犯罪」という言葉を口にし、トルコ人は恥とすべきだとも言った。「イサーク・パシャ宮殿に行く途中でブルドーザーを見かけたろう」

そうだった、オレンジ色のベストを着た作業員をよけるのにカマースが蛇行したっけ。あの道路拡張工事で記録にない墓穴にぶつかった。どうやら一九一五年のものらしい。アルメニア人の死体らしいのだが、それを口に出すことはトルコではご法度なのだ、とフェルハトは言う。

彼はここで声を一段と低くした。当局者の命令は、構わないからアスファルトで覆ってしまえ！　だったという。それがトルコのやり方なのだが、アルメニア人難民を多数抱えるアメリカ、フランスが、国境さえ変われば、アルメニア人のいいようにしてくれるはずだ。論理的に物事を整理してみると、結局、クルド人にはクルド独立国、アルメニア人にはアララト山、そしてトルコにはアンカラからイスタンブルまで、つまり頭と胴体だけを残してやるということになるわけだ。

トーマシュが、そしたらアララト山でのガイドの仕事ができなくなるぞ、とコメントする。

フェルハトはにやりと笑って言った。「それはもう考えてある。そうなったらジューディー山のガイドになるんだ」

寒さがアララト山の地面から這い上がってきて、僕らはテントへ逃げ込んだ。歯を磨いて八〇〇グラムのガチョウの羽毛寝袋にもぐり込んだ。眠り込む前に、鉱夫ランプの明かりで今聞いた話の要点を手帳に書きとめ、「フェルハト山上の垂訓」と表記した。

手帳を仕舞いこもうとして、ふと、ここ数日の記載を読み返してみた。アルグリ渓谷の地形・地質などの事実は正確に書きとめているのだが、僕個人に関わる事柄についてはひとことも触れていない。このことに気がついて、ショックを受けた。自分で自分を叱るような気持ちで、本来なぜアララト山に登ろうとしたのか、あらためて、それを正面から考えてみようとした。なぜ僕はなにがなんでも頂上に立ちたいのか。それでなにを証明したいというのか。

ランプを頭に、腹這いになって考え込んでいるうち、僕が出発に際してもっていた想像が間違っていたことが分かってきた。僕は、四〇歳の声を聞いて、神聖な山に登り、少年時代の信仰にはやはりなにかしらの真実あるいは貴重なものが含まれていたのではないかと確かめようとしている、信仰を失った者ではない。そういうことではない。アララト山制覇はひとつの試練であって、これに挑んだのは、僕がこの遺産から僕自身を解放できるかどうか、探り出してみたかったのだ。だが本当にそうしたかったのだろうか。僕は知識と学問とを信じようとしている。これらは現実に存在する。ところが葦の小屋の幕の陰にはなにも存在しないし、アララト山の雪線には剣を構えた天使はいない。この足で頂上に立つことで、僕は僕がいざとなると理性を頼ることを確かめることになるだろう。

僕は、方舟の破片に躓いたりはしないだろう。

第二日は燦然と輝く日の出とともに始まった。白銀の頂上が雲ひとつない青空に聳えている。望遠鏡を覗くと、はるかかなた雪線直下に僅かな露岩の突起が見える。あそこにアタックキャンプを設営するのだ。

登り始めると、昼前に、霧が谷あいから石のごろごろ転がっている斜面を軽々と足早に上がってきた。僕は楽しいとはとても言いがたい気分に捉われ、同時に踵の痛みがひどくなり、頭がずきずきし始めた。千メートル足らずの登りなのに、膝、太もも、脾臓、肺に負担がかかり、僕自身の知覚アンテナに雑音が入るようになった。砂糖のたっぷり入った紅茶を飲むと楽になった。なにか食べたほうがいいのは分かっていたが、なにも喉を通らない。

空は曇り、気温は下がる。百メートル上がるごとに気温が一度下がるというから、四千メートルまで登ると、夏の暑さはもうすっかりなくなるというわけだ。零下とまでは行かなくても、それに近い気温だ。みな手袋をはめスキー帽を被った。アヴデルだけは平気な顔でライスをガスこんろにかけた。ベースキャンプでは無理をすればサッカーの試合ができるほどの広さがあったが、この前進キャンプはなにしろ窮屈だった。狭い肩のような形の高台で、テントひと張り分の設営地が一五カ所ある。僕は岩と絶壁との間の狭い空間になんとか僕のドームテントを張る場所を確保した。左右に凝灰岩と玄武岩とからなる断崖が、どこまでも人を寄せつけない厳しさを見せながら果てしなく続く。そして頭上には、雲の下から端のほつれた灰色のぼろきれのような雪田が覗いている。目に入るものはすべて灰色か黒、ここはあらゆる色を奪われた自然の領域なのだ。「美」とか「清純」とかの言葉はもはや当てはまらない。荒々しく吹き荒れる風に周りの悪意を見せつけられる思いで、唇にこびりつく氷の塊を舐めるのだった。

アヴデルの炊いたライスは喉を通りそうにない。だがなにかを腹に入れなければならないので、パンをひと切れとぼろぼろになった羊乳チーズを口に押し込んだ。蜂蜜をかけようとしたら、すっかり固まっていた。

まだやっと午後四時だというのに、ガイドたちはなにか食べる間も惜しんでいる風だ。フェルハトはみんなに、たくさん食べて満腹して眠ることとしきりに言う。「食べて眠る」が肝要だと言う。なぜそんなに慌てているんだろう、どうせここで二四時間停滞するんじゃなかったのかと、不思議に思い、トーマシュに尋ねた。するとどうだ。フェルハトと打ち合わせて予定を変更したのだという。チェコ語でプラハの仲間にはすでに伝えた話を、僕にもう一度聞かせてくれた。カスピ海から雨を伴う前線が接近中でなので、天候の急変を先取りして、順応の時間を飛ばすことにしたのだそうだ。慌てずゆっくり頂上まで無事、辿り着きましょう作戦から急襲作戦に変更というわけか。夜中の二時に頂上アタックに向け出発して五時間で登頂という計画だ。うち四時間は真っ暗な中を歩き、頂上に一〇分間とどまり、二時間で降りてくる。

「君、携帯用ライトは持っているだろうな」

「それは大丈夫だが、高山病がどうなのか、そっちが心配だよ」

「その点も心配することはない」と言いながら、トーマシュは元気づけるようにウィンクして見せる。僕を安心させようと、彼はさらに言い足した。彼は医者で、さえない国立病院の内科医なのだが、とにかく医者には違いない。「ある有機体が高山病を発病するまでには必ず数時間はかかるんだ。どうなるかそりゃ分からんが、その頃には、ひょっとしたらもう下山にかかっているかもしれないというわけさ」

四時半に自分のテントに戻った僕は、さあ、来るなら来いだ！　と開き直った。一番楽な行程はもう終わった。今夜が正念場だ。テントに入って踝に「第二の皮膚」と称する液体状の絆創膏を塗り、しっかりと固定した。携帯電話をチェックしてみた。さっき確かフェルハトが電話で最新の気象情報を聞いたとか言っていたからだ。画面上には五本の柱のうち一本だけ点いたり消えたりしている。つまり、ぎりぎり圏内だということだ。可能性があるというだけの理由で、僕はメッセージを一文字一文字入力した。
第二キャンプ、四千メートル　すぐ傍に雪と雲　高山病なければ明日頂上　キス　F
何度やっても未送信の表示が出るばかりだ。意地になって何度も何度も送信ボタンを押す。押し続けていると半時間後だしぬけに、送信しました、の表示が出た。

今度はやはりじりじりしながら返事を待つ。だが返事が来る代わりに、霰が降り出した。

テントに霰がはじける音は遠くから聞こえてくる拍手のようだったが、やがてそれは荷を下ろす砂利トラックの轟音にまで高まる。これはもうとんでもないことで、しかもどんどんひどくなるばかりだ。仰向けになって、音域と強さに少しでも変化がないか、耳を澄ます。霰の粒の大きさが変わり、霰が風に煽られてテントに叩きつけられる角度が変わると、音も変わる。雷鳴が轟き、続いて断崖のどこかで渦巻く嵐の雲の呻きのような、なんとも形容しがたい腹に響く音がする。稲妻が光るかと身構えたが、それはなかった。途方もない突風が襲うたびに、魔術師の手のようにすばやい動きで頭上のナイロン布をはぎ取るのではないかと体がこわばる。だがテントは破けもしなければ、地面に押しつぶされもしなかった。しばらくすると（一五分後か一時間後か？）日が暮れはじめ、僕は自分のおかれた状態とどうにか折り合いをつけられるようになった。

携帯電話を取り出してみると、さっきは震えながらも立っていた五本目の柱が点に固まっていた。まあいいさ、霰が降ったんだからな。と自分に言い聞かせる。

家族と連絡が取れるとは思っていなかっただけに、こうなるといらいらしてしまう。妻からの返事が空中に漂っているのだと分かっているだけに、なんとかこれを捕らえたかった。どこかシュールな感じだった。僕は、四千メートルの高みの雲のなかで灰色のドームの下に横たわり、うんともすんとも言わない電話を手に握り締めている。

フェラが返事のなかでどんな質問をしてきたか、想像をめぐらせ始めた。

「雲って硬いの柔らかいの？」（雲はビロードのように柔らかだけど、そこから降ってくる霰は玉のよう

に硬いんだよ）
「子どものロバはどこでおねんねするの？」（さてね）
三年半前に僕は彼女のへその緒を切ってやった。この瞬間から、彼女は自分の周りの世界を絶えず探り、広げ続けてきて、ここ数カ月というもの、ますます深く穿つ質問をするようになった。ある晩、なかなか寝付けない娘の傍に腰を下ろして言った。「さあ、お目目をつぶって、両腕は体の横に静かにおいて、ゆっくりと息をするんだよ」
「パパ……」。しばらくして目をつぶったまま彼女は聞いた。「最初に生まれた人はどこのお腹から出てきたの？」
僕はふと思った。清純の半減期はどれぐらいなんだろう。人間の清純をもし実験室で再現できるとして、それはどれぐらいもつのだろう。
霰は雪に変わっていた。そのことに気が付いたのは、テントの屋根が垂れ下がり始めたからだった。内側から押してやらないと雪をどけることができない。これではおちおち寝てもいられない。お茶のせいで膀胱はパンパンなのだが、小便に立つとなるとこれまたなかなかの作戦行動となるので、おいそれと取りかかる気にもなれない。そう思うとますます眠れなくなり、頭のなかで思いが堂々巡りする。まだかまだかとじりじりしていると、ようやく夜中の一時にフェルハトの声が響き、四五分後までに出発準備完了せよと告げる。この猶予時間は瞬く間に過ぎた。こんなに狭いカプセルのような空間で登山装備を身に着けるのは厳しい作業だ。頭だけでもスキー帽、フード、ゴーグル、ヘッドバンドに例の鉱夫ランプが付いている始末だ。口の前にはあの「キャメルバッグ」の吸い口がぶら下がっていて、お茶の入っている本体はミュースリケーキやチョコバーをつめたリュックサックの隣で僕の背中にある。今は食べるよりも飲むほうが大切で、水分の摂取は高山病の予防にもなる。

靴から先にテントから這い出した。暗いのに雪の地面から光が湧き上がった。霧が立ち込め、テントを覆うもうひとつのドームがあるように見える。雪はまだ降り続いていて、僕はまるで、振り回されたばかりの文鎮用のスノードームのなかの人形のようだった。

氷の冷たさが口と鼻をフードのように覆った。フェルハトとトーマシュのテントのほうへ登っていくと、いくつものおぼろげな影が光の束をちらつかせながら集まってくる。みんなが黙りこくっているると、フェルハトは霧のため出発を一時間延ばすと宣告した。岩や雪をちらちらと照らし出す光の束はまたあちこちに散っていき、そこここに立つテントのなかに消えた。僕も自分のテントに戻ろうとした。歩いて行くと、いきなり足元から落ち込む断崖に行き当たった。誰の姿も見えないので、足跡を辿って戻った。三〇メートルか、せいぜい五〇メートルだった。今度はまた別の断崖の縁に行き着いた。あたりにはテントひとつ見えない。体がかっと熱くなり、思わず独り言を言っていた。叫んでみようかと思ったが、なんと言えばいいんだ。自分のテントから一〇メートルのところで道に迷ったなんて言えないだろう。最悪、一時間外で待っていればいいんだ。それも手だろう。当てずっぽうに二、三の足跡を辿ってみた。するとひとつのトンネル型テントに行き着いた。これは僕のテントのすぐ上にあった奴だ。岩を滑り降りると、僕のテントの前に出た。

中に入ると、今さらながら寒さが襲ってきて、僕は着込んだまま横になり、自分の息に耳を澄ませていると、三時になって声が響き、出発は五時に延期と伝えた。

いつしか眠り込んでいたのだろう、明るいので目が覚めた。二〇〇五年九月五日月曜日八時一五分前だった。人声がしないので、てっきりみんな僕を置き去りにして出かけたのだと思った。あわててテントから這い出すと、霧に溶け込む人影が見えてほっとした。

雪は止んでいた。足元の雪がきしる。上の肩のところでフェルハトとトーマシュがお茶を手に立っているのが見えた。二人は天候について話していた。夏アララト山にかかる雲は夜の間に消えるはずなのだ。通常ならば真夜中前にすでに雲がとれ、朝八時頃までは晴れている。昨夜は例外で、どうやら前線がすでにアララト山まで来てしまったのではないか。結局、やはり二四時間待機にしよう。

「遅ればせながら今日一日は順応だ」とトーマシュが言う。

それで損をするわけではない。元の計画に逆戻りしただけなのだから。だがそんなに何度も気合を入れなおすことができるものなのだろうか。

テントに戻り、手袋を脱ぎ、ヤッケ、ウィンドブレーカー、ボディウォーマーと一枚ずつ剝ぎ取っていった。足も靴から解放してやり、予備食を食べ飲んで、眠り込んだのだが、二時間後にあらためて眠りを破られた。今度はチェコ語で、高い声からトーマシュであることが分かった。彼は両手を叩きながら、「出かけるぞ」、「二〇分後だ」と、ロシア語にも似てそう聞こえる言葉を叫んでいるようだった。

結局僕らが登頂に出立したのは、午前一一時一五分前のことだった。幸運にも霧が突然切れて白い斜面が数百メートル先まで見通せたのだ。マルティーンと僕のほか、一八人いたチェコ人のうち一四人が出発した。あとの四人は頭痛と吐き気のためキャンプに残った。フェルハトが先頭に立ち、アヴデルがしんがりを務める。

道はなく踏み跡もない。雪に足跡を残すのは僕らだった。真っ直ぐに今しがた湧いてきたばかりの雲のなかへと入っていく。雲は無愛想に僕らを包み込んだ。すぐにまた雪も降り出した。尤も最初は小雪だった。同じ歩調で歩くことでリズムができ、踵の痛みも忘れる。チェコ人がふたり半時間後に戻って行ったのにも気が付かなかった。アヴデルがテントまで付き添い、また戻って僕らに合流した。

距離をおいてみると、こういう登攀はチームとしての共同行動のように見えるかもしれないが、それは外見だけの話で、実際には頼れるのはそれぞれ自分だけなのだ。要は体の動きと呼吸とを一致させることだ。それがうまくいけば快調に歩ける。そのリズムが少しでも狂うと(足を一歩踏み外すとか、岩を乗り越えるとか)、ひどく体力を消耗する。うっかり畜生などと罵り声を出そうものなら、体内から力がすうっと抜けていくようだ。

空気が薄いせいだ。一歩登るごとに酸素がますます少なくなる。

鎖のようにつながって味気ない灰色のパイプのなかをひたすら登る。いやパイプというよりダストシュートか。雪片が瓦礫のようにそこから顔めがけて吹き付けてくる。最初の休憩のとき見ると、トーマシュの髭が真っ白に凍り付いていた。立ち止まっていると、こんなに寒かったのかと思う。僕ひとりなら休まず登り続けたいところだ。リズムを取り戻すのがどんどん難しくなってくる。計算するのがいい。九九を唱え始め、計算問題を解いてみたが、しばらくすると頭のなかで今度はさまざまなイメージや考えが幅を利かせるようになる。フランス人フェルディナン・ナヴァラが心に浮かんでくる。彼は高度五千メートルに近付くにつれパドゥア大聖堂の十字架の道を目の前に見るようになる。

彼はアララト山をゴルゴタの丘になぞらえ、自分をイエスと見なすのだ。ほかの登攀者たちはおしなべてノアの姿を見たと言い、ノアの足跡を辿ることができたと感極まっている。あの冷静なフリードリヒ・パロトでさえ、ある種畏怖の念をこめて、自分はノア以来初めて山頂を征服したのだと述べている。この山に登った錚々たる先駆者のなかでもひときわ目立つのがサー・ジェイムズ・ブライスだ。このイギリスの外交官は、一八七六年樹林限界よりはるか上方の氷河の隙間で一本の木材に遭遇した。長さ一メートル二〇センチほどの、明らかに人の手の加わった棒だった。ブライスは愕然としてその前に跪く。それは半世紀前にパロトが十字架としてアララト山に残した杖だった。

で僕は――僕はなにを体験したのか？　ひとに自慢できるような感慨や崇高な思いに捉われることはなかった。ただひたすら登ることに全精力を傾けていた。

オーバーハングした岩壁があり、そこに高度四一八〇メートル、モンブランとペンキで書かれていた。僕らは五分間の休憩を入れた。キャメルバッグの吸い口を吸うがなにも出てこない。パイプが凍った紅茶で詰っていた。チェコ人たちは普通の水筒を持っていた。僕は背中の収納バッグを下ろして蓋をねじり開けた。手袋を脱いだとたん、指が痙攣を起こした。水分補給と零下一五度の寒さから指を守るか、どちらがより重要か。急いだせいで手袋の片方を落としてしまった。手袋はすぐに雪の上を数メートル滑った。キャメルバッグの役立たずめと罵りながら、あわてて飛びついて手袋を拾いあげた。山道具店の店員の忠告を思い出していた。手袋は、子どもがやるように、袖口に縛り付けておくことですよ。「五千メートルの高所で手袋を片方でも失くしたら、とんでもないことになりますからね」。

失くしはしなかったのだから、パニックに陥る必要はないと自分に言い聞かせた。大切なのは頭のなかでバランスを取り戻すことだった。あと一時間の行程で、その間に通過に困難な箇所が二カ所ある。最初はいわゆる「牡牛の穴」、切れ落ちた断崖の縁を半円を描くように一歩一歩進まなければならない。ふたつ目は五一〇〇メートル直下の急な、ところによってはほとんど垂直の氷の壁、要するにパロト氷河の側面の登攀だ。これを突破しさえすれば、あとは頂上に続くなだらかな平原だけ、成功したも同然だ。

モンブランを越えて登り続けた。肉体的にも精神的にもリズムを取り戻すために必要な苦労に加えて、酸素の欠乏が覿面《てきめん》に効き始めた。胸いっぱいで喘ぎ、がんがんする頭を抱えて、背を屈めながら足をあげる。先手をとって、素数を口に出して唱え、円周率πを小数点以下できるだけ多く言ってみる。そうしていると、だんだん頭がすっきりして、思いは今またさまざまな方向へ広がっていき、いつしか娘を中心に回るようになった。フェラが数のかわりに「数え文字」を使うことをふと思い出し、彼女が僕に言葉を新たに手渡してくれるのだと思い至った。フェラは僕に言葉をその根っこにある沈殿物に浸してその味を教えてくれる。数え文字、そんなすばらしい言葉が彼女の口から出てくること、これぞ僕にとってはまさしく奇蹟の結晶であり、僕はその前に跪いてしまいたくなる。彼女はその言葉を無から生み出した。今それは存在し、意味を獲得した。僕がそれにすがって身を起こしているからだ。

これは、僕に言わせれば、把握を超越した領域に属する。「説明」という概念があっさりとはじき返してしまうもの、解明や究明を受け付けないものがそこにあるのだ。そうか、簡単なことだったのだ、と僕はひとりごちる。そのことを認識できて僕は嬉しかった。宗教は、説明不可能の領域にあるもののために考え方の枠組みを提示するのだが、その解釈はつねに恣意的でしかない。僕はむしろ僕自身の構想力のほうを信頼したい。

四九五〇メートルの牡牛の穴でフェルハトが僕らを待っていた。穴というが、それは奈落の底へ落ち込む垂直に近い傾斜の滑り台のような溝だった。ひとりひとり半円の縁を渡ることになる。前だけ見て下を見さえしなければバランスを失うことはない、とガイドは言う。フェルハトが先に行って雪を踏み固めてくれた。その次がマルティーン、そしてトーマシュと続き、チェコ人がふたり行ったところでアヴデルが合図した。僕の番だ。足を踏み出したとたん、高所恐怖症の癖に、牡牛の穴を覗き込むに違いないと思っていた。事実その通りだった。だが、ふらついたりしなかった。滑り台は五〇メートル下で雲のなかに消えていた。そして雲は防護ネットのようにふわふわに見えた。

牡牛の穴を過ぎて、僕は一種陶酔の状態に陥り、頭痛も踝の痛みも感じなくなった。傾斜は増し、歩幅は狭くなる。足元は氷だったが、アイゼンは必要なかった。新雪のお陰でしっかりと踏み込めたし、雪はどんどん積もっていた。ふと気が付くと、僕は数を数えているだけだった。数列でも計算式でもなく、ただ一、二、三、四……と唱えているだけだった。

パロト氷河の側面は、僕が想像していたほど急には見えなかった。それに直登するのではなく、トラバースしながら登ることができる。ちょうど船の舷側にかかる梯子段のようで、段はフェルハトがアイスピッケルで刻んでくれた。ゆっくり登る。一歩ごとに膝に両手をついて三度息を吸い、やっと次の一歩に移る。この斜めの階段を四分の三ほど登ったところで、調子が狂った。まず四人ほどが下に取り残されているのが目の端に入り、次に頭上で誰かの叫び声が聞こえた。さらに数歩登ると、平坦地に辿り着いた先頭の数人が奇妙な格好で前に屈みこんでいる、というより、折りたたまれたように立ち止まり待っているのが見えた。

氷の縁を越えたとたん、息ができなくなった。雪が顔に叩きつけるように吹き付け、腹這いになってどうにか山頂の屋根の部分に体を持ち上げた。立ち上がろうとすると、ジェットストリームのような強風に押し倒される。悪夢が蘇ってきた。昔スペーンクロワイトのマンションの十一階でコンクリートの屋根に取り残され、勢いづいた嵐のなかじりじりと縁に追いつめられていったかつての恐怖が蘇った。

見ると、フェルハトが滑走路で飛行機を止めようとしているような格好をしている。「これまでだ。戻るぞ！」と両腕を広げた。

だがチェコ人は承知しない。なだらかに起伏する頂上の台地は五千百メートル以下で始まり、最高点は壮大な教会の塔のように前方にそそり立っている。彼らは互いに頷き合ってからガイドに向かい、ここで断念したくないと迫る。僕も同じ気持ちだ。あっちだ！　と指さす手が見えた。氷の平原が向こうへむかって次第に高く広がっている。この方向へ進むのだ。霧、身を刺す寒さ、水平に射るように飛んでくる雪、なにがあろうが、ここで引き返すなど論外だ。標高五一六五メートルの頂上に立ちたい、それが全員の思いだった。

フェルハトは折れた。身を屈め、氷河の端から離れて新たな足跡を雪に刻み始めた。雪原の勾配は砂丘のようにアップダウンがあり、少し登ったかと思うとまた下る。まるで計算できない。だれもコンパスを持っていない。今は斜め前から来るジェットストリームを頼りに方向を見定めるほかない。

一五分経った頃、フェルハトが振り向いた。分厚いフードに隠されて顔はほとんど見えない。ヨットトー乗りのように上体をうんと反らせて、彼は宣言する。「さあ、着いたぞ!」

ガイドはすぐに下降にかかろうとするが、マルティーンがみんなに高度計を見せる。五一〇五メートルだ。まだ着いていない。

あと六〇メートルで頂上、手の届くところにある。チェコ人があらためて抗議する。あそこで雪原が高くなってるじゃあないか。だがフェルハトはもう一歩たりと進まないと頑張る。彼は僕らの足跡を指さして言う。もう半時間もすれば、この膝まで入る足跡はすっかり消えてなくなり、僕らは永遠にさまよい続けることになるぞと。

トーマシュが仲間の説得にかかった。僕ももはやこれまでと悟った。

みんなに背を向けて、僕は一分かそれ以上、僕の足跡をかき消す粉雪の戯れに見入っていた。瞬く間に足跡は白い粉で埋まり、周りの雪原と見分けがつかないほど掃きならされるのだった。

文献と謝辞

この本を書いているあいだいつも感じつづけ、時とともにますますつよくなった思いがある。洪水伝説は、まだ機織り機にかかったままの壮大な絨毯のようなものなのではないか。それはメソポタミアの英雄伝説にはじまり、そこには色とりどりの人間模様が描き出された。何世紀もの歳月を経て、一神教の神官たちがふたたび糸を拾いあげ、そこに人間の罪という黒い縞模様を織り込んだ。彼らは多彩な神々をただひとりの孤独な神に圧縮してしまった。

それ以来、この主題は文学でまた造形芸術でさまざまなかたちで数限りなく繰り返し語られ描かれてきて、その最後にいま僕もこの織物になにがしかを加えようとしている。願わくばそれが僕自身の生命より長らえんことを。

執筆にあたって、僕が参考にした史料文献は本文中ではそのごく一部を出所、典拠を明記しないまま挙げたにとどまる。以下にこれを補って正確を期することにしたい。

不可欠の参考書であり、同時にまた一次史料でもあったのは聖書である。引用には、僕が幼い頃からなじんできたNederlandsch Bijbelgenootschapの版（Amsterdam, 1975）を利用した。また

Nederlandsch Bijbelgenootschap刊行の新訳聖書（Haarlem 2004）と一六三七年出版のオランダ語最初の全訳聖書Statenvertalingとをたえず手元において参照した（日本語版ではインタネット上に公開されている日本聖書協会の新共同訳を利用した。コーランからの引用は井筒俊彦訳『コーラン』（ワイド岩波文庫　二〇〇四年）によった）。

　ギルガメシュ叙事詩からの引用に利用したのはF.M.Th. de Ligre Bühl（H.J.Paris Amsterdam 1958, 矢島文夫訳『ギルガメシュ叙事詩』第十三刷　筑摩書房　二〇一一年）

　ここで次の文献もぜひとも紹介しておきたい。まず最初にギルガメシュ叙事詩を最初に読み解いた男ジョージ・スミスの著“*Assyrian Discoveries*”（London, 1875）．またジョージ・スミスの考古学上の発見をめぐる議論はブリティッシュ・ミュージアム刊行の“*The Babylonian Story of the Deluge and the Epic of Gilgamesh*”（London, 1929）と“*The Babylonian Legend of the Flood*”（London, 1961）でフォローすることができる。オウィディウス描くところの大洪水伝説は『転身物語』（Athenaeum Polak & Van Gennep ,Amsterdam 1993　田中秀央・前田敬作訳　人文書院　一九七五年重版）にある。

　大洪水伝説に関する著作のうち参考にさせてもらったものを以下に挙げる。Robert M. Best, “*Noah's Ark and the Ziusudra epic*”（Enlil Press, Fort Myers, 1999）, Lloyd R. Bailey, “*Noah, the Person and the Story in History and Tradition*”（University of South Carolina Press, Columbia, 1989）, Norman Cohn “*Noah's Flood, the Genesis Story in Western Thought*”（Yale University Press, New Haven, 1996　浜林正夫訳『ノアの大洪水　西洋思想の中の創世記の物語』大月書店　一九九七年）またJ. David Pleins, “*When the Great Abyss Opened, Classic and Contemporary Readings of Noah's Flood*”（Oxford

University Press, New York, 2003).

洪水説話が出てくる小説で執筆にあたって刺激をうけたものとしてとくにここで挙げておきたいのはJulian Barnes, “*A History of the World in 10½ Chapters*”(London,1990 丹治愛・丹治敏衛訳『一〇½章で書かれた世界の歴史』白水ブックス）およびYann Martel, “*Life of Pi*”（唐沢則幸訳『パイの物語』上下　竹書房文庫）(Edinburgh, 2004) である。Michael J. Arlenの自伝的な“*Passage to Ararat*”(New York, 1975) も僕を虜にし、思いを深めるのを助けてくれた。第十一章「ブズダー　氷の山」にある「人間は本能的に尻込みしてしまい……底知れぬ深淵を覗き込むことができない」という言葉はJan Willem Otten, “*Specht en zoon*”(Van Oorschot, Amsterdam, 2004) から借用した。

この本では『昨日は今朝だった』との仮題で紹介されているサロモン・クローネンベルフの著書は、その後“*De menselijke maat, de aarde over tienduizend jaar*”(Atlas, Amsterdam, 2006　ドイツ語版“*Der lange Zyklus Die Erde in 10 000 Jahren*”2. Aufl. Darmstadt 2010) として刊行された。また僕が刊行にあたり相談に与ったクローネンベルフのエッセー集に“*Stop de continenten!*”(Lingua Terrae, Amsterdam, 1996) がある。

僕がいつも並べて参考にしたフリードリヒ・パロトの旅行記はFriedrich Parrot, “*Reise zum Ararat*”(Brockhaus, Leipzig, 1985) とファクシミリ版“*Journey to Ararat*”(New York, 1885) である。フリードリヒ・パロトの生い立ち、経歴などはこのドイツ語版のMarianne/Werner Stamsによるあとがき、およびFriedrich Bienemann, “*Der Dorpater Professor Georg Friedrich Parrot und Kaiser Alexander I*”(Reval, 1902) に依拠した。パロトの同時代人ヘルマン・アービッヒについてはIlse and Eugen Seibold, 'Hermann Wilhelm Abich im Kaukasus: Zum zweihundertsten Geburtstag', in “*International Journal of Earth Sciences*”（2006, 1087-1100）が詳しい。

二十世紀の旅行記のなかで有益だったのはOsip Mandelstam,“*Journey to Armenia*”（with a foreword by Bruce Chatwin, London, 1980）, A.Y. Yeghenian,“*The Red Flag at Ararat*“（New York, 1932）Carveth Wells,“*Kapoot, the Narrative of a Journey from Leningrad to Mount Ararat in Search of Noah's Ark*”（New York, 1933）フェルナン・ナヴァッラの五〇年代の著作は方舟を発見しようという懸命の努力に満ち満ちている。僕が依拠したのは英語版“*The Forbidden Mountain*”（London, 1956; 原題：“*L'Expedition au Mont Ararat*”）とドイツ語版“*Ich fand die Arche Noah, mit Weib und Kind zum Ararat*”（Darmstadt, 1957; 原題：“*J'ai trouve l'Arche de Noe*”）. ほかの方舟探しと方舟探し全般について参照したのはJohn Warwick Montgomery,“*The Quest for Noah's Ark*”（Minneapolis, 1972）, Charles Berlitz,“*The Lost Ship of Noah*”（New York, 1987）, B.J. Corbin編“*The Explorers of Ararat*”（Long Beach, 1999）さらにRichard C. Brightの“*The Ark, a Reality?*”（New York, 1984）と“*Quest for Discovery*”（Green Forest, 2001）である。

月面を歩いたのちに方舟探しに力を注ぐことになるジム・アーウィンの内面世界を語ってくれているのは次の著作である。“*To Rule the Night, the discovery voyage of astronaut Jim Irwin*”ゴーストライタ William E. Emersonの助力により著述（Philadelphia, 1973）、アーウィンが自分の名前で刊行した“*More than Earthlings, an astronaut's thoughts on Christ-centered living*”（Nashville, 1983）。またべつのゴーストライタMonte Ungerの助けを借りた“*More than an Ark on Ararat*”（Nashville,

1985). 彼の妻メアリがマドレーヌ・ハリスに語った自伝のタイトルは *"The Moon is not Enough, an astronaut's wife finds peace with God and herself"*（Grand Rapids, 1978）。

本文中で紹介したアルフレッド・レーウィンケル著『聖書、地質学および考古学に照らしてみた大洪水』Alfred Rehwinkel, *"The Flood: In the Light of the Bible, Geology and Archaeology"* のオランダ語版は *"De zondvloed, in het licht van de Bijbel, geologie en de archeologie"*（Buijten & Schipperheijn, in cooperation with the Reformed Books Publishing Foundation, Amsterdam, 1971）。「インテリジェントデザイン」論を扱った最近の論集は *"En God beschikte een worm: over schepping en evolutie"*（Ten Have, Kampen, 2006）。それ以前のものとしては *"Schitterend ongeluk of sporen van een ontwerp? Over toeval en doelgerichtheid in de evolutie"*（Ten Have, Kampen, 2005）がある。ともに Cees Dekker ほかの編になる。

本書で紹介したボスポラス理論は William Ryan and Walter Pitman, *"Noah's Flood, the New Scientific Discoveries about the Event that Changed History"*（New York, 1988）で展開されている。この理論に批判的な検討を加えたものに Ali Aksu ほか 'Statistical analysis and re-interpretation of the early Holocene Noah's Flood hypothesis', in *Review of Paleobotany and Palynology*（Elsevier, volume 128, 2004）がある。

かたやアルカーディ・カラハニアンのチームと、かたやルーベン・ハルティニアン率いる派とのあいだの学術論争は、'Historical Volcanoes of Armenia and adjacent areas revisited', in *Journal of Volcanology and Geothermal Research*（Elsevier, volume 155, 2006）で繰り広げられた。これに先立つ

て発表され、僕が執筆にあたって利用したカラハニアンの論文は'Volcanic hazards in the region of the Armenian Nuclear Power Plant', in *Journal of Volcanology and Geothermal Research* (Elsevier, volume 126, 2003) および'Active faulting and natural hazards in Armenia, eastern Turkey and north-west Iran', in *Tectonophysics* (Elsevier, volume 380, 2004)。やや古くはあるがアララト山の地質に関する重要文献として挙げておきたいものにN.A. van Arkel,'Die gegenwärtige Vergletscherung des Ararat' in *Zeitschrift für Gletscherkunde und Glazialgeologie* (Salzburg, 1973) がある。

本書で触れた僕の元数学教師ヴォルタ・クノルの博士論文のタイトルは*"Generalizations of Two Relations in Bessel Function Theory"* (Groningen, 1970)。

アララト山の周辺地域に関して背景となる一般的な情報を得るのに利用した著作の主なものは以下の通りである。Neil Ascherson,*"Black Sea, the Birthplace of Civilisation and Barbarism"*(London, 1995), Ryszard Kapuscinski,*"Imperium"*(London, 1995) Sen Hovhannisyan,*"Ararat"*(Yerevan, 2004). August Thiry, "Mechelen aan de Tigris" (Mechelen, 2001) のおかげで、東南トルコ、ジューディー山でかつておこなわれていたノア祭について、イギリス人考古学者ガートルード・ベルがその著*"Amurath to Amurath"* (London, 1911 田隅恒生編『シリア縦断紀行1、2』一九九四―一九九五年 東洋文庫) で述べていることを知ることができた。

アルメニアの歴史に関しては以下の文献を利用した。Philip Marsden,*"The Crossing Place, A Journey among the Armenians"* (London, 1994)。ソ連邦時代の宣伝出版物シリーズ*Socialist Republics of the Soviet Union* 中のGevorg Oganesian,*"Armenia"* (Moscow, 1987)、Netherlands Royal

Institute for the Tropicsの発行するシリーズ中のStan Termeer and Elmira Zeynalian,"*Armenie*"（Amsterdam, 2000）およびBeatrice Demirdjian,"*Met vallen en opstaan, de Armeense gemeenschap in Nederland; wat daaraan vooraf ging*"（Amsterdam, 1983）。「アルメニアのヘロドトス」と呼ばれるモヴセス・ホレナツの言葉は*History of the Armenians,* translated by and with commentary from Robert W. Thomson（London, 1978）から引用した。ゲーオア・ブランデス（一八四二年コペンハーゲン生まれ、本名モリス・コーエン）が一九〇三年ベルリンで行なった講演"*Apell an Europas Gewissen*"からの引用は二〇〇五年六月二日付"*Frankfurther Allgemeine Zeitung*"に採録されたテキストによる。「アルメニア人問題」に関しては数多くの文献を参照した。そのひとつをとくに挙げるならば一九一八年オランダで刊行された"*De marteling der Armeniers in Turkije, naar berichten van ooggetuigen*"（Haarlem, 1918）。

トルコについては、トルコ史の基本文献のほかに、以下の小説も参照した。Irfan Orga,"*Portrait of a Turkish Family*"（London, 2002）Yashar Kemal,"*The Legend of Ararat*"（London, 1975). オルハン・パムクの小説は僕にとってはまた特別の体験で、熟読玩味させてもらった。オルハン・パムク『新しい人生』（安達智英子訳　藤原書房　二〇一〇年）、『私の名は紅』（和久井路子訳　藤原書房　二〇〇四年、宮下遼訳　早川書房　二〇一二年）、『雪』（和久井路子訳　藤原書房　二〇〇六年）

宗教という現象について僕の思索を深めてくれたのは、とくにGer Groot,"*Het krediet van het credo; godsdienst, ongeloof, katholicisme*"（Sun, Amsterdam, 2006）とAlister McGrath,"*The Twilight of Atheism; the Rise and Fall of Disbelief in the Modern World*"（London, 2004）である。Bruce

益だった。

Feiler, *"Walking the Bible"* (London, 2005 『聖書を歩く』上下　黒川由美訳　原書房) も概観を得るに有益だった。

Robert MacFarlane, *"Mountains of the Mind"* (London, 2003) は、登山家の精神世界を探った好著である。描き方は違うが、同じことはJon Krakauer, *"Into the Wild"* (New York, 1997 『荒野へ』佐宗鈴夫訳　集英社　一九九七年) についても言える。アララト山登山で僕が利用したガイドブックのタイトルは、*"Mount Ararat Region, Guide and Map"* (Reading, 2004).

登山のアドバイザとなってくれた女性登山家ローゼマリン・ヤンセンはアコンカグアとマッキンリー登攀の記録を出している。*"Stappen tellen naar de top"* (Kosmos, Utrecht, 2003).「水平面上の登山」である干潟歩きに関する知識はJan Niemeijer *"Wadlopen"*, (Triangel, Haren, 1973) で得た。

登山にあたっての注意点をたえず教え、僕を励ましてくれたローゼマリン・ヤンセンのほか、舞台裏で僕を支えてくれた多くの人びとに感謝したい。ヤン・アブラハムセティース・ハーゼンベルフは干潟歩きの歴史を手ほどきしてくれた。水球の選手ケース・ブロンスヴェルトは、一九八〇年第三世界の留学生の干潟歩きが悲劇に終わった顛末を詳細に語ってくれた。*Selam Berlin* (Zürich, 2003) でデビューして受賞を勝ち取ったヤーデ・カラはトルコでの大洪水にからむ伝説を解説してくれた。ギュムリ在住のアルトゥシュ・ムクルチアンとタテヴィク・トムヴァジアンはアルメニア・トルコ国境地帯を連れまわしてくれた。モスクワを中心として活動する作家ピーター・ウオータドリンカは、一九九九年に僕がアルメニアを訪問した際、うっかりすると見逃しがちな現実を指摘してくれた。ローバート・ブリンクマンには彼個人の「大洪水関連文書」を利用させてもらった。Paul Julien, *"Zonen van Cham"* (Scheltens & Giltay, Amsterdam, 1950) に収録されているマサイ族に伝わる大洪水伝説に関する一節を教示してくれたのはパロチシア・ケールセンホウトだ。ロシア人方舟探しのヴラディミール・シャターエフとイーゴリ・ヤコヴレフは未公開の旅行記を閲覧させてくれた。オランダ人の方舟探しゲリット・アールテンは、アララト山麓で僕のインタビュに長時間応じてくれたばかりか、のちに大量の資料を送ってくれた。トーマシュ・ペトラクは彼が主催した二〇〇五年アララト山遠征ツアーへの参加を快く許してくれた。またアーセン・ファン・ゴッホ・キリスト教学校群長アンテウニス・ヤンセは、一九六一年当時「論争のある諸問題」について教員に配布された古い行動基準を僕のために発掘してくれた。

さらに、本書に登場するすべての人びとに深く感謝したい。一部の人びとについては要望に応じ、また身を安全を考慮して適宜名前を変えてある。これらの人びとの支援、助言、貢献に心からお礼を申し述べたい。また僕の質問の嵐に耐え、僕が疑心暗鬼に陥った際もたえず励まし、原稿を読んで批判と具体的な指摘を寄せてくれたハンス・ブルーミンク、サレ・クローネンベルフ、エミール・ブルフマン、とくにスザンナ・ヤンセンに感謝する。両親ピートとリート・ヴェスターマンが果たしてくれた役割は非常に大きかった。両親もまた姉モニク・ヴェスターマンも、僕の勝手な思い入れからこの本のなかに巻き込まれ、この本の大切な一部となっている。

それにもましてこの本と一体になっているのはスザンナ・ヤンセンとフェラ・アディンデ・ヴェスターマンで、そのことを僕はたいへん嬉しく思っている。

アムステルダム　二〇〇七年一月四日

訳者あとがき

フランクがまた旅に出た。今度の旅の目標はアララト山、あの大洪水と方舟の伝説のまつわる山だ。

おいおい、フランク、君はもう二十年以上も前から教会に足を踏み入れたことなどないだろう。なぜまたアララト山なのだ。いきなり信仰に目覚めたとでもいうのかね。

そういうわけではないが、数千年前のメソポタミアにはじまり、その後世界各地で語り継がれてきた大洪水説話にはかぎりない魅力を感じてしまってね。いままだ機織り機にかかっている壮大な絨毯とも言えるこの物語に、僕なりの模様を織り込みたくなったのさ。そして、大洪水といえばノアの方舟だろう、となるとアララト山に登るほかないと思い込んでしまったわけさ。

というわけで旅に出たフランク・ヴェスターマンは、それが同時に絶対者あるいは人智を越える存在を信じるかどうかを自分に問い返す旅であることに気づく。危うく溺死を逃れ、その瞬間に神の手を感じた少年フランクだったが、数学や自然科学を学ぶうちにその思いは揺らぎ、そして聖書にあるノアの大洪水の話が異教徒の説話の引き写しでしかないと知ったとき決定的な破綻を迎える。だが他方、現代科学の粋を集めて成功した月への軟着陸と生還を体験した宇宙飛行士がその後宇宙で神に遭遇したと語り、アララト山にノアの方舟の遺物を求めるようになるのはどういうことなのか。方舟探しの人びととの出会いから、フランクはなにかを探し続けている自分を発見する。神の不存在を証明することができない以上無神論に加担することはないが、だが同時に、彼は屈従と帰依を要求する信仰の既存の形態を拒否せざる をえない。彼の精神はつねにのびやかでしなやかな知的関心に満ちあふれているからだ。

旅の途次、彼はたえず新たな発見を重ねる。それは、アララト山の初登頂の記録を残しながら同時代人にはその業績を否定され憤懣のうちに世を去った先覚者への思いであったり、近代地質学の成立過程であったり、アララト山が活火山か否かをめぐる地震学者らの論争であったりする。アルメニア人がアララト山に抱く限りない憧憬の念にもかかわらず、彼らはその山に足を踏み入れることを許されていないという現代政治の過酷さとその背景にある過去も、トルコの現状と合わせて、フランクには驚きの発見だった。ヨーロッパ語圏内ではつとに「時空を超え、既存のジャンルを超えて自在に浮遊する旅人」として知られる著者の本領がここでもまた存分に発揮されている。これは旅行記であり、登山記録である。同時にまた自伝的なノンフィクション読み物、科学啓蒙書、歴史書でもあり、現代トルコとアルメニアへの手引書でもある。

フランクが大洪水伝説という壮大な絨毯にどのような新たな模様を織り込むことができたか。日本人読者がそれを体験し、玩味していただければ幸いである。

この翻訳をこうして本にしてくださった現代書館と斡旋の労をとってくださった中村孝子さんに感謝したい。

二〇一三年八月

下村由一

著者：フランク・ヴェスターマン（Frank Westerman）
1964年オランダ生まれ。国際開発援助の仕事に就くことを夢見て大学では熱帯農業を専攻するが、卒業後はこの夢を捨ててジャーナリストとなり、ユーゴスラヴィア内戦で取材活動を行う。1997年から2002年までオランダの新聞「NRDハンデルスブラト」紙の特派員としてモスクワに住み、ロシアをひろく旅する。2002年に発表した*Ingenieurs van de ziel*は旧ソ連邦各地を訪れた旅行記であると同時に、1930年代スターリンのもとで強行された自然大改造計画のむごい爪痕に触発され、当初は理想に燃えてこの計画実現のため民衆にはたらきかけた作家・知識人たちの独裁政権下での悲惨な運命を描いた作品で、多くの賞を得るとともに９カ国語に訳された。『エル・ネグロと僕』（大月書店　2010年）はスペインのとある町の博物館に展示されていたアフリカ人男性の剝製に衝撃を受けた青年フランクがその来歴を探る旅の過程で自らの成長を語ると同時に、人種主義の歴史を跡づけ、近代知の体系の奥底に潜む暗闇を暴きつつ、現代に残る植民地主義の負の遺産と対面する物語である。2010年の*Dier, bovendier*は、帝王の馬とされるリピッツァーナ種の白馬が両次世界大戦とユーゴスラビア内戦で辿った運命を描くとともに、動植物の品種改良の試みをナチスによる人種改良、ソ連邦におけるルイセンコ農法さらには現代における遺伝子操作の問題と関係付けて考察した話題作として国際的に注目を集めている。

翻訳者：下村由一（しもむら・ゆういち）
1931年生まれ　東京大学大学院修了　千葉大学名誉教授　ドイツ近現代史、とくにユダヤ人問題を専攻。著書に『東欧革命と欧州統合——千葉大学国際シンポジウム』（共編著　彩流社　1993年）、『マイノリティと近代史』（共編著　彩流社　1996年）など。訳書に、S・ヴィーゼンタール著『ナチ犯罪人を追う——S・ヴィーゼンタール回顧録』（共訳　時事通信社　1998年）、M・ペンパー著『救出への道——シンドラーのリスト・真実の歴史』（大月書店　2007年）、R．ユッセラー著『戦争サービス業——民間軍事会社が民主主義を蝕む』（日本経済評論社　2008年）、N．フライ『1968年』（みすず書房　2012年）など。フランク・ヴェスターマンの著作では『エル・ネグロと僕——剝製にされたある男の物語』（大月書店　2010年）の翻訳がある。

アララト山《さん》　方舟伝説《はこぶねでんせつ》と僕《ぼく》

2013年９月30日　第１版第１刷発行

著　者　フランク・ヴェスターマン
訳　者　©下村由一
発行者　菊地泰博
組　版　デザイン・編集室エディット
印　刷　平河工業社（本文）
　　　　東光印刷所（カバー）
製　本　矢嶋製本
装　幀　中山銀士

発行所　株式会社　現代書館
〒102-0072　東京都千代田区飯田橋３-２-５
電　話　03(3221)1321　振替00120-3-83725
ＦＡＸ　03(3262)5906

校正協力・吉沢里枝子

 ISBN978-4-7684-5709-2
定価はカバーに表示してあります。乱丁・落丁本はおとりかえいたします。
http://www.gendaishokan.co.jp/

活字で利用できない方のための
テキストデータ請求券
『アララト山　方舟伝説と僕』